订忘期漫漫，无论何时，人一定都会有感到迷茫的瞬间

看不清前面的路，时时束手无策。

可哪怕现实不支持，他人不理解，

但又要跟着心走，那就是对的。

她凭着内心的直觉，和那些烛火般的渺小希望，

在漫长的夜晚，

头顶星空，脚踏大地，

带着歌诚从容抬头，静默来转

一起去追寻他们心中的那片海。

酷威文化
图书 影音

# 低音调

雪莉 著

四川文艺出版社

**图书在版编目（CIP）数据**

低音调 / 雪莉著 . -- 成都 : 四川文艺出版社，
2024.2
ISBN 978-7-5411-6829-1

Ⅰ . ①低… Ⅱ . ①雪… Ⅲ . ①长篇小说 – 中国 – 当代
Ⅳ . ① I247.5

中国国家版本馆 CIP 数据核字 (2023) 第 228933 号

DI YINDIAO

# 低音调

雪莉 著

| | |
|---|---|
| 出 品 人 | 谭清洁 |
| 出版统筹 | 刘运东 |
| 特约监制 | 王兰颖　代琳琳 |
| 责任编辑 | 陈雪媛 |
| 选题策划 | 代琳琳 |
| 特约编辑 | 周子琦　杨晓丹　宋艳徽　张禾伊 |
| 封面设计 | 桃乐 |
| 责任校对 | 段敏 |

出版发行　四川文艺出版社（成都市锦江区三色路238号）
网　　址　www.scwys.com
电　　话　010-85526620

印　　刷　北京市松源印刷有限公司
成品尺寸　145mm×210mm　　　　开　本　32开
印　　张　10　　　　　　　　　　字　数　240千字
版　　次　2024年2月第一版　　　　印　次　2024年2月第一次印刷
书　　号　ISBN 978-7-5411-6829-1
定　　价　42.80元

# 目录 *Contents*

念念，
多亏有你出现在我的生命里……
我总算开始稍微有些期待这个世界了。

DI YIN DIAO

遇见沈调是她青春里最跳跃的一段章节，
可偏偏就是这段偏离了曲谱的旋律，
让她觉得最动听。

第一章

**Do** · *10sep*

0:58                                                                    5:21

外面的天已经黑了，一眼望去，城市里的霓虹灯仿佛星光在闪烁。

江念期蹲在洗手间过道的窗户边，身旁有个身材高大、留着极短寸发的男生在不停走来走去，看起来心情很不好。

"沉默，你能不能别在我跟前晃了？晃得我头疼。"江念期揉着太阳穴，抬眼看着他。

沉默又在她面前晃了几圈，最后在她眼前停住脚步，蹲了下来："你真要转学走了？这次不管做什么都留不住你了？"

江念期不好意思跟沉默对视，垂着脖颈，点了点头："嗯，我行李都打包好了，明天寄完就走。"

"不是，江念期，你妈是再婚，你跟着你妈去那个重组家庭干吗？那里又没人欢迎你。"

江念期伸手挠了挠自己的鼻梁，把有些扎皮肤的刘海儿拨开，没有回答他这个问题，反而垂眼看着自己的鞋尖，反问道："我姑姑是什么态度？我要转学跟我妈走，她反对吗？"

"你都那样说了，我妈还能有什么态度？她只是你的姑姑，还能不让你跟着自己亲妈走？"

江念期没说话，她今晚脑子一直处在混沌的状态中。沉默能感觉出来她已经很多天没睡过好觉了，但她长得好看，皮肤状态也一直很好，所以看起来脸色并不憔悴。

沉默见她这样，又认真说道："妹妹，这件事跟你没关系。你爸去世了，你妈结她的婚，你可以一直留在我家。"

江念期总算抬起头看他，忧郁的情绪也消散不少："可我弟才五岁，要是他一个人跟着我妈去那个新家，以后很容易被养歪，我去的话，他说不定能少学点坏。"

沉默听后一愣："合着你非要跟你妈跑去那个重组家庭，是因为怕你弟被带歪？那你之前怎么跟我妈说，你是因为程佳峻才走的？你扯那些有的没的，我都跟程佳峻……"

"什么？"江念期听到他提起程佳峻，表情当即认真起来。

沉默见状，连忙把话给咽了回去，摇摇头："没什么，回去吧，外面还有来送你的同学跟朋友，今晚这顿饭还没吃完呢。"

江念期本来只是在饭桌前情绪不佳，所以才出来静一静。这会儿话题被沉默打断，她也站起身，挪着有些蹲麻的腿，跟着沉默回到了饭桌。

今天来的都是班级同学和私下关系好的朋友，因为江念期要转学去外地了，所以大家特意为她办了一顿散伙饭。

沉默玩乐队，朋友多。江念期平时总是跟着沉默这个表哥跑，也就认识了不少人。

大家正大口吃着烤肉，这时，一个原本说过今晚不会来的人突然出现在江念期面前。

江念期感觉自己的身边好像站了一个人，一抬眼，才猛然惊觉来人是谁，当她想收回目光时，已经来不及了。

"如果我走，你能不走吗？"程佳峻问得很直接。

他的眼睛是发灰的青色，乍一看像外国人，但细看就能看出他是一个混血少年。程佳峻长得非常高，五官深邃，脸上有种不符合他年龄的沉稳与俊美。

　　江念期整个人都蒙了，她不知道自己在姑姑面前胡诌的话怎么会传到程佳峻那里。

　　"沉默和我谈了，你跟你姑姑说，你觉得乐队里那个叫程佳峻的男生好像挺注意你的，你不想影响学习，所以才决定跟你亲妈一起走。"程佳峻冷冷地看着她，青灰色的眸子就像一把开过刃的刀，"你要走就走，觉得我烦也可以跟我直说，没必要在背地里搞那些弯弯绕绕的。"

　　江念期被他的一番话说得当场变成了一个哑巴。程佳峻说完就直接转身走了，沉默站起来，想伸手拉住程佳峻，却被他一把甩开。

　　一时间，现场的气氛有些尴尬，同乐队的贝斯手为了缓和气氛，连忙抬手把大家的视线都揽了过去："欸，别都干瞪眼哪！你看你这肉都要煳了，赶紧夹起来吃！都吃，都吃。"

　　在场的人为了努力忽略刚才发生的小插曲，开始假装开心，气氛又变得热闹起来。江念期看向了还呆站在一旁的沉默，她这会儿的眼神就像已经去世的人的眼皮硬是被掀开了一样，颇有种死不瞑目的感觉。

　　沉默被江念期盯得发毛，硬着头皮坐到她旁边的椅子上，身体往后倒，看着她道："我也是听我妈说了之后一时激动，就想着跟他聊聊，看他以后能不能离你远点，这样你就不用走了。"

　　"你找他聊什么？"

　　"我看你俩在乐队里一直都挺有默契的，双吉他手，他平时比我都还要照顾你。"

　　"所以你为什么要把这件事告诉他？我这辈子就干了这么一回拿人挡枪的事，结果你倒好，直接把这件事捅到他面前去了。沉默，我真谢谢你。"

江念期收回了自己的"死亡凝视",看着烤肉架上的五花肉在"滋滋"地不停往外冒油,而沉默看到江念期那复杂的眼神后,也没敢再开口跟她说些什么。


第二天,江念期起得很早。

把行李全部打包寄走后,她背着书包准备离开。沉默想送她去机场,被她给推了回去。

上午十点,晴空万里,紫外线非常强。江念期走出姑姑家所在的别墅区,刚准备拿出手机叫车,就看到亲妈文安琪戴着墨镜正靠在一辆车边上等她。女人墨镜下的红唇十分亮眼,她扎着低马尾,穿着一袭黑色紧身裙,身材凹凸有致,性感与知性这两种气质完美地融合在她身上。

江念期没有跟她打招呼,直接走过去,打开后座的车门,坐了进去。

文安琪坐到了副驾驶座上,旁边是她新丈夫在这边的朋友,这次是专程来开车接送她的。一个月前,文安琪突然出现,说要把自己几年前寄养在小姑子这里的两个孩子都带走,还掏出了一份亲子鉴定报告,证明小儿子是她跟其他男人生的。

那天所有人都气疯了,江念期也才知道,原来从小跟她一起长大的胞弟,和她其实同母异父。弟弟当天被接走,而她却选择留在了姑姑家,因为她觉得自己不可能跟这个疯女人走。

可一个月后,她还是收拾好行囊,要灰溜溜地离开了。

弟弟坐在车后座上。时隔一个月,江念期又看见了弟弟,小男孩被打扮得干净整洁,跟以前一样黏人。他一看到江念期就蹭过来抱住她。江念期让他乖乖坐好，但一推开他他就开始红眼眶、哭鼻子，最后江念期只能把这个娇气包抱坐在自己腿上。

"江睿，你都五岁了，怎么还这么爱哭？"江念期把书包放到后座的另一边，用手捏着弟弟白软的脸颊，不停拉扯。江睿不喊痛也不说话，就安静地坐在她腿上，好像只要能被姐姐抱着就好。

听到江念期的话后，文安琪开口朝她叮嘱道："念念，我已经把睿睿的户口迁到于家了，改名手续也办理完了，以后弟弟叫于睿，记得不要再叫错了，于琛叔叔才是睿睿的亲生父亲。"

江念期微怔，眼底的情绪翻腾了起来。驾驶座上的男人不知在想什么，开口问："怎么没看见她姑姑出来送她？不是也放在身边带了四年吗？"

文安琪说："她公司忙，可能没工夫顾到这边吧。不过现在念念跟我走了，以后我会照顾好她的。"

江念期听着这粉饰太平的解释只觉得可笑，嘲道："你要是真想照顾我，当初爸爸去世后你就不会把我和弟弟丢在姑姑家，自己跑去另寻出路。而且，你如果当初就跟我姑姑把话说明白，告诉她睿睿不是我爸的遗腹子，你觉得她还会帮你养四年孩子吗？"

驾驶座上的男人听完江念期的话，像是才了解到朋友的私事，脸色明显有了变化。文安琪却没有生气，只是语气稳定地说道："你姑姑当年被她前夫骗，公司差点破产，你知道你爸那时候干了什么吗？"

她没回头，目光直视着前方，说道，"你爸很大方，他说自己在大学当教授，有工资，而且他也不懂经营，所以就把家里留给他的股份全都给了你姑姑处理，结果所有钱都被你姑姑亏掉了。虽然你姑姑后来又白手起家成立了一家公司，并且经营得很好，但那也是你爸车祸去世之后的事了。你爸把家底都给别人的时候想过自己没钱之后要怎么养你吗？他不会，因为他只会管他自己的家人，但我还要想着我跟我女儿以后的日子要怎么过。"

这话里话外无非就是——她姑姑当年拿了她爸那么多钱，她爸去世后，帮着照顾几年孩子也是应该的。

江念期不回话了，她陷入了沉默，看着车窗外不断变化的风景，想起那天晚上姑姑跟别人打电话时，自己不小心听到的那些话。

姑姑说，她现在听见文安琪这个名字就恶心到想吐，甚至不知道以后该怎么面对她生下来的孩子，这感觉就像是吞了一只苍蝇。

在此之前，江念期一直都以为姑姑是爱她的。父亲去世之后，姑姑几乎将她当成亲女儿照顾，但沉默说的也是对的，姑姑不是她的亲妈，她做这一切也都是为了自己过世的哥哥。

姑姑现在排斥看到和文安琪有关的任何人，其中也包括她和弟弟。沉默感觉不到，但江念期感觉到了。


将人送到机场后，继父的朋友就离开了。江念期昨晚失眠，在飞机上睡了一路，出机场后，有司机过来接文安琪，并很礼貌地对她打招呼："文总，回来了。"

文安琪微笑着点头，但这次她没再坐副驾驶座，而是微仰着脖颈坐到了后座，姿态优雅又高傲。

一路无言。到了新家后，文安琪把睡着的于睿送回房间，顺手给江念期指了下她房间的位置，让她先上去看看。

江念期在陌生的地方不愿意多说话，转身就走了。经过走廊时，有个正在拖地的阿姨弄翻了洗拖把的水桶，江念期的鞋袜被打湿了。

还没等江念期说话，那个阿姨却不耐烦地抱怨起来："你没看到我在打扫吗？走廊这么窄，看到别人在打扫卫生还硬要过，现在又把地弄得这么脏……"

江念期皱起了眉头，没等开口，正在上楼的文安琪说："刘姨，你先去做别的事吧。"

说着，她又看了一眼自己搭在楼梯扶手上的手指，对刘姨说："或者你有空了也可以擦一下扶手，有点落灰了。"

"我不管做什么事都有自己的计划，你知道什么啊就来乱插手，还想使唤我？"刘姨冷哼了一声，动作粗鲁地拿起拖把和水桶走了。

文安琪看着刘姨的背影逐渐消失，走向江念期，帮她打开了面前的门："这是你的房间，刚刚那个是刘姨，她在家里工作了很多年，说了什么难听的话，你不用放在心上。"

江念期看着自己被打湿的鞋子，心想：她对你这个新来的女主人说的话也没好听到哪里去。

文安琪看到了她这双鞋："你这双鞋也穿旧了，扔了吧，等今晚于叔叔回来，我们陪你出去逛逛街，买些新衣服。学校快开学了，大家都穿校服，鞋不能穿太差的。"

这双鞋是江念期过生日的时候程佳峻送给她的限量款，她想了想，从书包里拿出卫生纸，蹲下来擦了擦鞋上的脏水："不用出去买，我有鞋穿，脚上这双也没怎么弄湿，待会儿就干了。"

文安琪也没强求，又带她在别墅里逛了一圈，当走到二楼一间紧闭的房门前时，文安琪停了一下，说道："这是你继姐的房间，她是你于琛叔叔和原配生的孩子，比你大一岁，叫于晴，开学就念高三了。"

江念期见房门紧闭，随口问了一句："她不在家住吗？"

"在家住的，也许现在正在外面玩吧，不清楚。"文安琪说完，房间里突然传出了音乐声。

这意味着房间里有人，只不过这人不想出来见她们母女罢了。

不过文安琪并不在意，她连头都没回，继续往前走："等今晚一起吃饭的时候会跟她见面的，先走吧。"

傍晚时分，这个家的男主人回来了。

男人回来后，先是抱起了朝自己跑来的小儿子。江念期是第一次亲眼见到这位继父，她发现，他跟自己想象中的商人形象并不一样。

虽然继父比她妈大了将近二十岁，可他戴着眼镜，文质彬彬，身材也保持得很好，是个很有气质的男人。

听说继父结婚很晚，他年轻时一直在打拼事业，因为妻子身体不好，三十多岁才有了女儿。所有人都觉得他是个专情的男人，可他最后还是跟大学时就在一起的发妻离了婚，之后娶了更年轻漂亮的文安琪，并且让高学历、有着在华尔街任职经历的文安琪担任了他企业的首席财务官。

江念期不确定这个男人到底是看中文安琪为他生了个儿子，还是看中文安琪出众的能力，总之他很中意这个新太太。

于琛对于睿很好。小孩子通常都格外敏感，别人对他是好还是坏，他都有着小兽般的直觉。才搬来住了一个多月，于睿看上去就已经跟于琛很亲近了，当然，这可能跟他从出生起就没有享受到父爱有关。

饭菜已经布好，于琛抱着于睿走过去看了一眼，又跟家里做事的人交代了几句，转头看到文安琪和江念期都坐在客厅的沙发上，便朝那边走了过去。

于睿一看到江念期就不肯让于琛抱了，他叫了一声"姐姐"，伸手就要下去抱她。

于琛把于睿放了下来，于睿连忙一头扎进江念期怀里，江念期也顺手搂住弟弟，把他抱到沙发上坐着。

"念念来了。"于琛神色温和地冲她打了个招呼，"以后就把这儿当成自己家，缺什么就跟李叔说，或者和刘姨说也行，他们都会给你安排好的。"

"谢谢于叔叔。"江念期点点头，低头想把鞋穿上，于琛顺着她的动作看到她的袜子上有一块很大的水渍，主动问："袜子是不是湿了？"

江念期说："嗯，不小心弄湿了鞋子。"

于琛闻言，看向了一旁的文安琪，严肃道："就这样脱了鞋坐在沙发上晾着怎么行？安琪，怎么不带念念去换？"

文安琪神色平静，解释道："念念的东西还没寄过来，没事，下午刘姨拖地的时候不小心弄翻了水桶，念念当时刚好路过，这会儿其实也干得差不多了。"

说话间，江念期已经穿好了鞋，她本来想抱着于睿站起来，可一旁的于琛却变了脸色，原本温和的男人，眼神和气势突然变得恐怖起来："李叔，你把刘姨叫过来，我有些话要问她。"

江念期感觉家里的气氛很不对劲。看到于琛的神情，弟弟抱着她就想躲，像是有点害怕。江念期跟他贴了贴脸，他的小身板才抖得不那么厉害了。

"怎么了？"

于睿怯生生地小声在她耳边说："那个刘姨一点都不好，她上次还把我的手拉得很痛。"

"手痛？怎么回事？"

文安琪在一旁好心解释："刘姨也是疏忽了，照顾睿睿时不小心把睿睿的小拇指给拉脱臼了，睿睿哭了一下午，李叔发现后才送睿睿去了医院。"

听到文安琪这句话，于琛的脸色更差了。

这时刘姨走进来，看到于琛，主动招呼："先生，您找我？"

于琛意味深长地看了她一眼，开门见山地问道："刘姨，你是不是对我和我的家人有什么意见？我已经提前跟你打过招呼，说念念是我的继女，你也知道她今天会到家里来。如果你有意见的话麻烦你直接和我说，把拖地的脏水泼到念念身上是什么意思？如果再出现莫名其妙把睿睿手指拉脱臼这样的事，或者装模作样地应付我，那我只能请你离开我家！"

于琛一番话说完，刘姨的呼吸明显急促了许多。她一会儿看向于琛，一会儿又看向江念期，直到把眼前的人全扫视了一遍，发现众人的神色明显在把她当外人时，她才终于绷不住，厉声质问道："先生，太太跟了你快二十年了，你现在就这样将她扫地出门，把这个女人和她的拖油瓶领回来，你怎么对得起太太和小晴？"

于琛闻言，脸上的表情多了几分不耐，他一字一句地质问刘姨："我怎么对不起她们了？离婚时我分了一大笔财产给她，每个月还会支付抚养费，于晴也是我在养着，这辈子她们即使不工作也照样吃喝不愁，难道我虐待她们了吗？"

"难道太太想要的是钱吗？她是被你们逼着离婚的啊！"

刘姨不甘心，直接走了上去，想要伸手拉住于琛，却被于琛一把推开。

"够了！你不想干就走吧。"于琛说完，又看了眼李叔，"李叔，你带她去收拾东西，薪水按照合同付给她。她被辞退了。"

刘姨一直在哭，李叔走过去想劝她，她还在闹情绪。没人注意，此时一个长相清秀的长发女生站在二楼的走廊上，当她看到楼下客厅发生的一幕后，表情也变得越来越难受："爸，从我小时候起，刘姨就在照顾我了。你现在让她走？你有考虑过我的感受吗？"

于琛抬头看了于晴一眼，冷声道："她不适合继续留在这个家里了，你和她相处久了也会被带坏，这件事没有回旋的余地，以后也别再提。"

于晴还想再说些什么，一旁的于睿却小声地说了一句："我饿了。"

于琛不想在这件事上多说，从江念期手里抱过于睿，转眼恢复了慈父的形象："睿睿都饿了吧，我们去吃饭。于晴，你也下来吃。"

于晴看着父亲怀里的于睿，又看了眼一边抹眼泪一边去自己住处收拾东西的刘姨，眼里全是泪。


那个一心惦记着旧主的刘姨被辞退后，没过几天，文安琪请来了一个新阿姨。新阿姨刚好也姓刘，对江念期和于睿都很照顾。每次江念期睡过头，刘姨都会给她留好早餐，有时还会给她送到房间来。

江念期不太习惯这样，但刘姨反复强调，说是太太交代过，晚餐可以不吃，但早餐一定要吃。

江念期实在受不了了，决定以后早起下楼吃早餐。

这是她来到新家一周后第一次下楼吃早餐，可当她走到餐桌旁，却发现于晴也在。

于晴看见江念期，把手里的牛奶往桌子上随意一放，放下餐叉，直接上楼了。江念期看了一眼于晴的背影，也没什么反应，只是对往她手里塞热豆浆的刘姨说了声"谢谢"。


明天就是开学日，江念期吃过早餐，决定去买些学习用品。

她把需要采买的用品简单写了张单子，然后拿出手机导航搜索附近的文具店。就这样一个人逛了一会儿，等她买完东西从文具店出来，恰好路过一家吉他店。

她脚步微顿，最后推开门，走进了这家店。

店内的装修风格很复古，整体氛围懒洋洋的，像是几十年前的老唱片店，打扫得也非常干净。

江念期一声不吭地观察着店里陈列的吉他，坐在柜台后面的男人见她站了许久，便起身走了过来。

顺着江念期的目光，他发现她正在看他们学员日常弹吉他的照片。

"你是不是对吉他感兴趣？要不要了解一下？我们这边有专业老师教学，可以送你一节课，免费体验。"

江念期回过神来，转身看向身后胡子拉碴还留着狼尾辫的中年男人，摇摇头道："不，我就是看看。"

说罢，江念期将目光移了回去，又看了一会儿。

她注意到墙上有一张男生弹吉他的侧面照。

照片中男生微低着头，虽然看不清脸，但氛围感十足，这让她不由得多看了两眼。

老板殷勤地介绍："他也是我们这里的老师，吉他弹得特别好。"

江念期闻言，挑了挑眉："他看起来挺年轻的。"

老板笑了笑，说道："是不大，但他在这行的资历可不浅，要真算起来，连我都得喊他一声老师。但他今天不在，说是明天要开学。"

想起自己明天也开学，江念期问："上高中吗？"

"对，开学后偶尔会过来看看，得运气好才能碰上他。"

"哦……"

江念期在店里又看了一圈，和老板简单聊了两句后就打道回府了。

开学当天，江念期起得很早。她今年高二，既不打算住校也不打算住在家里，准备在校外租房住。考虑到还要搬家，所以前段时间寄到的大部分快递她都没拆。

才洗漱整理完，外面就有人敲起了门。江念期走过去开门，只见文安琪化好了精致的妆容，一身装扮大气且优雅。

"开学第一天，我请了半天假送你上学，东西都收拾好了没有？"

江念期没领情，又回了房间："忙就不用特意请假送我了，我又不是小孩子。"

"你怎么不是小孩子？"文安琪跟着她走了进来，看到屋里堆的纸箱，指挥身后的司机过来把东西都搬到车上去，又继续跟她说，"再说工作再重要，也没有你和睿睿的事重要。我本来想安排你住在老师家，但你不愿意，在学校外面租房一个人住也不是不行，总之不影响你学习就好，平时有什么需要的就给刘阿姨打电话，她准备好了会让李叔安排人给你送过去。"

江念期把脑后的长发拢好，用皮筋随意扎了两下。文安琪想伸手将她耳畔的碎发梳理一下，江念期后退半步避开了。

文安琪没什么反应，只是收回手继续说："等学校放假了就回来看看。"

江念期点了点头，没说话，一看就知道是在敷衍。

下楼吃过早餐，司机已经将江念期的行李放到了车上，刘阿姨和徐阿姨也上了车。江念期正想打开后座的门，文安琪却拿钥匙打开了另一辆车的锁。

"念念，你跟妈妈坐这辆。"

江念期看到这辆炫酷的跑车有点说不出话来，摇摇头，拒绝了："只是去开学，是不是有点太夸张了？"

文安琪只好看了一下周围，说："那开那辆法拉利吧。"

江念期知道她就没想低调出行，只好上车。

去学校的路上，文安琪接了好几个工作来电，全程都在说话。江念期从口袋里摸出耳机，打开最喜欢的常听歌单，隔绝了身边的声音。

到了学校，文安琪的女秘书连忙下车，替她们母女去找开学报到地点。因为不确定待会儿要不要领书，司机也跟着下来了，准备去做那些不算苦力的苦力活儿。

文安琪还在打电话，江念期看旁边人来人往，也没跟周围的人打招呼，径直朝学校里面走，几乎是凭直觉找到了报到处。

江念期在公告栏上看到了自己的班级信息，然后跟在大部分同学家长身后，走到教室外面排队。

眼看就排到她了，负责接待的老师突然起身，拉过刚刚报到的男生说起了话。

江念期的耳朵里一直塞着耳机，没听到他们在说什么，只觉得那个男生长得很端正干净，不管是眉眼还是鼻梁都很好看。

只不过他看人的目光很是冷漠，对任何人都是一副不咸不淡的态度，用"高冷"来形容不恰当，更像是淡漠，对谁都不热情。

江念期有点纳闷，她明明刚入学，但总觉得在什么地方见过这个男生。

老师跟男生说完话就离开了，那个男生坐到了老师的位子上，帮忙做报到登记。

前面两个人都登记好了，轮到江念期，她走了过去。坐在电脑前的男生对她说："学费缴纳和信息登记都在学校公众号上做，需要提前上传，你弄好了吗？我核对一下，你叫什么名字？"

"江念期，江南的江，念念不忘的念，一期一会的期。"

男生输入名字，在花名册上查找，随后从旁边的一沓纸中拿了一张，用笔在上面画了几下，抬眼看着她说："待会儿需要你去确定一下学区和班级位置，具体领书地点这张纸上有写，校服和床上用品去中心广场，领完后回宿舍收拾好。今天有晚自习，你到教室了班主任会通知时间。"

"我不寄宿。"江念期说。

男生垂下眼睫，语气淡淡地说："那就不用领，但晚自习要来上。"

上午明亮的阳光照在少年的脸上，江念期看到他鼻梁上跳跃的细碎光点，心想一个男生的睫毛居然长得比女生的都长，实在让人印象深刻。

"谢谢。"江念期说。

她走出教室，看到不远处的文安琪朝这边走来，此时她还在拿手机打电话。

可能因为母女俩的长相气质比较出众，也可能是因为跟在她们身后的人有点多，江念期听到旁边有人开玩笑说她是大小姐，连领书都不用自己动手。

她倒是想动手，是司机和秘书在她妈妈面前争着表现，根本就没有她插手的份。


文安琪原本想找江念期的班主任聊聊，但是班主任被人叫走了，她在教室里等了五分钟没见到人就不再等了，直接带江念期去了租好的房子。

小区地段非常好，距离学校步行只要十几分钟，周边配套完善，有商圈和广场，公交站和地铁站都在小区门口。

刘阿姨和徐阿姨很快就帮江念期把新家收拾妥当了，有些行李江念期想自己收拾，她们就放着没动。文安琪在房子里看了一圈，感觉环境挺不错的，便对他们说："今天大家辛苦了，刘姨、徐姨，你们先坐小李的车回去吧，我过会儿直接去公司。李秘书，你先去车里等我。"

大家点头应下，纷纷离开。文安琪见门被带上，便走进厨房，从橱柜里拿出几个鸡蛋，开始煮面条。江念期没管她，兀自蹲在客厅，把自己带来的一些小东西挑拣好往卧室里搬，还没等她收拾完，文安琪就端着两碗面走出厨房，然后将面放到了餐桌上。

"念念，过来吃午饭吧，家里没其他食材，凑合着跟妈妈一起吃点简单的。"

江念期回头看了她一眼，对这个女人端面给她吃的画面有些恍惚。

她在餐桌前坐下，拿起筷子吃了一口，面条里加了生抽和醋，口味很淡，是她记忆中熟悉的妈妈的味道。

明明没有太多想法，可那个味道进到嘴里，她的泪腺就运作起来了。她几口吃完了煎蛋，文安琪很快又把自己碗里的煎蛋夹到了她的碗里。

江念期不想在她面前掉眼泪，忍住了，吃完面起身走到了阳台。

文安琪跟她一起出来，靠在阳台栏杆上，开口说道："其实这套房子我买下来了。"

江念期转头看着她，文安琪也将视线转移到了江念期身上，说："我是以你的名义买的，所以这里是你的了。"

说完她站直身，从包里抽出一份合同，连带着把笔一起递给了她。江念期有点迟疑，但文安琪还是示意了一下，让她签字。

江念期拿着合同看了一遍，签了。

从她手里拿过合同，文安琪说："这套房子的地段很不错，下次回家我把房产证给你。物业费、水电费你不用管，我都会交的，楼下有个车位也是你的，车的话就等你以后考了驾照再看有什么喜欢的吧，可以吗？"

江念期看着文安琪把合同收进包里，没忍住，开口叫了她一声："妈。"

"嗯？"文安琪抬起眼看向她，可江念期想了想却不知道该跟她说什么。

"我还是去叫一个阿姨留在这里照顾你吧，做饭打扫卫生，你肯定全都不会。"文安琪又拿出手机要打电话。

江念期连忙阻止她："不要。"

"那你自己住平时吃什么呢？家务事会耽误你的休息和上课时间。"

江念期摇头道："我在学校吃，晚上还有晚自习，回来也就是睡个觉。"

"好吧，那我每周叫钟点工过来给你收拾两次，你有空多回家来看看睿睿，整个家里他最黏的就是你。"

文安琪说完拎起包就开门出去了，江念期跟着她一起进了电梯。

而此时，就在江念期这套房子的楼上，刚才在学校报到处接待过她的少年也刚好站在阳台上吹风。

暑假这段时间，他家楼下一直在装修，现在好不容易停了，新邻居也搬了进来，没想到楼上又开始了。

站在阳台上，他能听见楼下邻居的对话。

过了一会儿，他把耳塞重新塞进了耳朵。

把行李都收拾好，江念期去洗了个澡，出了浴室才下午三点，她有点犯困，就去卧室睡了。为了赶晚自习，她还特意定了一个闹钟。

这段时间江念期的睡眠质量奇差，身上总是会痛，还会不时地犯困或失眠，有时候白天瞌睡特别多，有时候不管白天睁着眼睛熬了多少小时，到了晚上该睡觉的时间还是睡不着。

一觉醒来，卧室里已经漆黑一片了。

江念期还有些没清醒过来，缓了好一会儿，拿起手机看了眼时间，发现已经是凌晨四点了。

她睡了十三个小时，一时间想不起来今天都发生了些什么，恍惚了两秒，这才猛地想起自己错过了晚自习。

反正也睡不着了，江念期索性起床去刷牙洗脸，洗漱完毕，在地图上搜索了一下，发现小区外五百米处有一家早餐店开门了，于是她拿上钥匙去外面买了两根油条和一杯豆浆，回来后开始在书桌前翻起了昨天领回来的教材。

江念期学习的时候很容易投入，她把各科教材都看了一遍，窗外已经大亮，正当她拿笔在书上写着一道题目的答案时，手机突然响了，是沉默打来的。

她开了免提，边接电话边看知识点："喂。"

"我怕你开学第一天早上起不来，特意打电话提供叫醒服务，怎么样，我还挺好吧？"

"明明是你自己睡不了懒觉，心里不爽，想让我也睡不了。"江念期说，"我从昨天下午三点睡到凌晨四点，没觉可睡了，起来翻了一下这边发的教材。"

沉默顿了顿，回道："小江同志，你还真是不管走到哪儿都一如既往地热爱学习。"

"我们当学生的不热爱学习还能热爱什么呢？"

"你这话说得我都没法接了。"沉默那边传来了床垫的挤压声，估计是起床了，"那你继续学吧，自己注意一下上课时间。到了新班级脾气小一点，没事别发脾气，别看人不顺眼就跟人吵架。"

"我什么时候像你说的那样了？总去校长旁边念检讨的人是你，不是我。"

"……"沉默彻底沉默了。

挂了电话，江念期也没心思继续学下去了，她昨晚没去晚自习，现在不知道课表，只好把所有的书都带上。

按照昨天报到处那个男生给她的校园平面图，江念期找到了教室。因为找地方耽搁了一点时间，她进去的时候班里同学基本上到齐了。

她一进教室，同学们的视线就落到了她身上。班里还剩下几个空座位，江念期走到二列五座想要坐下，可旁边正在跟人聊天的女生却伸手挡住了她："这里有人了。"

江念期又在教室里面环视了一圈，去了后排的另一个位子，但这个位子也有人了。

江念期接连问了三个空位，但都有人了。这时，她注意到最角落靠近扫把的位子还空着，正准备朝那边走，就听到身后传来笑声。

江念期回头，发现有几个人正在看着她笑，她突然感觉不对劲，停下脚步，朝那些人走了过去。他们明显有点慌，没想到江念期直接路过他们，走到了讲台前的一个空位坐下。

一个额头很高、扎着马尾的女生抬头看了她一眼。

江念期转头问："这里有人坐吗？"

"没有，你坐吧。"那个女生并没有要和她多说什么的意思。


早读铃响了，班主任走进教室，是个眼神看起来很犀利的中年男人，头发不多，甚至还有一点秃，不说话的时候很威严。江念期感觉大家都非常怕他。

她坐在最前排，就跟以前学习一样，没再注意听他说话，自顾自地翻看着课本，结果书页上突然被教鞭点了两下。

"这位同学，你是转学过来的吗？我记得我们班这学期要来一个转校生，你昨晚没来上晚自习？"

"对，我走读，昨晚不小心睡过头了。"

班主任看了她一眼："下次睡过头了记得打电话来找我请假，我叫王朝义，不光是你的班主任，还是学校的教导主任。"

"好的。"江念期低眉顺眼地答应了。

光看表情，她实在看不出老师生没生气。

王朝义在黑板上写了自己的名字和联系电话，让没记的同学抄下，接着说起了一些题外话。

"咱们二班是按高一分科考试的成绩分的，你们是全校理科最拔尖的一批人，当然只是之一，还有一半在一班。"王朝义看了眼手里的资料，继续说，"这次年级第一在一班，但是你们的能力也都不差，以后年级第一早晚是咱们的。这学期才刚开始，大家都有点干劲。"

后面有人开始窃窃私语起来："沈调是在那边吧？"

"谁能考得过沈调啊，那个人就跟怪物一样，回回年级第一，就没人把他拉下来过。"

王朝义显然听到了这些议论，直接点名叫了人："唐俊你这次都考进年级前十了，能不能有点出息，说什么丧气话。"

说罢，他又看了眼时间，抬头道："好了，就说到这儿，快上第一节课了，你们自己准备一下。"

等班主任走了，江念期有点无聊地翻起了书，这时坐她邻桌的女生拍了一下她："欸，昨天报到，那个带一堆人过来的女生是不是你呀？"

江念期愣了一下："怎么了？"

女生摇摇头："没什么，就是想说你还是别这么张扬，我们市三中是公立学校，大家都比较普通，而且你家最近名声还传得不太好听……"

"我家名声？你们都知道我家的事吗？"江念期等她继续说下去。

女生却说："反正别这样比较好。"

江念期察觉到了什么，"嗯"了一声，也不再追问下去："我知道了，谢谢你，我叫江念期，你呢？"

"我叫彭舒妤。"彭舒妤看上去对江念期挺感兴趣的，跟她闲聊起来，"我有个亲戚也很有钱，他们家就是做生意的，买的车也很贵。去年过年到他们家去，他妈说我成绩好，因为我是年级第二嘛，就叫我给他儿子补课，给我包了好大一个红包，结果那个小孩不想写作业，说：'我妈给你包多少红包我也给你包多少，你帮我把寒假作业写完吧。'"

"你不会真给他写了吧？"

彭舒妤一脸"这还用问"的表情看着她："你觉得呢？"

彭舒妤收拾起自己桌上的书："他读书就是为了认识世界地图，

学些外语，以后好出国。他家教一大堆。我听到他家里人都管他叫少爷。对了，你家里人不会叫你公主吧？还是叫你小姐？"

江念期摇摇头："没有，就是叫名字。"

"哦。"彭舒妤应了一声，又说，"对了，你知不知道于晴啊？"

听到继姐的名字，江念期的表情也变了："我知道，她也在这个学校里读书。"

"是吧。"彭舒妤看了旁边几眼，直接凑到江念期身边小声道，"她在学校的吐槽墙挂你，还发了你的照片。你今早来，那些人不是不让你坐旁边吗？可能就是觉得你太能惹事了，都在避着你。"

江念期愣了愣，转头看着她，彭舒妤一脸"没骗你"的表情和她对视，又道："于晴之前是学校里最有名的人。她漂亮，家境也好，大家都很喜欢她，那条发言影响还挺大的。"

江念期的胃里突然一阵翻滚，不太舒服，起身说道："我出去一下。"

在洗手间里待了好一会儿，江念期总算把负面情绪给压了回去。她用力握住自己不停颤抖的手，但那种恶寒的感觉还在不断侵袭着她。

从洗手间里出来，江念期准备回教室，却看到门口有人在等她。

几个不认识的女生见她出来，瞬间把她围住，其中一个女生开口："你就是小晴家里那个妹妹？"

江念期一脸迷惑地看着她，没说话。

那女生等了一会儿，不悦地说："问你话呢，哑巴了？"

江念期闻言，也没客气："请问你哪位？我不认识你。"

那女生没想到她会回嘴，有些不可思议地道："全校都知道你家的事，你知道这栋楼是谁出资建的吗？小晴的爸爸和妈妈。他们当年就是从这所高中毕业的，楼下的纪念石碑上还刻了他们夫妻的名字：于琛、杨俪云夫妻捐。结果暑假学校翻修了一遍，这块碑就被撤了，换成了"于琛、文安琪夫妻捐"，你知不知道他们在做什么？"

江念期不想听下去了，转身要走，但对方不依不饶，拉着她不让她走。江念期心情不悦，急着想挣脱，却不小心碰翻了女生手里的奶茶，洒了那女生一身。

被"泼"了奶茶的女生更生气了，和江念期撕扯起来，直到有好事者去找老师，她们才被一起叫到了办公室。

"所以你们为什么吵架？"高三女生的班主任问。

江念期一脸平静，丝毫不怵地说："她说我家事。"

高三女生的班主任叹了口气："有事好好说不行吗？"

江念期的班主任王朝义在旁边听不过去了，对着那个高三女生说："你一个小姑娘没事说人家家事干吗？你要在社会上这么说话，谁会容忍你？"

高三女生的班主任对这种事也见多了，脸上的表情不太好看，继续问道："那这事总得有个说法吧？我学生是说错了话，但她被奶茶泼了一身也没动手啊。"

江念期暗暗叫苦，泼奶茶实在是误会，她的确不是有心的。

王朝义到底还是帮衬着自家学生的，他挠了挠眼下，思索道："这样吧，你俩各退一步，互相给对方道个歉，再各写一份两千字的检讨给我，记个处分，然后打扫学校公共区卫生一个月。"

江念期没说话，那女生却先激动起来："凭什么要我跟她道歉，我说错了吗？这学校有一半都是于晴爸妈出资建设的，凭什么把纪念碑上于晴妈妈的名字给换掉？"

江念期闻言，转头朝那女生看了过去。那女生看到旁边有盆仙人掌，也不知害怕什么，连忙躲到了自己班主任的身后。

看女生连跟她正面说话的胆子都没有，江念期垂下眼睫，语气平静地问："纪念碑不是我撤掉的，是学校换的，你为什么跑来质问我？你怎么不问问学校为什么要把纪念碑上的名字换掉？"

江念期此话一出，旁边的老师们瞬间愣了。

今年暑假，于琛和文安琪出资将学校整体翻修了一遍，还给老教学楼里的每间教室都装上了空调，换了桌椅。但人家夫妻什么要求都没提，当时是学校觉得过意不去，才把那块老纪念碑给换了。

见气氛有点尴尬，江念期反而笑了："你们可以再把那块老碑换回来，我想也没人会阻拦。"

王朝义咳了一声，把江念期拉到身边，压低声音道："行了，这件事就到这儿吧。"

"行啊，但我拒绝因为这件事接受任何处分。如果你们一定要处分我，那就把我家长叫来。"

江念期说完又看向那个女生，一字一顿道："但对她的处分，一个都不能少。"

王朝义闻言，深吸一口气，正想教育江念期适可而止，却被一旁看热闹的老师给拉住了，那位老师眼神示意他别激动。

王朝义却一把将那老师的手甩开，对江念期说："这件事我们会有处理办法，也会根据校规来办，你就不要管了。"

江念期没说话，过了一会儿才问："那我能回去上课了吗？已经响铃很久了。"

王朝义叹了一口气，摆摆手，让她走了。

江念期离开时，刚好遇到站在办公室门口的沈调，少年眼角的余光从她身上掠过，然后伸手在办公室门上不轻不重地敲了几下："苏老师，这节是您的课。"

刚才那位一直在劝王朝义冷静的儒雅老师这才想起来自己迟到了，忙对沈调说："不好意思，我这就去，你先回去吧。"

见门口的少年离开，苏老师连忙整理起自己的备课资料和教材。

而一旁的王朝义满脸郁闷，他当教导主任这么多年，还没碰见过这样的事："是谁把这个大小姐给招进来的？她成绩过线了吗就让她进？"

苏老师闻言劝道："行了，人家是走正规手续进来的，把她分到你班，你就偷着乐吧！我跟在那边教书的老同学打听过了，她以前就读的那所私立学校教学质量特别高，就连外省的都想尽办法要把孩子送进去读书，她在学校里的排名一直很靠前，高一就参加了数学竞赛。"

王朝义愤愤道："参加了又怎么样，我们也有学生——"

苏老师直接打断了他，说："听说考试那天她发高烧了，没发挥出最佳状态，但这样她也拿了冬令营金牌。她这个水平，直接保送国内最好的大学应该不难。"

王朝义愣住了，想拿起水杯的手也停在了半空。

苏老师一边收拾教案，一边继续道："这孩子天赋高着呢，就是性格要强了点，可能也是家庭因素导致的，我觉得你平时需要多关心一下她。你要是不想带也没关系，让她来我们一班，我帮你带……"

眼看苏老师要明目张胆地跟自己抢学生，王朝义拿起泡了胖大海的水杯喝了一口，对着他就是一通输出："你班里有沈调还不够吗？上你的课去。"

晚自习时，大家开始互相熟悉起来，熟悉的方式就是在课间闲聊。

彭舒妤也一直在跟人聊天，江念期被吵得头痛，学不进去，便起身怏怏地走出教室。出了教室，江念期觉得空气都变得清新了不少。此时学校的学生们都在上课，偌大的校园显得空荡荡的，到处都很安静，只有教学楼亮着灯。

江念期本想直接回家休息，可快走到校门口才发现有门卫守着。

门卫见她要出去，伸手拦住她，问道："去哪儿？"

江念期给门卫看了走读生的出入证，门卫检查了一下，又将出入证递还给她："还没下课，你不能出去。"

"我头痛，想出去买点药。"

"你的请假单呢？买药也需要请假单，没有请假单不让出去。"

江念期见说不通，只好转身往回走。她本想去找王朝义要请假单，却没找到，只好用手机给王朝义发了请假信息。

发完信息，江念期又在学校转了一圈，她头疼得厉害，也懒得再和门卫争辩，索性漫无目的地走着。

走到一个墙根处，江念期看到墙根某一处垒了砖，应该是在修补。她目测了一下高度，刚好可以跨出去，于是便跨了出去。

墙外通向一条小路，晚上本来就黑，小路又没有灯，江念期便打开手机灯光照明，走了没 会儿就到了大马路上。

江念期环顾四周，风景跟白天来的时候看到的不太一样，也不知道这里究竟是学校的哪个出口。虽然她家离学校只有十几分钟的路，但她不熟悉回家的路，也懒得地图导航，便伸手拦了一辆出租车，准备直接回家。

跟司机报了地址，江念期打开手机，习惯性地点进自己创建的歌单，然后戴上耳机，看向窗外。

　　这个歌单里的曲目全是一个名为"低音"的作曲人创作的。江念期读小学时，有一次和爸爸出去郊游，在爸爸的车载音乐里第一次听到这个人的吉他练习曲，爸爸说这个男孩好像和她差不多大，网络昵称叫"低音"。

　　当时沉默去学了架子鼓，江念期脑子一热，开始学习弹吉他。起初，江念期还想着要对标低音，没事就去听低音在网上发布的练习曲。后来，她渐渐发现人家是个天赋型选手，什么乐器都会一点，跟她完全不在一起跑线上，便打消了这个念头。

　　等年龄再大一点，低音便开始自己作曲。他产出稳定，粉丝越来越多，江念期也成了他粉丝群里的一员。她表现得不像别人那么疯狂，只是个普通粉丝，但依旧会时刻关注低音的动态。

　　低音的作品向来没有歌词，但每一段旋律都像是在讲述一个完整的故事。江念期喜欢这种感情厚重又带有留白的音乐，她觉得低音的作品完全能用作电影配乐，而她的想法也的确变成了现实——低音宣布与国际知名导演沈从来开展合作，为沈导的新电影《无相人》制作配乐。

　　原本这种事情是不会在网上公布的，但江念期一直关注低音的个人动态，虽然他经常发了又删，但他发的每条动态江念期都有看到。

　　去年，低音在网上提过这件事，江念期当时还发了评论。但低音只知道埋头写歌，很少和粉丝互动，没过两天，江念期再上网时，就发现那条动态已经被删了。

　　江念期看着车窗外陌生的风景，耳机里放的歌是低音去年在社交平台上发布的一首吉他指弹，名字是 *10sep*。*10sep* 曲风忧郁，带着一丝淡淡的疏离和背井离乡的愁绪。江念期越听越伤感，不得不说，这首歌与她当下的心境很是贴合。

到家后，江念期也没摘下耳机，她直接倒在床上，闭上眼睛准备睡觉。可在学校时还头痛、困得难受的她，回家后却怎么也睡不着了，脑子里不断重复着白天在学校里跟人吵架的画面。

为了能睡着，她又听了很久的歌，可到最后歌都听完了，她还是睡不着。

江念期打开手机，又点进了低音的个人主页，发现他今天发布了一条新动态——

开学了，回见。

江念期怔怔地看了一会儿，怕熬坏眼睛，便坐起来开了灯。

没过多久，她感觉有些饿，突然想吃甜食。她打开外卖软件看了一下，发现蛋糕店几乎都关门了，只有一家名字有点俗的蛋糕店还开着，配送时间显示是一个小时。

若是平常，看到一小时的配送时间，江念期可能就懒得下单了。但她对生日蛋糕格外喜爱，在她最爱吃的食物里，生日蛋糕绝对名列前茅。

点好外卖，江念期便去卫生间洗漱，可她洗完澡、吹干头发后，发现骑手压根儿没有往她这边来。

眼看就要凌晨两点半了，江念期有些烦躁，直接给骑手打了电话。

电话很快就被接通，江念期问："不好意思我问一下，我有一个蛋糕的订单，你是不是还没往我这边送？"

对方闻言，连忙回道："是，我已经过来了。"

江念期眉头紧皱："我看了地图，定位显示你一直在附近转，根本就没往我这边来，你超时了。"

对方似乎已经习惯了这种催促，应付道："我是店家叫的跑腿，没超时，马上就来。"

江念期挂了电话，推开玻璃门，坐在阳台的藤椅上。时间又过了半小时，到了凌晨三点，她打开手机，发现对方还在原地打转。

江念期实在忍不了了，又打了通电话过去："你超时了，我要睡觉了！你根本就一直在原地打转，还送不送了？"

骑手敷衍道："这位小姐你搞清楚，我是店家叫的跑腿，跑腿的超时时间跟外卖平台上的时间不一样。"

江念期当即反驳了回去："我十二点半下的单，三公里的路，凌晨三点还没送到，你如果不想送，我马上打电话给卖家退单，我要投诉你！"

一听到投诉，那个骑手总算有了点着急的意思，连忙解释道："我这就来了，别生气，还有十分钟，我不会超时的……"

江念期整个人都要崩溃了，没听骑手说完，直接就挂了电话。她放下手机，坐在阳台的椅子上，抱着腿便开始大哭起来，眼泪怎么都止不住。

正哭着，楼上阳台传来一阵开门声，江念期听到了楼上的动静，以为是自己刚才的哭声把楼上邻居给吵醒了。她捂着自己的脸，努力放低声音，强忍着汹涌的泪意，而楼上也再没有过动静。

此时，被吵醒的沈调伏在阳台栏杆边缘，低头看着下面，表情郁闷。

他穿着一身灰色睡衣，刘海凌乱，眼罩还挂在额头上。他抬头看了眼夜空，叹了口气，看来今晚很难再睡着了。

十分钟过去，江念期还在抽泣，这时她手机响了，是骑手的电话，说蛋糕送到了，但物业不让上楼。

她整理好自己的情绪，冷冷应道："那你放物业吧。"

那个骑手难得有良心地对她补充了一句："不好意思，但我没超时，祝你生活愉快。"

江念期不想继续跟他理论，直接挂了电话，下楼去拿。

文安琪给她选的这个小区安保很到位，即便是凌晨也有物业工作人员在楼下值班。蛋糕就放在物业前台，物业大叔看到她的蛋糕后说道："好好的蛋糕给你弄成这样，你可以直接投诉他了。"

"没事，算了，凌晨送外卖也不容易。"江念期看了一眼，因为配送时间太久，蛋糕上的奶油有些化了，倒向一旁，压了一点到盖子上，虽然不美观，但不影响她吃。

回到家里，江念期在阳台上拆开蛋糕包装，直接拿塑料刀挖起蛋糕塞进嘴里。吃上了甜食的她，这才感觉自己好了点。

楼上的沈调听到她吃上蛋糕的声音后，便拉上门回到卧室，戴上眼罩继续睡。没过一会儿，他抬手在枕边摸索了几下，把隔音耳塞戴上，翻身进入梦乡。


江念期本来定了五点半的闹钟，可起来后看了眼时间，瞬间半条魂都要没了。

她赶紧起床去洗漱，在镜子前发现自己眼睛有点肿，又冷敷了一会儿，吃了几口昨晚剩的蛋糕，匆匆赶去学校上早自习。

早自习结束后，趁同学们都去吃早饭，江念期便伏在课桌上补觉，没想到这一睡她直接睡到了上课。

第一节课是英语课，英语老师发现坐在讲台底下的江念期还在补觉，便抬手敲了敲桌子，提醒道："这位同学，上课了。"

一天内两次惊醒，江念期有种整个人都快要厥过去的恍惚感。

英语老师看着她，用手里的教鞭指着黑板上的内容："过去分词做状语，有几种不同的用法，这个地方你来根据不同的用法写一下例句吧。"

江念期仔细看过黑板上的内容后，接过英语老师递来的粉笔，双眼迷离地写了一通。写完后她转身看向英语老师，英语老师看过江念期在黑板上写的例句和附加解释后，点点头，说道："回去吧，早上容易犯困，大家打起精神注意听讲，这个地方……"

英语老师顺着江念期写的例句继续讲课，等老师走到班级后面时，彭舒妤突然靠近江念期，问道："你都没听，看一眼就知道了？"

"嗯。"江念期还有点迷糊，点了点头。

"你以前学过？"

"那倒没有，但我爸妈从小就带我说英语。"

"哦，这样啊。"彭舒妤的脸色微变，转过头继续听课。

午休时，窗外阴云密布，也不知道什么时候会下雨。江念期不想去食堂排队，就直接去便利店买了面包吃。

她在班里没交到什么朋友，回班级无非就是睡觉或学习，无聊得紧，于是她索性找了个没人的墙后蹲了下来，一边吃面包一边刷自己的社交软件。

刚打开微信，她的心跳就漏了一拍，那个熟悉头像上的红点，意味着对方给她发来了消息——

程佳峻：我买了今天上午的机票，你给我一个具体地址吧，我过来找你。

随着消息发来的，还有一张机票订单的截图，上面很清楚地显示程佳峻今天下午三点就会抵达。

看到消息后，江念期的眼睛瞬间睁大，她看了眼时间，现在已经下午一点半了，她又连忙搜起从学校到机场的距离，地图上显示要一个半小时，到达后刚好三点。

江念期连忙起身想去找老师请假，但一想到上次跟班主任的冲突，还有学校的规矩，心里又犹豫了。她担心批假手续麻烦拖沓，看了眼表，短暂思考了一下，决定和上次一样，给老师发个信息，先斩后奏。

但白天和晚上不同，这会儿正是午饭后消食的时间，那条小路上有人，但毕竟没门卫，江念期还是决定从那条小路出去。

刚准备出去，她正好被来巡视的主任还有她的班主任王朝义撞见。

王朝义见到有学生鬼鬼祟祟的，立马伸手指向江念期那个方向，厉声喊了起来："那个女生，干吗呢？哪个班的？！"

江念期虽然给王朝义发过请假信息，但毕竟对方还没回复，这让她顿时心跳如雷，直接一个加速溜了出去。

她的行为也引起了周围路过的师生的注意，旁边有同学调侃起来："够厉害的啊，这个时间教导主任在这儿溜达得最勤了。"

沈调今天下午有事，也请了假。他路过这边时，看到了江念期加速溜走的全部过程。

此时周围已经发出了一阵骚动，沈调收回视线，听到旁边的同学又附和道："确实够厉害的，王老师都已打电话喊南校门那边的门卫去追她了。"

而此时的江念期并没有听到这些讨论的话，她跑得飞快，出去的时候刚好看到路口开来一辆空出租车，她伸手拦住后直接钻了进去。出租车开过校门口时，她还看见有两个门卫去刚才那条小路上找她。

江念期终于松了口气，抚了抚胸口，发现自己紧张得手心冒了汗。

另一边，王朝义是真没想到，这年头居然还有人敢当着他的面溜走，这是继他班里那个江念期之后出现过的最嚣张的一个女生，这次要是不肃清校风他就不姓王。

门卫专程过去想要找到那个女生，结果压根儿没看见人，便嘟囔着回去向王朝义汇报情况。王朝义正听门卫们说着，突然发现沈调手里拿着请假单站在门卫室外，像是在等他们聊完。

"去哪儿？"王朝义看向沈调，问道。

他现在被那个女学生搞得有点敏感，看到只苍蝇飞出去都想给逮回来。

沈调走进门卫室，把手里的请假条递给王朝义："去见我爸，他今天在这边有工作。"

王朝义看了眼请假条，摆了摆手，示意他快走，可还没过一会儿，他又开口叫住了他："沈调，你等等，我有点事想跟你说。"

沈调闻言，停住了转身要走的脚步，他看着欲言又止的中年男人，安静地等他开口。

王朝义酝酿了一会儿，凑到沈调身边小声问道："你爸爸这次拍的那个电影，男主角的签名照你能不能帮忙拿到一张？我女儿最近特别崇拜那位男演员，零花钱全攒着买周边，还说想要签名照，我总不能看着她为了攒钱，苦待自己。"

沈调想了一下，回复道："我帮王老师问问看，今天有见面会，应该有机会能见到那个人。"

王朝义拍了一下沈调的背，说道："那麻烦你了，要是拿不到也没关系，我就是顺口一提。"

沈调摇头道："没事，不麻烦。"


江念期紧赶慢赶，终于在程佳峻落地十分钟前到了机场。一般来说，飞机落地后旅客还要等一会儿才会出来，江念期提前给程佳峻发过消息，她本以为还要再等一会儿，可没想到刚走到接机口，就远远地在出口处的人潮中看到了他。

看来飞机应该提前落地了，江念期想。

与此同时她的手机振动了一下，她低头一看，是程佳峻发来的消息——


　　程佳峻：别动，我看见你了。


看到消息之后，江念期索性站在原地，看着程佳峻一路朝自己走过来。一段时间不见，程佳峻的头发长了些，他穿着简单的白 T 恤和黑色束腿裤，因为混血儿的基因优势，他长得比大部分同龄男生高，十分挺拔。

他来到江念期身前站定，也没有像上次一样对她生气，只是用那双青灰色的眼眸静静地看着她。得见旧友，江念期眼眶有点儿发酸，在人来人往的机场出口直接掉起了眼泪。

程佳峻见状，拿纸巾给她擦了擦，语气有些无奈："怎么哭了，在这边不顺利吗？"

江念期撇嘴道："没有，就是终于看见熟人了，今天要是沉默来，我也哭。"

见她还在嘴硬，程佳峻轻笑了一声："我饿了，先去吃饭吧。"

江念期又擦了擦眼睛，点头道："行，我陪你。"

两个人打了辆出租车，先去了程佳峻订好的饭店。

在此之前，程佳峻压根儿没来过这座城市，但他什么都提前安排好了。不管是吃什么东西还是去哪里吃，他都很有主见，江念期真的就只是陪着他。

两人吃过饭后，便到街上散步消食。

闲逛时，程佳峻突然问道："想去看电影吗？"

江念期想了想，"嗯"了一声，便从校服口袋里掏出手机，打开了购票软件："我看看最近有什么新上映的。"

程佳峻却抬手挡住了她的手机屏幕，低头看着她的侧脸说道："你不是一直想看低音参与配乐的电影《无相人》吗？我带你去。"

江念期听到程佳峻的话后愣了一下，眉头也皱了起来："可《无相人》不是国庆才正式上映吗？"

程佳峻闻言，神神秘秘地从口袋里掏出两张贵宾证，在她面前轻轻晃了几下："有这个可以参加《无相人》的点映见面会，电影主创都会到场。不过低音本人肯定不会到场，他负责配乐，属于幕后人员。"

当看到那两张贵宾证后，江念期的眼神慢慢柔和下来，里面多了许多说不清的情绪："所以，你是因为这个才专门挑今天过来的吗？"

"嗯。"程佳峻点了一下头，没有再回避，直接问道，"去吗？"

江念期一时不知道该说些什么，只能有点笨拙地点了点头。

举办点映见面会的那家电影院就在附近，显然程佳峻在决定来这边吃饭之前，就已经把后续所有的事情都规划好了，就连轧马路的时间也都计算过，保证他们走过去可以刚好赶上。

可能是今天有见面会的缘故，在进入影厅时，里面的人看起来比平时要多得多，还有许多扛着摄像机、拿着话筒的媒体工作人员在走动。

程佳峻和江念期打了声招呼，便去排队买爆米花了。这时，有个看起来正在读初中的小姑娘伸手拉了拉江念期的衣角，开口问道："姐姐，我能买你的这个贵宾证吗？我可以出两千块，而且你放心，我是自己进去看，绝对不倒卖。"

江念期生平第一次遇到这种事，愣了愣，看了眼快买到爆米花的程佳峻，摇头说道："不好意思小妹妹，我是跟我朋友一块儿过来的，不能卖。"

小姑娘闻言有些失望，仍礼貌地对她道了谢，然后转身又去问起了别人。江念期在等程佳峻过来的时候，看到刚才那个小姑娘又拉住了不远处一个穿着市三中校服的男生问了起来。

直到那个男生把贵宾证从脖子上摘下来，递给那个小姑娘时，江念期这才看到这个人的侧脸，发觉他好像有点眼熟。

"在看什么？"程佳峻过来的时候注意到了江念期的视线，便顺着她的视线看了过去。江念期回过神，伸手接下他递过来的爆米花，说道："没什么，好像是学校的同学，开学的时候跟他见过一面。"

程佳峻只是看了一眼，没再追问，说道："走，先进去吧。"

二人已经跟着人流开始排队入场了，而那个读初中的小姑娘还在坚持着要给沈调转钱："哥哥，你把钱收下吧，我不能白拿你的。"

沈调耐心地低头对她解释道："没事，你去看吧，我已经看过很多遍了。"

"真的吗？那你不见秦文理了吗？"小姑娘还是觉得这样不好，不停地确认着。

沈调点点头:"嗯,我不去,你去吧。"

小姑娘这才兴高采烈地拿着贵宾证开始排队入场,而沈调就站在后面看着她的背影,刚好也看到了江念期和一个个子很高、侧脸看起来很帅的男生在往点映厅里面走。对方很仔细地护着江念期,防止她被人撞到。

他不自觉地多看了几眼,随后转身走向了另一边。

不久后,影片开始播放,而主创团队此时正在后台休息。

沈调进去的时候,刚好和剧组一位副导演打了个照面,对方一见到他,便热情地跟他打起了招呼,手也很自然地搭上了他的胳膊,开口问道:"过来啦!怎么不在前面看电影?"

沈调没有避开他,开口说道:"有人要贵宾证,我给她了。"

副导演笑道:"有朋友想过来你怎么不早说,我这边还有其他城市的点映会贵宾证,要不再给你拿几张?"

"不用了,我爸在吗?"沈调往里面看了一眼,除了几位过来跑通告的主要演员和工作人员在忙碌,后台并没有出现沈从来的身影。

副导演闻言回道:"沈导跟院线的负责人在聊天呢,出去有一会儿了。"

沈调了然:"那我等他。"

和他打完招呼,副导演就脚步匆匆地往门外走了。沈调看见正在旁边看书的秦文理,主动走到了他的面前,礼貌叫道:"秦老师。"

秦文理抬头看向沈调,微微点头致意:"你好啊,小沈老师。"

两人在剧组时有过一些交集,但并不多,因为双方涉及的领域并不相同。秦文理自打出道以来,作品几乎都是脍炙人口的高分经典剧目,平时虽低调,却也是个咖位很大的当红演员。

那天两人在剧组里碰巧见面，秦文理夸赞了他为《无相人》制作的电影配乐，又表达了自己的喜爱之情。虽然说的是圈内见面常用的客套话，可他不卑不亢的态度让人很有好感。

原本秦文理是直接叫他沈调老师的，最后还是在沈调的要求下改了口，选择叫他小沈老师。

"《法医报告》？"沈调看了眼秦文理手中的书，随口念出了书名。

秦文理将书签卡好，将书合上："是英国女法医苏·布莱克的科普手记，我现在没事做，就拿出来看一下。"

沈调道："我记得您去年出演过法医，没想到演完之后也还在学习相关知识。"

秦文理笑容温和："只是感兴趣。"

沈调没再多问，直截了当地表明了自己的想法："秦老师，有人托我找您拿个签名，可以麻烦您帮忙签一下吗？"

"当然可以。"秦文理放下手中的书，接过沈调递来的一本电影宣传册，在下笔前抬头问道，"写什么，有要求吗？"

沈调想了一下，说道："就写——王欣艺，你爸爸在学校很辛苦，你以后要好好学习，天天向上。"

秦文理闻言，流利地签完后合上笔盖，把宣传册递还给沈调，夸赞道："不是每位父亲都能有一个听话又能干的孩子，沈导真的把你教育得很好。"

沈调接过宣传册，随口接道："他工作忙得脚不沾地，我平时能让他省点心，也算是对他的一种支持吧。"

秦文理听后笑了笑："其实你爸爸都知道的，每次媒体采访问他是不是顾不上家时，他都会说他的儿子很有才能，根本不用他费心思管。不仅考上了重点高中，还回回拿年级第一名，在家里也很懂事。"

沈调闻言，笑意不达眼底，继续和秦文理寒暄。等过了一阵，当他听到外面有人喊"沈导"时，才回头看了一眼。

后台入口处，胡子拉碴的沈从来走了进来，和平时总穿人字拖、大裤衩的他不一样的是，沈从来今天的穿着正式了不少，毕竟是见面会，总不好一副不修边幅的样子。

沈从来进来后并没有看见沈调，此时的他正在喝水，还是沈调主动走了过去，叫了一声"爸"。

直到听见一声"爸"，沈从来才将目光挪了过去，不咸不淡地问道："你怎么来了？今天不是该上课吗？逃课了？"

沈从来的脸色不是很好，沈调看在眼里，摇头解释道："跟老师请过假了，有熟人想要秦老师的签名，我正好过来麻烦他一下。"

沈从来一听沈调是为了要签名来的，当即语气严厉地质问道："你就为这种事影响学习？沈调，你高二了，要知道紧张起来了。"

沈调本能地垂下了头，低声说道："学习没什么困难的。我就是听说你也过来了，所以想过来看你而已。"

沈从来没听出沈调的言下之意，眼神古怪，道："看我做什么？你成天都在想些什么？学习不难你就不放在心上了？你是不是觉得自己不会被任何人超过，觉得自己永远都能拿第一名啊？"

虽然习惯了父亲的训斥，但现下沈调的心里仍不是滋味，他低声道："不是……"

沈从来当着所有剧组人员的面教训沈调这种情况，已经发生过许多次了，但从没人敢说些什么，兀自过去帮忙说话，也只会徒增尴尬。

沈调其实很优秀，年纪轻、有才华、有作品，可他父亲比他更优秀，沈从来是在国际上都立得住脚的鬼才导演。而且每个家长管教孩子的方式都不同，别人的家事，还是不要掺和的好。

"好了，我懒得说你，你开学了吧？这次成绩怎么样？"沈从来问。

"刚开学，还没考。"沈调回道。

"哦，那等成绩出来了再给我发短信吧。"沈从来说着又看向秦文理，"文理，身上有没有什么小玩意儿能让他带走的？他过来帮他朋友要你的签名，给他点面子。"

虽然沈调刚被沈从来数落了一番，但秦文理并没有丝毫不尊重沈调的意思。他起身走到沈调身边，将手里的那本《法医报告》递给了他，笑道："小沈老师，把我正在看的这本书拿走吧。"

沈从来交代完后，又转身去找屋里的另一个人："小刘，刚才那个事我刚跟负责人谈过了，你现在跟我再过去一趟……"

说着他就又带上人走了。沈调在原地站了一会儿，对秦文理道了声谢后，盯着后台沈从来的照片看了很久，转身离开了。

《无相人》这部电影时长将近两小时，虽然有点长，但剧情紧凑，节奏也好，全程无尿点，给人留下了极佳的观影印象。

电影放映完后，主创人员纷纷现身影厅跟观众见面，主持人也开始挨个儿采访起来。

江念期和程佳峻坐在第二排，她在影厅明亮的光线下，看到了那些平时只能在电视和手机屏幕中才能看到的脸。而她也发现明星和普通人之间确实有一道高墙，有几张在银幕上看起来并不是特别惊艳的面孔，放在现实中却都是标准的帅哥美女。

江念期一边看着台上的主持人走流程，一边微微靠近程佳峻小声嘀咕道："你看，明星和素人之间果然还是有差距的，这些演员长得真的很好看。"

程佳峻闻言，垂眼看向她："可是你长得也不比她们差。"

江念期略有些诧异地转头与他对视，程佳峻却收回了视线："但娱乐圈可不是什么好地方，那里面最不缺的就是帅哥美女。"

"哦。"江念期也收回了视线，"我也没想过那个。"

…………

见面会到了互动阶段，主持人精气神十足地说道："现在给大家向我们的主演提问题的机会。这个箱子里面是影厅的座次表，我来随机抽取观众提问，大家可以提前准备好问题哦。"

说完，工作人员已经站到影厅观众席的阶梯上，准备好递话筒了。主持人从箱子里摸出一张纸条，打开看了一眼，然后将纸朝向观众席，口中念道："第五排第五号座位的观众。"

被抽取到的第一位幸运观众是一名男生，主创人员回答了他的问题后，主持人又抽了第二个，这次是一位中年女性。

这时，程佳峻突然开口对江念期说道："你想好问什么问题了吗？没准儿会抽中你。"

江念期压根儿没往这方面想，回道："我平时连包纸巾都中不了，没这运气。"

"第二排第六号座位的观众。"主持人大声念完第三位幸运观众的座位号后，第二排的观众都开始看起了自己背后的数字。

程佳峻看了眼自己的座位号，靠近江念期小声说道："我是二排五号。"

江念期看了一下四周，还在试图确认自己是不是第二排第四号，结果号码还没看到，便看到主持人一脸微笑地看着她说道："漂亮妹妹别看了，就是你，请问你有什么问题想问台上的演员们吗？"

江念期完全没想到自己居然会被抽到，这时有工作人员朝她递来了话筒，她接过话筒，顿了一下，开口道："其实，我个人是对这部电影里的配乐比较感兴趣的。听说低音参与了电影配乐的工作，请问他真的只是一位高中男生吗？还是说这只是他对外立的一个人设？"

江念期的这个问题在所有人的意料之外，台上的演员们一时也不知如何回答。这时，电影的副导演走了出来，接过话筒，清了清嗓子后说道："您请坐，这个问题我来回答您。"

江念期也察觉到自己问的问题有点不合适，但对方态度谦和，她便坐下了。

"因为影片中有关乐曲的元素使用较多，所以这次确实请了白巽老师、周勤老师等业内知名的资深作曲家来参与我们影片配乐的制作，而您刚才提到的低音，他其实是首次和我们合作。"

副导演先简单介绍了下资历较深的前辈，随后才开始着重讲起低音："不知道大家对于影片中孙途深夜归家，却又站在家门口迟迟不入的这一幕有没有印象？

"其实这一幕算是影片中的一个小高潮，而这场戏的背景音乐就是由低音独立完成的。他年纪的确不大，目前正在上高中，但他三岁就开始学习钢琴，十岁时，影视配乐大师白巽老师发现了他的天赋，开始带他系统学习作曲。

"也正是因为他从小接触到的都是业界顶尖的大帅，所以他年纪轻轻就能达到这样一个高度也并不奇怪，这都是他付出汗水后得到的结果。"

副导演说着，笑了一下："听说，他学习成绩优异，常年稳坐年级第一，课内课外两不耽误。合作时，他本人也很低调温和，十分考虑别人的感受。其实我挺佩服他的，我像他这么大的时候，每天还不知道窝在哪里打游戏呢。"

江念期一时间有些听愣了，直到旁边递话筒的工作人员伸手拉了拉她的衣服，她才回过神来："谢谢您的答复，我没什么要问的了。"

见面会结束后，江念期和程佳峻随着人流走了出来，她还在想刚才副导演说的话。

在即将进电梯时，程佳峻突然伸手拉住了她的手腕："念念，我们聊聊吧。"

江念期的思绪被拉了回来，她转头看向程佳峻，发现他的眼神似乎比往日认真。这让她心中多了些不确定的想法，但最后她还是点了头。

两人一同去了商场一层的一家冷饮店，点了两杯烧仙草。

此时外面天已经完全黑了，正淅淅沥沥地下着小雨。江念期坐在窗边，透过玻璃就能看见外面光影闪烁的车流。而坐在对面的程佳峻的侧脸也映在了玻璃上，他五官深邃，脖颈左侧还有一颗小痣。

"你应该能猜到，我这次来找你就是想叫你回去。"程佳峻没有绕弯子，注视着她道，"我知道你放心不下你弟弟，但说实话，你弟弟是你母亲和你继父的亲生孩子，他在这里是不会受到任何亏待的，但你在这边难道不难受吗？"

"我都懂。"江念期低头，用勺子把面前的烧仙草冻给戳开，说道。

"那你为什么不肯回去？你在这边看起来也并不开心。"程佳峻问道。

江念期放下勺子，叹了口气。程佳峻总是能一眼看透她的情绪，明明他只比她大一岁，却什么都明白。而姑姑那天私下说出口的话，一瞬间仿佛又回响在她的耳边。

其实那天，她并没有听到电话那头的声音，但她能猜到，姑姑应该是在给爸爸那个婚前曾交往了八年的前女友打电话。

姑姑的声音像是刚哭过，语调哽咽："要不是当初文安琪怀了孩子，我说什么都不可能让她嫁给我哥！我哥都是因为遇到了她人生才变得不对劲起来的，我真应该一开始就让她把那个孩子打掉！"

江念期听到这话后，内心却异常平静，一连几天都表现得像是什么都没有听到过一样。她猜姑姑恨的人里面肯定也包括她，但姑姑对她的好也都是真的。

从小到大，姑姑家就像她自己家一样，姑姑对她甚至比对自己的亲生儿子沉默都要好。爸爸去世后，妈妈撇下他们姐弟俩几年不管不问，也一直是姑姑在抚养他们两个，姑姑对她来说，就像她的半个妈妈……

但就在弟弟假遗腹子的身份被揭开的那段时间里，姑姑心里也只剩下了深不见底的仇视和恨意。

店内音乐刚好放完，周围陷入了寂静。这时，程佳峻的手机突然响了，他只是拿起来看了一下，没接，又放下了。

江念期的心里挣扎着，她抬头看向程佳峻，想要对他求救，可那句"我还能回得去吗"还没问出口，程佳峻抢先一步开口："念念，其实我准备去英国了，就这两天，我的手续已经全部办好了。但临走前，我还是放心不下，想来看看你。你回去吧，这里真的不适合你。"

江念期愣住了，睫毛微微颤动，有些不敢相信地开口："为什么？"

说完，江念期感觉自己的嗓音有点发哑，但这时她还没察觉到自己已经开始有点情绪化了，语气也变得冷漠起来。

"你一直都被人保护得太好了，但这边没有一个人能护着你，你会受伤的。"程佳峻看着自己面前的烧仙草，他顿了顿，抬起那双总是能引人注意的眼眸看着她继续说道，"你现在回去的话，沉默他们都会照顾着你，对你很好，我就能——"

没等他说完，江念期直接站了起来，红着一双眼睛质问道："你就能放心去英国了对吗？程佳峻我告诉你，你做梦！我过得怎么样跟你一点关系都没有，你以后也不要想着联系我！"

说完，江念期转身推开门，跑出了这家店。雨中的街道上，她一边跑一边捂着脸放声大哭，这也让路边撑伞的人纷纷看向她。

江念期也知道自己这样特别丢脸，但就像一直绷紧的弦终于断裂了一般，她这次是真的受不了，哭得根本就停不下来。

第二章

Re·《阵雨》

1:35                                                    5:21

这条街离文安琪的那个新家不远，江念期是在看到自己开学前去过的那家文具店时才察觉到这一点的。

她哭累了，无精打采的，像个幽灵一样在街上到处晃悠，本来不久前停了的雨，不知何时又下了起来。

新家就在不远处，可江念期完全没有想要去的意思。她清楚地知道，那里并不是她的容身之所，她的家早就随着那场带走父亲生命的车祸，彻底消失了。

硕大的雨点不断地在她身上拍打着，江念期冷得浑身发抖，眼眶蓄着的不知是泪水还是雨水，看向地面的视线也越发模糊，鼻尖止不住地酸。

此时，一股发自内心的无力感蔓延到江念期全身。她闭着眼睛站在雨中，像只走不动路了的小狗。

文具店附近的那家吉他店门窗紧闭，雨天也让店内的空气变得格外潮湿闷热。

店内，一个戴着毛线帽的男生正坐在沙发上，他透过沾满雨滴的玻璃窗看向外面，然后伸手摇了摇自己身旁的少年，说道："那里有个女生好像不开心。"

沈调正懒懒地蜷在沙发里，浑身上下跟没骨头似的，手里还拿着本书，只有左右来回扫动的眼睛证明他此时还清醒着。

那男生见沈调没搭理自己，又说："她站在那里淋雨欸。"

沈调依旧没反应，但店内其他人却有了动作。戴毛线帽的男生见一个中年大叔在柜子的抽屉翻翻找找，掏出把伞，一边撑开一边跑了出去后，连忙继续说道："老板出去了。"

说着，他又趴到沙发靠背上伸长脖子看，嘴里念念有词道："老板把她给带过来了，来了来了！"

沈调为了避人，一把扯过领子盖住了自己的下半张脸，但眼睛还在看着书。

"外面雨下得这么大，别自己一个人在外面淋着。"老板一边说一边递过去一包纸巾让江念期擦擦。

"谢谢。"她接过纸巾，开口道。

"没事，你在店里玩一下吧，那边的应该跟你差不多大。"

江念期将视线投过去，这才仔细看了眼店里现在的情况。跟上次来时不同的是，店里多了一群看起来十分厉害的人——一个扎着脏辫、戴着一堆廉价金属饰品的男生正在打游戏机，一个文了花臂的年轻男人怀里还抱着一个文了同款花臂、穿着旗袍裙的女人，还有一个戴着毛线帽的男孩，外加两个光头。

江念期扫了一眼，又看向了吉他店老板："我还是先走了。"

老板有点惊讶，问道："为什么呀？"

江念期没说话，只是将视线收了回来。

老板见状轻咳了两声，解释道："他们是租下旁边乐队练习场地的人，今天下雨，地下室太潮了，还有点漏水，就来我这儿避一避。你随便坐，等雨停了再走吧。"

既来之则安之，江念期只能暂时找了个凳子坐下，伸手把外套给裹紧了。

戴毛线帽的那个男生拿起拍立得，对准坐在门口的江念期拍了张照片。江念期听到快门声后下意识地看了过去，那男生瞬间就把头埋进沙发的抱枕堆里。江念期没发现什么，只能又把目光收了回去。

过了一会儿，那男生慢慢探起头，看到江念期一个人发呆，才把拍好的相片从相机里取出来甩了甩。照片上的江念期和他用肉眼看到的差不了太多，即便头发湿漉漉的，也感觉不到她的狼狈，整个人精致小巧，像一个皮肤白皙但没有太多血色的人偶。

他顺手把照片递给旁边已经埋到抱枕堆里的沈调，极小声地对他说："她穿着跟你一样的校服欸。"

看到那张快要按到他眼皮上的照片，沈调顺手把它拿过来，夹到了书里。

男孩"啧"了一声，然后一股脑儿地把抱枕堆到沈调的身上，观察了一下，又接着往他身上放了几个，直接把沈调给埋了起来，嘟囔道："又装死。"

过了一会儿，江念期起身去旁边的自助贩卖机买了瓶水，之后便在店里闲逛，看起了吉他。

可刚一转身，她就发现店里那帮人乌泱泱地出去了。江念期被吓了一跳，目视他们走了之后，又看向站在旁边的老板，开口问他："他们怎么都走了？"

老板闻言道："估计觉得你是客人，怕影响我做生意吧。我好像见你来过，对吉他有兴趣？"

江念期回道："我就想看看。"

老板想了一下，说道："对了，你上次不是问过我那张照片里的老师吗？他今天刚好就在这儿。"

江念期微愣，环视了一圈，没见着人。老板见状直接走了过去，在里厅的组合沙发上找了找，然后扒开沈调身上的抱枕，揪出一个正咬着衣领看书的少年。

江念期这才发现自己刚才没有注意到他，刚才那群人坐在外厅，刚好把他给挡得严严实实。她认出他是开学那天在报到处见过的那个男生，但不知道他是谁，也不知道他叫什么名字，只知道他们两个是一个学校的。

被打扰的沈调抬眼看向老板，开口说道："有点热。"

老板插了台电风扇对着他，他被风吹得睁不开眼，又说："风太大了。"

老板又把风调小了一点，伺候完这个小祖宗之后，他翻出一个箱子转身就要走，沈调见状开口问道："你去哪儿？"

"还能去哪儿？我去给他们看一下漏水的地方。这帮人一下雨就成天来我这儿待着也不是个事，店就暂时先交给你了。"老板一边收拾工具箱，一边回道。

沈调看老板拿上工具箱要出门，慢吞吞地"哦"了一声。

另一边，江念期扫了眼两边放着的吉他，有点出神。

这个吉他店并不大，一共两个门面，一个是大门，另一个是玻璃橱窗，橱窗后面放了沙发和被乐器围起来的高脚台桌，多半是生活区，偶尔在那边喝点咖啡、弹几首曲子还挺舒服的。

可能是因为没什么人，店内的气氛出奇地静，只能听见外面淅淅沥沥的雨声。江念期走到高脚桌旁，突然想起这个少年那天提醒过她晚自习一定要去上，不由得看着他问道："你怎么没上晚自习？"

沈调没抬眼，微不可闻地"嗯"了声，算是回应了江念期，之后就没了动静。江念期看出对方现在不太想搭理人，因为他的视线一直停留在他手里的那本书上，整个人就像只慵懒傲娇的猫，只想自己找个地方蜷着，身边的一切也都被他现在倦懒的模样衬托得像是猫窝一般。

但她一直都不喜欢猫，她喜欢狗。

江念期不想自讨没趣，也不说话了，这时，她看到高脚桌边上有把吉他，便顺手拿起来试了试音。抬眼看到窗外正在往下落的雨，弹了一段曲子。

第一个音出现的时候，正在沙发上靠着的少年僵硬了一下，但江念期并没有注意到他的反应，只是全神贯注地把感情投入正在弹奏的乐曲上。

这是低音自己创作并用吉他弹奏过的曲子，叫《阵雨》。《阵雨》并不是他热度最高的乐曲，但弹奏技巧多、难度高，当初江念期在他发布新曲后照着乐谱练了很久。

她对吉他的掌握程度很高，原本慢节奏的乐曲被她加了一倍速来弹，更符合窗外现在掺杂着阵阵雷声的大雨氛围。

从她身上，沈调明显地感觉到了自然和随意。她运指拨弦极其轻松，弹得也非常干净利落，细节也很到位。而且她的扫弦花样丰富，他自己都觉得有点难度的曲子，却被她十分轻松地弹了下来，甚至还在结尾处加了一段即兴演奏。

沈调收回视线，他不想说她的泛音比他的人生规划还清晰。而拎着工具箱回来的老板在江念期弹完之后也回了神，连连鼓掌："你这吉他弹得真是不错，感情表现力很强，学了很久吧？"

江念期放下吉他，淡淡说道："是，上小学时开始学的。"

此话一出，老板看江念期的眼神都不一样了，他开玩笑道："刚开始看你弹这曲子时表情不太好看，还以为你是对这曲子的作者有什么意见。"

他这句话其实是在暗讽屋内的另一个人，但他也没去看对方的反应。

江念期把吉他放下，摇头道："没有，我很喜欢这首曲子的作者。搬到新家之后隔音好像不太好，我很久没摸过吉他了，今天一时兴起就弹了一下。"

老板闻言倒是十分兴奋，又继续问道："那你有空的时候能来我们这儿玩吗？你来买东西的话我可以给你打最低折，怎么样？"

江念期顿了一下，不知为何看了一眼沙发里窝着的那个男生。江念期没听过他弹奏乐器，有点好奇。过去的圈子江念期已经回不去了，她也想找一个新的能弹吉他的地方，便点了头："我没问题，不过不能经常来，我还在上学。"

老板倒是不在意："没事，看你安排。"

江念期在这家店里待了这么一会儿，心情已经好多了，不知道是不是因为淋了雨又弹了吉他，她现在有些疲惫，看到外面的雨势小了很多，便放下了吉他："时间不早了，我先回去了。"

"好，那你路上慢点，注意安全。"老板道。

江念期跟老板道别后拦了辆出租车，回家休息了。

把她送走后，老板看向沈调，开口说道："你这都抱着书看一整晚了，我这儿光线一般，你回教室看去。"

"厌学了，不想去。"沈调的视线自始至终都没从书上移开，却一直停留在一个位置，没翻过页。

老板不信，见他那块儿光线不太好，又拿了盏台灯过去，插上电源调亮后放在他后面的窗台上，苦口婆心地对他说道："打住，你每次都这么说，每次都拿第一，等你什么时候拿第二了再跟我说厌学这话。"

沈调没回话，只是将头靠着沙发靠背，直接把书本压到了脸上。

老板特意回来是为了穿雨衣，然后又返回了乐队排练房。

待脚步声逐渐远去之后，书本下的少年这才开口，轻声说了一句："好累。"

只能说放纵自己是需要付出代价的，江念期淋了场雨后，洗澡时整个人就开始昏昏沉沉的。

躺到床上睡着后，不知过了多久，她在半梦半醒间察觉到自己呼吸滚烫，身体热得不正常，她想自己应该是发烧了。但她现在浑身无力，根本就动不了，只能习惯性地在床上翻了个身，拉上被子，往被窝里面缩了缩，不知不觉又睡了过去。

她这一觉睡到了第二天下午，醒来后她只感觉自己浑身都痛，抬手摸了下额头，感觉温度好像比昨晚更高了。

江念期嘴里发苦，撑着身子起床去卫生间用水漱了漱口，出来后又栽倒在沙发上，准备上网买点药吃。就在这时，她注意到微信里有一条来自文安琪的新消息，点进去一看，是文安琪昨晚发过来的长语音，时长将近一分钟。

江念期直接点击了语音转文字，本来她是不想听的，可看着显示着"正在转换中"的屏幕，她突然犹豫了，又把那条语音给打开，手机听筒里传出了女人温柔的声音："念念，昨天你跟高三那个女生之间发生的事我都知道了，你班主任给我来了电话，这件事我们就不要再计较了。另外你班主任跟我说你今天中午没当面跟他请假，直接发了条请假短信，下午就不见人影了，也没去上晚自习，我帮你掩护过去了，说你是因为跟我吵架了心情不好，所以才想出去放松一下心情。你没找到他才发了短信请假。你之后记得去跟老师道个歉，调整好自己的状态后就回去学习，学生还是要以成绩为重的。"

江念期听完语音后就把手机放下了，她强忍着嗓子痛咽了下口水，又抬手按了按自己的太阳穴，她现在呼吸都像是在喷火。

她实在难受得不行，只好编辑了一条短信发给班主任，请了两天病假。请完假，她又上网下单了一些清淡的家常菜和一些退烧药，一切都弄好后，没一会儿，她又沉沉地睡了过去。

不知道过了多久，等她再醒来的时候，天已经全黑了。江念期看了眼手机，已经晚上九点半了，通话列表里显示有陌生号码的未接来电，而两个外卖在软件上都显示已经按时送达了。

江念期顺手拿了个口罩戴上，坐电梯下楼去拿饭菜和药。

在楼下架子上找到外卖后，江念期拿着袋子再次走进了电梯。就在电梯门将要关上的时候，两扇门又突然打开了，紧接着一个男生走了进来。

江念期抬眼扫了一下，一眼就认出这个男生是昨天在吉他店里碰到过的那个男同学。她把自己的口罩往上拉了一点，装作不认识他的样子。不过好在对方似乎也没有要跟她聊天的想法，见面时也没有开口打招呼。

在刘海和口罩的遮挡下，江念期用余光瞥见他伸手按下电梯层数，发现他原来就住在自己楼上。

大概是被刘海给扎痒了，她没忍住打了个喷嚏，喉咙瞬间痛得不行。江念期捂着嗓子，屏住呼吸，过了好一会儿才敢吸吸鼻子。

电梯到中途的时候停了一下，一个陌生人走了进来。这时，身旁那个男生突然对她说道："生病了就不要吃太辣的。"

江念期一开始还以为他是在跟别人说话，可刚进来的那人没反应，她这才犹豫着看向了他："嗯？"

沈调看了她手里的外卖袋子，解释道："这家店的老板做菜很喜欢放辣。"

江念期点了点头："谢谢，我知道了。"

很显然，他已经吃遍这附近的外卖了，只看包装袋就知道这家店是什么口味。江念期回应过之后又低下头，她现在晕乎乎的，嗓子也痛得厉害，说不出几句话，等到达家所在的楼层后，就直接出去了。

回到家后，她打开外卖后发现点的土豆丝里面有很多青辣椒，她夹起来才尝了一口就吐了出来，那个男生没有骗她，这家店的菜真的很辣，她根本吃不下去。

她又打开另一份青菜小炒，好在这道菜没什么辣椒，勉强能吃。吃完饭，她又吃了药，便继续在沙发里窝着。

药劲上来后，人有点犯困，她抱着平板电脑强撑着又看了会儿网课，最后实在是支撑不住，便回到卧室睡觉去了。

大概是药物发挥了作用，江念期这一觉睡得安稳了许多，体温也降了下来。

到了后半夜，她一直在做梦。

再醒来时已经天光大亮，她躺在卧室里，喉咙依然火辣辣地疼，她翻了个身，拿过手机打开，看到了沉默给她发的信息——

沉默：小江，你可两天没回我消息了。我问程佳峻见到你了没有，他也不回我，你俩同时跟我玩失踪是吧？

沉默：都走了，所以排挤我一个人？

江念期不知道表哥的脑子里一天到晚都在想些什么，只能忍着头痛回复了他。

江念期：我发烧了，睡了一天，你消停点，别烦我。

沉默：不是吧，你受这么大刺激？都到发烧这地步了？他说要移民，你整个人就直接垮掉了吗？

江念期懒得回复他，她深深地觉得自己受到了第二波刺激。

这场病来势汹汹，前几个月累积的坏情绪彻底爆发。江念期坚持吃药，可身体还是不见好，但她已经请假三天了，最后她还是戴着口罩去了学校。

前段时间自己惹了不少事，江念期知道班主任王朝义肯定会找她秋后算账。果不其然，在上完第二节课后，她才刚出教室就被王朝义叫住了。

江念期本以为自己会受到批评，毕竟那天中午自己跑出去的时候，班主任的声音听起来还挺激动的。可她很快发现事情并不像她想象的那样。此时正逢课间的早操时间，楼下响着广播体操的音乐，王朝义走进办公室后什么也没说，只是随手拿起桌上的水杯喝了口水，但喝过水后他还是不说话，又顺手翻起了桌上的备课本，像是在等江念期主动向他开口。

江念期见状，顿了顿，主动开口喊道："王老师。"

王朝义这才看向她，问道："感冒好啦？"

江念期点点头，把自己脸上的口罩拉了下来。她脸色苍白，脸颊处又泛着不自然的红晕，显然是病还没好："上次和高三学姐起冲突那件事是我做得不对，让老师操心了。"

王朝义看到江念期虚弱的模样，一时不知道该如何开口教育她。上次还觉得她脾气挺大的，可仔细想想，她的家庭关系也确实复杂。

而且这个年龄段的孩子，若是没受到合理的引导，很容易走上弯路。毕竟是自己的学生，王朝义不想让这么好的苗子毁在自己手里，他摆了摆手："行了，做老师的哪有不操心的，不过你前几天先斩后奏跑出去这件事无论如何都是不对的。"

江念期点头："我知道。"

见她态度不错，王朝义索性开口问道："说说吧，你那天出去做什么去了？真的是因为跟你妈妈吵架了？"

江念期的嗓子还没好，音色比平时低沉得多，还带着重重的鼻音："我以前学校里最好的朋友要移民去英国了，以后估计很难再见，他来找我，我就想着去见他一面。"

王朝义听完，气恼的同时又有些自责。原来自己的学生已经没安全感到这种地步了，就这点小事，她都不敢当面跟他请假。

他眉头皱了起来："江念期，下次再有这种事，你不用害怕我不给你批假就发个短信偷偷溜走，让我担心！我又不是不让你去。"

江念期乖乖低头挨训，王朝义又把学校的校规和基本的请假流程跟她说了一遍，这才松口，摆了摆手说："行了，这件事到此为止，你去写份检讨，这周交给我。"

江念期答道："知道了，谢谢老师。"

她头都没抬，正准备回去写检讨，王朝义突然又叫住了她："等等，我还有事想问你。"

江念期正准备迈出去的步子又停了下来，她看向王朝义，发现他问话时的表情很认真："生病的这几天，你有医院的开药证明吗？"

江念期这几天病得连单元门都没出过，她摇了摇头，道："没有，不过我有软件上买药的订单记录。"

王朝义的眼神忽然变得有些怪，他伸出手对江念期说道："给我看看，我知道你带手机了。"

江念期没办法，只能将手机拿出来打开买药记录给他看。看完之后，王朝义直接扣下了她的手机，严厉道："你先回去上课吧，手机等晚自习下课之后再来拿，学校内禁用电子设备。以后别再带电子产品到学校来了，知道吗？"

江念期点了点头，从办公室走了出来。

之前的事算是正式结束了，她松了一口气，感觉自己这段时间可能有点衰，被一堆事情缠着。

快要回到教室的时候，早操已经结束了，江念期在走廊上走着，突然一个她不认识的男生追了过来，朝她喊了声："江念期。"

她停住脚步，而那个男生也一路小跑到她面前，往她手里塞了一只学校超市里买的烤鸡。

江念期有点蒙，开口问道："你这是做什么？"

那男生塞完东西便往后退了两步，道："你好好补补身体。"

江念期不知道这个男生为什么会知道自己生病的事，刚想把东西还回去，可对方直接跑了。她从来不吃来路不明的东西，又看到周围路过的同学都在偷偷议论她，心里莫名不安。

若是就一个人来送东西，她倒是还可以理解成同学间的关心，可当她回到教室后，没一会儿，就又有几个人跑来给她送吃的，上午的课程结束后，江念期已经收到一大堆吃的了。

当又有人来给她送东西时，江念期终于受不了了，她直接拽住那个男生的校服，当众质问他："送来送去的，你们到底是什么意思？给我说清楚！"

那男生也没想到江念期会质问他，他情绪激动，不停挣扎着想走。眼看就要被他挣脱，江念期直接抓住他的手臂一拧，他才终于老实下来："我说！你轻点。"

"快说。"江念期和沉默一起学了几年的擒拿，现下被这帮人给逼急了，也没注意下手的力道。

那男生连忙说道："前两天晚上有个中年男人过来，到处找人问你在哪间教室，要给你送钱。别人还以为是你爸，结果那男的却说你缠着他，生病了还找他要钱，他过来就是为了给你送钱的。"

听到男生这么说，江念期拽着他手臂的手当即更加用力了："听错了吧你？我根本不认识这号人！"

那男生疼得仰起脖子，张嘴叫个不停："除了你，咱们学校还有叫江念期的吗？现在全校都知道了。"

江念期闻言愣住了，眼睛眨了几下，嘴巴都合不拢。

感受到手臂的力度放松下来，男生一下挣开江念期，转身跑了。

吃过午饭后，有同学小跑进高二一班，直接坐到沈调旁边的座位上，道："笑死我了，我跟你说，今天上午已经有好几个人跑去给二班的江念期送吃的了，那个传言应该是真的吧？"

沈调在做题，连头都没抬起来，倒是另一边的一个男生接话道："怎么可能？那男的明明知道她生病了，为什么还要来学校找她？这不是自相矛盾吗？再说了，你怎么知道那男的不是有心之人故意找来恶心她的？"

那个跑来传话的男生听完明显愣了一下，表情略显迟疑地说道："不至于吧，要是这么说那人也太坏了，还特意找个老男人来败坏江念期的名声？"

"谁知道呢？那天晚上江念期还刚好不在，有嘴都没法解释。不过到底是谁把那男的放进来的？咱们学校门卫管得挺严的吧？"

传话的男生摇了摇头："不知道，可能是跟着学生混进来的吧？现在人脸识别系统还没开，跟着人群一起走说不定就混进来了。"

沈调全程都没说话，他从书包里抽了本书出来，翻开打算找相关概念的讲解，那人见状问道："调哥你有什么看法？"

"没看法。"沈调说完，直接拿出耳塞把耳朵给堵上了。旁边的人愣了一下，但马上就露出一副习以为常的表情，自我开解道："知道了，马上就要月考了，调哥要学习了。"

另一边，江念期把送来的那些吃的都扔到了垃圾桶里，上课的时候班里飘着一股混合的食物气味。

下午第一节课是物理课，班上的同学都有点犯困，物理老师将题写在黑板上后让同学们自己解题，而他则趁着大家做题的时候在教室里转悠。当他看到垃圾桶里没拆封的那些吃的后，有些心疼地问道："怎么这么浪费，这些吃的都没开封呢，怎么全扔掉了？"

一说起这个，班里的同学就都睡不着了，有人开始窃窃私语地议论，还有人在偷笑。江念期正在做题，并没有理会。

物理课结束之后，老师下发了课堂作业，但江念期却怎么也找不到自己的作业本。

讲台上没有，物理书里也没有夹着，江念期怕是自己往后排传作业本时没看清楚，又去问后面的同学，可他们都说没有看到。

上了一下午课，连着三本课堂作业都不见了，这让江念期有种不好的预感。晚自习的时候，她专门去问了那几科的课代表有没有看到自己的作业本，但他们都表示自己收作业的时候，作业并没有被人动过。

事情发展到这一步，江念期就算是再不想相信，也知道自己在班里的尴尬处境了。她从物理课代表的座位前离开，准备回自己的位子，刚走没几步就听到身后有人在偷笑，她回头看了过去，那个正在笑的人连忙将视线移到了别处，不知是心虚，还是单纯不想理她。

江念期的表情瞬间冷了下来，她停下脚步环视一周，目光落到了教室的窗户上。

她走过去，打开窗户往外面看了一眼，本来只是不死心想找一下，不想却真的在窗户外面的窗檐上发现了自己丢失的作业本。

江念期闭上眼睛深呼吸了一下，随后开口问道："谁把我的作业扔外面去了？"

教室里虽然有人在窃窃私语，但整体还是比较安静的，江念期的嗓子还没有彻底恢复，不过她敢保证班里每个人都能听到她的询问。但并没有人回应她，就连离她最近的同学也没回头，每个人都还忙着做自己的事。

江念期又加大音量喊了第二遍，这次终于有几个人回头看她了，但表情里却带着些被打扰的不耐烦。

"行。"江念期忍不下去了，她直接走到黑板旁，用力地连拍了几下黑板。

这一刻，班里不少人被猛地吓了一跳，所有人都看向了江念期，议论声也此起彼伏地响了起来。

把众人的目光集中后，江念期又一字一句地把自己的问题重复了一遍："说吧，谁干的？"

周围鸦雀无声，无人应答。

"还不说是吧？"江念期看了眼教室，刚打算搬起身旁的椅子，突然有个男生站起来怒斥她："你没事吧！别人不上课了吗？"

而此时王朝义也赶了过来，他用力拍打讲台："怎么回事？！要翻天了是吧，我在楼下都听到咱班的声音了！江念期，你赶紧给我把椅子放下！"

不光是王朝义听到声音后赶了过来，就连一班的苏老师也站在二班门外，探头探脑地往里看。

江念期把椅子放下，王朝义从讲台上快步走下来，居高临下地指着她问道："怎么回事？你要干吗？"

江念期脸上一点表情都没有，冷静地解释起来："我这几天没来上课，他们把我的课堂作业扔到了窗户外面。今天还有一堆人来给我送吃的，说我跟不三不四的人纠缠不休。但凡是脑子正常点、有自己独立思考能力的人，会相信这么离谱的事吗？我只是发烧请了几天假，他们凭什么这么说我？"

王朝义听了这些话，脸上的表情也难看到了极点，他拉住江念期的胳膊，要带她往外走："行了，去我办公室再说。"

江念期却直接把胳膊扯了出来："我知道你们成绩都不差，在家里也是被宠着惯着的，你们要是觉得我不配跟你们在一间教室里，那来考一次试，比比成绩啊！要是考不过我，你们统统给我道歉！"

江念期还要继续说，却被王朝义直接拽到教室外的走廊上。

王朝义看见江念期肩膀颤抖，以为她在哭，拍了拍她的肩膀安慰道："行了，哭什么。"

"我没哭。"江念期回道。

王朝义仔细看了看，发现她除了被气得眼尾有点发红，没有半点要流眼泪的迹象，而她发抖，完全是被气的。

带了这么多年学生，王朝义就没碰见过这种情况，他一脸疑惑，眉头皱得快能夹死一只苍蝇："江念期，你明明是受害者，怎么每次都搞得自己像个加害者一样，班级同学都被你吓到了你知不知道？"

江念期刚才在班里喊得太大声，还没好全的嗓子现在开始隐隐作痛，她按住喉咙哑声喊道："我见不得有人抹黑我。"

王朝义被气笑了："行，从明天开始，你去打扫一个月公共区的卫生，另外你再给我写份检讨，这周全校师生大会，给我上台去念！"

江念期不说话，只是盯着他看，王朝义一叉腰："以后他们也跟着你学怎么办？你觉得你这么做对吗？"

江念期没有反驳，是她的错她会全部接下，可有些事她也不准备轻易揭过："我知道我错了，检讨我写，错我也认。但学校里有人污蔑我，老师就不罚他们了吗？难道要我忍气吞声吗？我把话放在这儿，我来学校是学习的，不是跟他们过家家的！王老师，您之前说要看我的医院病历，您扪心自问，您真的完全相信我，相信您自己的学生吗？"

王朝义被江念期说得有点不知所措，忙解释道："我总得了解一下事情的真相吧。"

"行。"江念期点点头，"那您说这件事怎么处理吧？"

王朝义教书这么多年就没见过这样的情况："我已经跟你妈妈通了电话，她说她明天亲自过来一趟。不过你刚才在班里说什么，要考过班里所有人，当年级第一？"

江念期眼神平静地看着他："您觉得我不行吗？"

王朝义笑了一声："别人觉得行不行没什么用，关键得看你自己的本事。好好考，我等着看。"

第二天一早，文安琪身旁时常跟着的那位李秘书来了学校，她还带了两个律师，一直在学校里调查取证，询问过当晚接触那个中年男人的几个学生后，又去找门卫调了监控，准备起诉诽谤的人。

江念期昨天在班里发了好大一通火，现在班里的同学一看到她心里都有些发怵，午休时，有两个女生和一个男生过来找江念期道歉了。

"对不起，这些巧克力送给你。我们不该把你的作业扔到外面去，这几本作业我们已经想办法捡回来了，我们知道错了。"他们站在江念期座位旁边时多少有点慌，生怕她脸色一变就要发火，也生怕自己会挨训。

但江念期是个直脾气，昨晚的气劲早就过了。她把他们拿来的作业收了起来，巧克力也一并收下了，但防人之心不可无，她肯定是不敢吃的，不过还是回应了几人："好，我知道了。"

见江念期收下了巧克力，中间一个女生说道："那个男人的事，你可以往于晴那边查一查，她一直看你不顺眼，我们也是在群里看到他们讨论的话，才做了这种事情，当时感觉是在伸张正义，现在才觉得是被有心人利用了。"

听到"伸张正义"四个字，江念期只觉得好笑，她随口问道："哪个群？"

那女生连忙说道："是第三中学的大群。你要进吗？我拉你。"

江念期还没有进过新学校的群，便答应了。那个女生把她拉进群之后，几人就从她桌边离开了。新成员是看不到群内之前的聊天记录的，江念期随手把群设置成了不接收群消息的勿扰模式，继续在座位上刷题。

这时，一旁的彭舒妤凑了过来，说道："这几天学校里议论过你的人现在都怕死了，担心你家请的律师查出证据后，连着他们一块儿告了。"

江念期一边算题，一边回彭舒妤："谁让这些人管不住自己的嘴巴。"

彭舒妤一脸震惊地说道:"不是吧,说过你的人你都要追究吗?"

这话一出口,班里许多同学都朝二人看了过来。江念期放下笔,看向她,问道:"我骂你两句你会去告我吗?"

彭舒妤摇摇头:"不会啊。"

江念期说道:"那你为什么觉得我会这么做?你觉得我不正常?"

彭舒妤闻言愣了一下,不说话了。

接下来的半个月江念期都在埋头学习,她白天上课刷题,晚上下课回去后也没松懈,点着灯一直学。

凌晨三点,闹钟响了,她写完最后一题,打了个哈欠,拿起一旁的手机,正好看到沉默给她发了条消息——

> 沉默:我刚刚游戏十连抽终于抽到小露了,我今天运气太好了吧!希望这份好运可以通过网络传递给你。

江念期揉了揉有点干涩的眼睛,给他回了条消息——

> 江念期:有人幸运就会有人倒霉,不要把你的因果传到我身上,隔着屏幕也不行,我已经够倒霉的了。

回完消息,江念期简单冲了个澡,洗完澡、晾好浴巾后就躺到床上,闭上眼睛,却翻来覆去地怎么都睡不着。她睁开眼睛望着天花板,毫无疑问,她又失眠了。

江念期没办法,只能戴上耳机,听起了低音早期的乐曲。

过了一会儿,她在低音七年前发布的一首吉他指弹的曲子下面发了一条留言——

> 低音你好，我从小就喜欢你的音乐，也被你影响，学了十年吉他，结果上个月才知道原来你从小学的是钢琴。明天就要月考了，我必须考到年级第一，不然就会被同学奚落。现在我正缩在被子里面一个人失落，虽然我过得不好，但我希望男神你一切都好，晚安。

楼上，沈调还在目不转睛地看着一道题，认真思考着。这道题他做不出来，在所有科目里，他的数学是学起来最吃力的。

他双手撑着额头，闭上眼睛用指腹揉了揉太阳穴，放下了手里的笔，拿起手机打开了常用的音乐软件，随手点开显示着小红点的消息列表看了一眼，发现三十秒前有人在他七年前的指弹练习曲下面留了言。

他很久没有回过别人的私信了，但现在的他只想逃避那道数学题，于是回复道——

> 希望你不要失落，也祝你这次考试顺利，早点睡，晚安。

但事实上，江念期刚发完这条留言就睡着了，她睡相很差，被子也没盖好，但睡得很沉。而楼上的沈调看着面前的数学题，沉默着思考了许久，最后还是继续写了起来。

第二天一早，江念期准时被闹钟吵醒，她闭着眼，迷迷糊糊地起床，凭着肌肉记忆走到洗手间里刷牙洗脸，到出门时眼睛都没睁开过几次。

可能走读生的出发时间都差不多，进电梯后，江念期又遇到了住在她家楼上的那个男同学，发现他的眼框也有两道明显的乌青。

怎么着也算是半个邻居，江念期便主动开口问候了一声："早。"

对方掀起眼皮看了她一眼，说了句"早"后，又把眼睛闭上了，等电梯到了一楼后就直接出去了。江念期感觉到他气色不是很好。

到教室后，江念期把自己的书包放下，开始平心静气地应对接下来的月考。

考试持续了一整天，直到晚上才考完最后一科。老师收完卷后，同学们也开始往宿舍走。

为了让自己保持清醒，江念期中午没有吃饭，只含了几颗糖。她在专注做事的时候感觉不到饿，现在放松下来，才觉得胃里空空的，有些难受，便准备去小食堂吃点东西。

到了小食堂，她买了碗香菇面，吃了一口后整个人都放松了下来，香菇面虽然用料简单，但味道很好。

本来江念期一心扑在干饭上，可偏偏她身后的不远处有人议论起了她："你们班那个江念期学习好像挺好的，到时候你们要是真没有一个人能考得过她怎么办？"

被问的人语气不屑地说道："她这种人就是雷声大雨点小，看着就不像是认真读书的，跟外面那些人一样爱玩，要我说她就该去最差的班。"

听到这里，江念期实在忍不了了，她放下筷子走到那人面前，语气平静地说道："你再说一遍。"

留着板寸的男生抬眼看向江念期，脸上一点慌乱的情绪都没有，显然是对她不满已久："怎么，我说错了？"

江念期也不怵，直接质问起男生来："你觉得自己很了解我吗？我们在班里好像都没说过话吧？虽然我不知道你每天都在想些什么，但你这种人是真的让人很无语。"

说完，没等男生反应过来，江念期就转身离开了，她懒得再多跟他说一句话。

江念期是走着回家的，她没背书包，手里拎着一个袋子，在街上晃荡着。

白天的考试说难不难，说简单也不简单，不过比起上一所学校的考试题来说，多少还是让江念期感觉轻松了一点。

回家后，江念期简单冲了个澡，又放好热水，躺进浴缸里。

她用毛巾擦了擦手，拿起一旁的手机，在播放列表里选了一首低音的音乐，点击了"播放"。正当她享受音乐时，她突然注意到软件的消息栏处多了个小红点，点开之后，发现是低音带着平台身份认证的头像回她的消息——

*希望你不要失落，也祝你这次考试顺利，早点睡，晚安。*

看到消息的一瞬间，江念期的眼睛都瞪大了，她忍不住坐直，目瞪口呆地看着这条回复，伸手捂住了嘴，喃喃道："他回我了。"

她把这条消息看了一遍又一遍，原本坐直的身体不断下滑，下半张脸都泡进了水里。过了一会儿，她闭上眼睛开始吐泡泡，脑子里想的全是低音回复她这件事。

低音回复的语气好温柔，江念期在心里想着。原本被偶像回复是件特别开心的事，可突然她又想到一个问题——他回复其他粉丝的时候，是不是也这么温柔？

虽然低音从没露过脸，但他的女粉丝有很多，光是评论区里的就已经数不清了，毕竟他年少有为，天赋和才华都那么高，简直是自带光环。

正出着神，江念期手里的手机突然振动起来，她拿起来看了一眼，发现居然是姑姑给她打来了电话。她犹豫片刻，接通后放到耳边，道："姑姑。"

电话那头安静了片刻，过了一会儿才有了声音："我听沉默说，你今天月考？"

"是。"江念期答道。

"考完了？感觉怎么样？"

光是听声音，江念期都能想象到那个总是戴着眼镜、不苟言笑的女性形象。比起她的亲生母亲，姑姑更像是江念期小学时班里那个严肃的女老师。

"应该还可以，都不难。"江念期谨慎地回复道。

"嗯，你觉得好就行，到时候成绩出来了，记得给我发一份成绩单。"

"好。"江念期道。

"在你妈那边还习惯吗？我听说她再婚对象还有一个跟你差不多大的女儿，相处得怎么样？"

江念期没想到姑姑还会关心她的生活，犹豫片刻后，慢慢回道："我搬过去后就一直住在学校附近的房子里，跟她没怎么接触过，平时也没说过话。"

听完她的话，姑姑的声音也放缓了，说道："行，你照顾好自己，有什么事别自己扛着，要记得你还有个家在这边。"

"好，我知道了。"江念期应了声，挂了电话。

一瞬间，江念期的心情很复杂。她在水里抱紧了双腿，将下巴抵在了膝盖上。

此时，楼上的沈调正拿着手机在阳台吹风。考完试后，他直接回了家，然后便一直伏在阳台栏杆上，看关于他父亲的一段访谈。

画面中坐在沙发上正在和主持人交谈的男演员，沈调认识却并不熟悉，最多也就是过去说过话的交情，而且还是很久以前了。

访谈中，男演员回忆起一段与沈调有关的往事，对主持人说："沈从来导演在片场特别严厉，但平时他其实是非常关心演员的。有一次，他接到一个电话，刚说没两句就挂了，然后就一直在组里忙到了天亮。后来我们才知道，那天是他儿子的生日，当时他儿子可能才上小学吧，打电话对沈导说'爸爸我数学考了满分'。那会儿片场离他家不远，小孩子想让沈导回去陪他吃饭，但沈导当时工作实在太忙，没能从片场脱身。说真的，沈导他为了电影事业，在家庭上牺牲太多了。"

沈调看着访谈视频，脑海中不时地闪现出沈从来拿着剧本跟演员讲戏的场景。过了一会儿，他又用手指将视频的进度条拖了回去，仔细地看着父亲在镜头下指导拍摄的模样。对待演员时父亲总是可以一遍又 遍地教，总是很有耐心，可对他……

沈调看了四五遍才罢休，他退出视频点进微信，给沈从来发了一条消息——

爸，今天月考，我考得应该还不错。

发完之后，他伏在栏杆上，垂头闭上了眼睛。四周很安静，就在这时，他手里的手机突然响了一下——是收到新消息的提示音。

他连忙看向手机，却发现微信上面是吉他店老板发来的消息——

考试结束了吧？这周末会过来吗？

一时间，沈调的情绪说不上来是不出所料，还是失望。

来。

他打字回了过去，接着关机，转身回房，随手关上了阳台的门。

江念期失眠了。

姑姑给她打来的那个电话实在太突然，她在床上翻来覆去地睡不着，第二天起床去上学的时候，运动手环上显示她的睡眠时间才四个小时。

睡眠不足让江念期整个人都显得特别丧，在等电梯时，她几乎要睡着了。

伴随着"叮"的一声，电梯门打开，大脑随之短暂清醒过来的同时，江念期又在电梯里看见了那个和她同校念书的男生。

江念期观察了下对方，估计也是昨晚没睡好，但少年除了头发稍微凌乱了一点，整体看上去依旧很帅气。

江念期进电梯后无精打采地站在沈调旁边，跟上次一样开口说道："早。"

"早。"沈调也和上次一样有气无力地回应了她。

电梯速度很快，不一会儿就到了一楼，江念期刚往外走了几步，身后清瘦高挺的少年就超过了她，可能是因为对方腿长，她发现自己走得没他快。

江念期有一堆话想问他，比如：你是哪个班的？你叫什么名字？你也走读吗？可最后她还是把这些话都咽回了肚子里。

眼前的少年有那么一瞬间让江念期想起了程佳峻。程佳峻是一个非常优秀的人，三观正，手机的好友列表干净到可以随时让家长检查，她觉得这个少年大概也会是这样的。

江念期小跑几步，到他身旁开口问道："你平时都是怎么去学校的？"

听到她问，少年伸手指了一下自己正在走的方向："骑自行车。"

江念期"哦"了一声，见他要去骑车，便没再跟他走，而是掏出手机开始习惯性地刷新社交软件。

到学校后，江念期把手机关机。她在教室里刚坐下没多久，就注意到了昨天晚上在小食堂里说过她的那个男生。

那个男生站在讲台旁的饮水机前打水，可能因为她就坐在他的前排，所以他路过了她的桌边。

原本江念期只是觉得有点晦气，可男生却好像故意似的，被后面路过的同学不小心挤了一下，手里没盖好盖子的水杯正巧摔到了她桌上。

一瞬间，江念期的书全都被弄湿了，校服也湿了一大片。

她还没反应过来，那男生就连忙拿起杯子要走，一点没有要道歉的意思。

"你干吗？"江念期皱着眉头问了一句。

"不好意思，不是故意的。"那男生回头看了她一眼，敷衍地说了两句就要继续往前走，丝毫没有愧疚。

江念期伸手拉住了他的衣服又把他给拽了回来："大早上的连个杯子都拿不稳？"

男生被她说得有点生气，不由得皱紧眉头，看着她说道："我说了不是故意的，你有完没完啊？"

江念期没有半点要松手的意思："不好意思，我这样又不是一天两天了。你还傻站着干吗？给我擦桌子啊！"

眼见那男生僵了一下，江念期看着他眼睛继续说道："你要是不想擦也可以，过来给我道歉。"

那男生一听这话，当场就要跟江念期理论，却被旁边的人给劝住了。班里人都见识过江念期的暴脾气，有的同学生怕再吵起来教室都要被掀了，便主动拿着纸巾过来当和事佬，给她擦桌子。

江念期对过来拉架的人没恶意，别人来帮她，她礼貌地道谢。可那男生估计是被她气得不轻，还在对着她放狠话："江念期，你这次考试分数要是能比我高，我肖然给你当牛做马！"

江念期一脸嫌弃："行了，我可不需要。"

肖然快被她这副满不在乎的样子给气疯了："等成绩出来，看你还说不说大话！要是这次考不过我，你以后就把桌子搬到外面去上课！"

江念期闻言，抬头看向他，点头说道："好啊，我答应你，考不过你我就到走廊去上课。但你要是没考过我，等第二节课课间做完早操，你就在操场上当着大家的面跑三圈，边跑边大喊'我是笨蛋'，行不行？"

肖然正在气头上，想都没想就答应了："行啊，你等着看吧！"

肖然走后，后面有个女生突然伸手戳了戳江念期，小声说道："你怎么跟他比，他可是肖然。"

江念期有些不解："肖然怎么了，很厉害吗？"

"他可是咱班学习委员，上次考试排年级第三呢。"说着她又指了一下旁边的彭舒妤，"舒妤是年级第二，他们都是大学霸，排名偶尔会上下浮动，但分数一直是稳定在年级前十。"

江念期听后轻笑道："我还以为他是年级第一呢。"

那女生摇头道："不是，年级第一是一班的沈调，他才是真的厉害，从来没从第一的位置上下来过。"

江念期不知是第几次听见"沈调"这个名字了，但她没有见过这个人，只"哦"了一声，语气没什么起伏地说道："我不认识。"

三天后，月考成绩总算出来了，而自打高一起就一直没有变过的年级第一，这次则从沈调换成了一个很多老师听都没有听过的名字——江念期。


早上六点，市三中的起床铃声响彻校园，学生宿舍里慢慢有了动静。

此时，肖然正在穿衣服，隔壁床传来一道声音："今天一早就该出月考成绩了吧？"

"对，而且今天下午会放月假，能安心回家待两天了。"肖然正坐在床边穿袜子，睡在他上铺的男生走过来撞了他一下，鬼鬼祟祟地问道："你不会真让江念期搬着桌子到外面走廊去上课吧，人家说不定会哭鼻子。"

肖然皱了皱眉头，直接反驳道："她能哭鼻子？她不让别人哭鼻子就行了。而且就算我让她搬出去，老师也肯定不会让她搬的。"

那男生继续说道："你就是嘴硬。不过有一说一，江念期是真的漂亮，也难怪刚来就被人这么针对。"

肖然系完鞋带，发现运动鞋的边缘已经有点脱胶了，他用手按了按，起身去行李箱里翻出补鞋胶，边粘边说："这跟她的长相无关，我就是看不惯她明明抢了别人的东西还这么嚣张罢了。"

江念期到班里的时候，第一节课已经上了一半了。

讲台上，物理老师正在讲月考题，她喊了声"报告"，揉了揉眼睛，一副睡眼惺忪的样子。

"进。"物理老师并没有为难她，却也没有继续讲卷子，一直等到江念期坐到位子上，物理老师才突然开口喊了一声，"江念期。"

"嗯？"江念期抬眼看过去，见旁边一片安静，她又左右看了两眼，便站了起来。

江念期以为自己打扰到了大家，于是决定先认个错："不好意思老师，我睡过头了，下次我再也不会迟到了。"

物理老师推了一下眼镜，说道："你们看看人家，一节课就算睡过半节，考试依旧能拿满分。再看看你们，这第二道选择题简直就是送分的，我才讲过类似的题目，结果全班只有一半的人答对，真不知道你们另一半人是怎么做错的。"

江念期这才反应过来这帮人是刚被批评过，脸色不好跟她没关系。她刚想坐下，结果屁股还没挨到凳子，物理老师就又点了她名，说道："江念期你说说吧，你是怎么学物理的。"

没办法，江念期只好又站了起来，老实巴交地说道："高中物理知识点无非三大体系，基础解题方法在高一学过了，高二就是用高一学的东西去解更难的题目。只要按照标准去背去记，把三大体系的解题方法学明白，学好高中物理就很轻松了。"

同学们听完江念期这番话，都一脸震惊地看向她。江念期没注意到大家的反应，又补充了一句："而且，物理是很客观的学科，无论是选择题还是实验题都有标准答案。我觉得，物理确实是除数学之外最容易得满分的学科了。"

物理老师沉默了一下，便让江念期坐下了，接着又开始对班里的同学们一通教导："都听到了吧？知道人家是怎么学的了吧？她说不难那是真没觉得难，她这次数学也是满分。"

江念期听到物理老师的话后没忍住"哇"了一声，接着又抬手挡住了嘴。物理老师见她这样，有点困惑地问道："怎么了，你自己怎么还露出个夸张的表情？"

江念期放下手，说道："没怎么，就是挺长时间没同时拿过两个满分了。"

物理老师摆摆手，道："行，下次考试的难度再往上提一提。"

话音刚落，周围一片怨声载道。

物理课下课后，江念期正趴在桌子上补觉，肖然则起身又去看了一眼排名表。

他这次排到了年级第三，考得比彭舒妤还好。原本他应该能排第二，可问题是这次的第一换成了江念期，原本年级第一的沈调变成了第二，那他就只能第三了。

他握紧拳头，又回头看了一眼睡着的江念期，一旁凑上来围观的同学对他说道："你都看多少遍了，她每科多少分你都要背下来了吧？"

肖然没回话，直接转身走了。那同学还在打量排名表，和旁边的彭舒妤说道："总分加起来比沈调还要高出三十多分，第一和第二中间直接断层了。"

彭舒妤的脸色也不好看，她没应那个人，直接走了。

那个同学在成绩这事上一向看得开，但现在似乎没人愿意跟他一起讨论这个刚转来没多久就杀出重围的学霸。他有点自讨没趣，打算去上个厕所，路过一班时，刚好看到沈调也在看成绩。

他脚下没停，上完厕所出来后，却发现沈调还站在原地看成绩，眼睛一眨不眨，人也一动不动的，有点吓人。

他心里有点发怵，连忙回班里了。

第二节课课间的早操时间，江念期总算有了点精神，因为她被王朝义提前拽走了，口袋里还揣着两份检讨。

操场上，同学们此时都在做早操，而江念期则在后面一边听着王朝义的思想教育一边连连点头。

江念期觉得她这一天挺丰富的，既空降了个月考第一，又要当着全校师生的面念两份检讨。

王朝义看着江念期，一时语塞，也不知道该说什么，总之先教育了她一顿，又提醒她待会儿上台念检讨的时候老实一点。

江念期的心理素质一直很强，即使被批评也没有特别消极的反应，最后还反客为主，关心了一下自家班主任："王老师，您渴吗？要不要先喝口茶润润？"

王朝义看着一脸真诚的江念期，嘴角抽了抽。

阿弥陀佛，他没话说了。

每次月假前，学校都会利用第二节课的大课间开个短会，校长和几位老师都会亲自上台发言，王朝义是教导主任，讲话自然少不了他。

王朝义板着脸上去的时候，让江念期到升旗台下站着。他先是严厉地责备了一遍最近校园里的不正风气，然后把矛头转向了不正之风的典型上。

于是江念期和另外两个男生一块儿站到了升旗台前，开始挨个儿念检讨。

江念期是最后一个念检讨的，她念完第一份关于自己偷溜出去的检讨后，又从校服口袋里掏出另一份检讨，开始反省自己不该在班里发脾气，搅乱班级秩序。

沈调在人群里安静听着她的检讨，而他身边的人已经笑得停不下来了，一边笑一边吐槽着说："年级第一的裤兜里有两张纸，一张是检讨，另一张也是检讨。"

江念期念完检讨，又站到了教导主任和校长的身后，给人的感觉就是她反省了但是又没有完全反省，但从她这个态度上，王朝义的确已经挑不出任何毛病来了。

至此，这件事就这么告一段落了。但江念期心里还惦记着一件事，于是在校长叮嘱假期要注意安全的发言结束后，她第一时间跑回班里，找了好一会儿，从人堆里一把抓住了肖然的后衣领。

"学委。"江念期笑道。

肖然回头看了她一眼，又看了眼周围，浑身都在发麻："你干吗？"

江念期的表情看起来比他还要困惑一点："你说我干吗？你是不是忘记自己跟我打的赌了？"

肖然还在试图挣扎，但江念期不给他机会，继续说道："你该不会是想赖账吧？你要记不得了我可以提醒你一下：当着大家的面绕操场跑三圈，边跑边喊'我是笨蛋'。"

肖然站在原地，脸都憋红了，他握紧拳头，额头不停冒汗。

江念期低头时注意到他鞋子的边缘翘了起来，像是刚补上了胶水，也不知道能不能跑完三圈。

她伸手摸了摸头发，想了想，又看向了肖然："算了，你跟我道歉吧。"

肖然见江念期就站在自己面前，刘海下面的那张脸小得感觉还没自己的巴掌大，五官精致又好看，校服套在她身上只显得宽大，衣领处露出的一截锁骨又深又直，她是真的很瘦。

江念期等了一会儿没见他回话，不由得抬眼看着他问道："怎么，道歉都不行啊？"

肖然摇摇头，说道："对不起，我上次不该在食堂那么说你，不过那天早上弄倒水杯的事我真的不是故意的。"

江念期一脸正经地教训道："那你把我书弄湿了也不给我擦干净，道歉还那么敷衍，什么事能让你这么着急？"

肖然低头说道："我当时打水的时候突然想到刚才那题我算错了，想快点回去再验证一下。"

江念期"哦"了一声，不再纠结："好吧，这次我原谅你了，下次不许在背后说我。"

肖然没敢看她的脸，点了点头："知道了。"

江念期见状，转身走了。肖然在原地站了一会儿，就在他准备离开的时候，突然发觉自己的鞋不太对劲，低头一看，发现是鞋又脱胶了，走了两步，从外面都能看见里面的袜子。

忽然，他像是反应过来了什么似的，朝江念期走的方向看了过去，却发现连背影都看不到了。


下午的数学课上完之后，王朝义便开始安排起放假和大扫除的相关事宜，布置完扫除任务，他把江念期单独叫了出去。

江念期实在想不出自己到底又犯了什么事，一天到晚都被班主任盯着，她觉得自己早晚得神经衰弱。

到办公室后，王朝义也没卖关子，开门见山地说道："有件事想跟你说，今天中午有同学过来向我举报，说看见你在考试的时候用手机搜答案。"

江念期听后满脸不解："我根本就没碰过手机，那人要是看到了请拿出证据。"

王朝义道："举报的同学非常确定他亲眼看见了你作弊，我上次提醒过你别带手机来学校，你现在应该还带着呢吧？"

江念期深吸一口气："考场的摄像头修好了吧？您可以去查监控，亲眼看看我到底抄没抄。"

"我相信你没抄。"王朝义喝了口水，接着说道，"而且摄像头在教室后面，想拍你也拍不到。"

江念期有点烦闷，直接反问："那您说怎么处理吧。"

王朝义放下水杯："我考虑了一下，要不你重考一次，我亲自监考。"

江念期闻言，一脸的不可置信："您说什么？我没听错吧？"

王朝义见她这样，忙解释道："不是，你冷静点。"

江念期忍不住冷笑起来："老师，谁主张谁举证，凭什么要我重考？"

王朝义见状，安抚她道："江念期，我知道你现在很委屈，也知道你在以前的学校里成绩是很好的。但我这么考虑也是为了保护你，重考由我监考，就相当于我出面为你做担保，这样别人就没话可说了。"

江念期叹了口气："老师，他们有心针对我，难道我每次都要证明给他们看吗？那我就不用干别的事了。大家不是只当一个月同学，我也不会只有这一个月考得好，这件事解决了还会有别的事，我现在只想好好学习，做好我自己。"

王朝义其实也不是很想这样做，见她不愿意接受，便也作罢："行吧，那这件事我先不管，等你下个月的考试成绩出来，我会让你和那个举报的人当面对质。还有，既然你不想跟着别人的节奏走，那这段时间要是再有人说你，你可不能冲动，有什么事跟我反馈，要不然我罚你去扫一年的女厕所。"

说到要扫一年女厕所，江念期倒是真有些怕了，她点了点头："行，我等着。"

从办公室离开后，班里的同学已经放飞自我，聊天的聊天，扫地的扫地，还有人双手拎着水桶在窗户边跑来跑去。

江念期回到班级时彭舒妤已经开始收拾东西了，两人这次都不用值日，见她起身要走，江念期主动问她道："你下午回家？"

彭舒妤把被书塞得鼓鼓囊囊的书包拉好，道："不是，我在老师家住。"

江念期见状问道："我有点想喝奶茶，要不要一起？"

彭舒妤背上书包，临走前看着她说道："不了，你去吧，学校门口那家奶茶店的杨枝甘露还挺好喝的，你可以试试。"

江念期"哦"了一声，回她的话："好的，谢谢。"

她一直都知道自己在班里的处境很尴尬，但真当沦落到连一个说话的人都找不到的地步时，她心里多少还是有点难受。

但她也没有太难受，一开始就没有得到过的东西，就算失去了也没什么好可惜的。她打算待会儿去继父家里看看睿睿，带他出门玩一圈。

江念期把书包收拾好，背着出了校门。她找到彭舒妤刚才给她介绍的那家奶茶店，进去点了一杯杨枝甘露。

这里离市三中的校门非常近，周围到处都是穿校服的学生，江念期算是来得比较早的，前面排队的人不多，她在前台等奶茶的时候，碰巧听到外面有一群人在聊天。

"听说有人跟教导主任举报，这次考年级第一的那个女生是用手机搜的答案。"

"她可真敢抄！考两个满分。换作是我，就算手里有答案，我也不敢往满分抄。"

…………

这些闲言碎语让江念期听得都有点烦了，也不知道这些人平时凑在一起是不是都没话可说，天天逮着她一个人薅。

这时，又有人接话道："我就看不惯这种人，别人靠努力得来的东西，她靠着作弊还扬扬得意。我觉得这都不是分数的问题，这简直就是不尊重别人。亏我之前还觉得她被老男人污蔑挺无辜的，现在觉得她完全自找的。要我说，于晴实惨，摊上这么对霸道的母女，不知道要在家里受什么欺负呢。"

这些人显然没有发现江念期就在奶茶店里，讨论的声音越来越大。江念期心里还记着王朝义说再吵架就罚她扫一年厕所的事，只能强忍着垂下眼，盯着店员做奶茶，活脱脱像个受气包。

就在这时，外面突然传来一道干干净净的声音："她抄没抄下次考试不就知道了，你们为什么这么着急下定论？"

江念期愣了一下，想知道是谁在帮她说话，转头看向外面，却没看清。

店员把奶茶递给她,她连忙接过跑了出去。刚才那帮人在看到江念期出现后"呼啦"一下散开了,而前面也显出了一个身影,看着有点像她那个楼上的邻居。

刚才那帮人江念期连理都懒得理,她走到公交站台,开始小口地喝起奶茶。这里有路公交是可以到继父家附近的。江念期喝了几口之后,余光突然瞟见刚才帮她说话的邻居正站在站台另一边等公交。

她不知道他要去哪里,毕竟他要回家的话其实用不着坐公交车。不过在公交车到站后,江念期发现他似乎和她坐的是一辆车,这才反应过来他可能是要去吉他店,因为那家吉他店离她继父家很近。

江念期来到这边后还没坐过公交车,跟着上车后,却一直找不到之前放在书包里的零钱。后面的人都在等,她正想让别人先过,突然有人帮她刷了卡,她抬头一看,发现帮她的人又是她的邻居。

她说了声"谢谢",但声音被淹没在了公交车的发动声中,他大概率没有听到。江念期看着他坐在了车厢中部的单人座上,她直接站在他座位附近,低头对他说道:"谢谢,我转钱给你。"

他身上透着股看什么都浑不在意的冷感,高挺的鼻尖与下巴在一条直线上,轮廓精致得让人多少产生了些压力。

他没说拒绝的话,只是抬头看了她一眼,见她神情认真,随后拿出手机打开了收款二维码,说道:"一块六。"

江念期扫码后,直接给他转了两元,又道了谢:"谢谢你刚才替我说话。"

接着,她就坐到了他身后的位子上。江念期不熟悉公交线路,她一直在看站名,时不时还会观察少年的动态。但他只坐了两站就下车了,但距离吉他店应该还要再坐一站的。

江念期不知道他到底要去哪儿。她抱着书包继续坐着,等到下一站到了才下车。

江念期去找于睿的时候，他正在房间里拼积木，身边只有一个刘姨陪着他。

一见到江念期，他连忙把手里的积木扔掉，起身跑过去抱住了江念期的腰，虽然一句话都没说，但从表情能看出他现在高兴得厉害。

"你在拼什么？"江念期又把他带回到积木面前，顺势坐了下来。

于睿也乖乖坐下，把刚才拼出来的东西指给江念期看："我拼了姐姐的吉他。"

江念期看着拼了一半的积木，别说，还真挺像样的。

"姐姐，你带我去弹吉他吧。"于睿从小就跟着江念期和沉默到处跑，也被两人带着学了点乐器。他才五岁，人也就比吉他高出一点，可实际上，小家伙已经把吉他练得有模有样了，至少能唬住外行。

江念期看了眼弟弟房间里挂着的吉他，伸手摸了摸有点发痒的鼻尖，想起了不远处的吉他店，说道："行，带你出门转转。"

于睿瞬间活力十足，赶紧背上自己的吉他，跟上了江念期的步伐。

姐弟俩慢慢悠悠地走了一阵，江念期又帮弟弟背了一会儿吉他，等快到吉他店的时候才把吉他还给了他，让他自己背着。

当江念期带着于睿走进店门的时候，吉他店老板的视线落在于睿身上："不是吧，你让一小孩给你背吉他？"

"这是我弟，他背的是自己的吉他，我带他过来玩。"江念期的表情有些无奈，推着于睿往前走了两步，想让他打个招呼，可他却直接转身躲到了江念期身后，双手紧紧地抱着她的腰。

老板见状，起身走到柜台后面，从里面掏出一把糖果，伸手递了过去："来，小朋友，吃糖。"

于睿的眼神有些动摇，刚想伸出手去拿，江念期就直接回绝道：

"他开始换牙了，别让他吃。"

于睿闻言便乖乖地把手缩了回去。这会儿店里没什么生意，老板对于睿很感兴趣，直说让他弹一段。于睿找了个地方坐下，抱着吉他认真弹了起来，老板听后不停鼓掌，说小小年纪能弹成这样真是了不得，把于睿夸得耳朵都红了。

"对了，你要不要送你弟去楼上听听课？沈调在二楼上课呢。"老板说道。

"谁？"江念期听到这个名字后直接愣了一下，"你刚刚是说'沈调'？"

"是啊，就那天晚上在沙发里看书的那个男生。我看你穿的是市三中的校服吧，那你跟他是一所学校的啊，你不认识他？"

江念期点点头，道："我这学期刚转学过来，名字倒是听说过，就是对不上人。"

老板闻言笑了笑，说道："那你就更要认识一下了，他学习成绩可好了，会很多乐器。而且你刚转学过来，在这边也没什么朋友吧？以后让他带你玩。"

江念期欲言又止，最后还是象征性地点了点头。她被老板撺掇着带于睿上了二楼，二楼有很专业的音乐器材，看起来也整洁干净。此时，有四个人正抱着吉他在窗边学习，而沈调则背对着楼梯的方向，边讲课边示范，时不时起身过去纠正一下他们的姿势。

于睿一碰到跟吉他有关的事情胆子就大了起来，他仰起小脸看着江念期问道："姐姐，我可以过去一起学吗？"

江念期点点头，让他过去了，于睿没坐椅子，自己找了块干净的地面坐下，抱着吉他开始听沈调讲课。沈调发现楼上多了个小孩，转头看了一眼，正好远远地和江念期对上视线。

外头阳光正好，江念期回想起那天自己在那张拍立得照片里看到的氛围。他身上有一种舒缓而安静的少年感，干净又清澈，让她忍不住想起泡了青柠檬片的气泡水。

沈调只是确认了下人是她送上来的，就没再多说话，连带着于睿一块儿教了。江念期看了一会儿上课过程，就下楼找老板聊天，帮他看店去了。

她没遇到过像沈调这么年轻的老师，她当年的吉他是一个中年大叔教的，爸爸在时平日里也会教她弹几下。但仔细想想，若是初学者碰上这么一个年轻有为的吉他老师，还挺让人受不了的。外貌优秀，还很有自己的看法与观点，这种处变不惊的态度足以让很多女孩崇拜。

一小时后，课程结束，江念期看到于睿被另外几个学员给带了下来，看样子像是已经熟悉了。一个看起来像是上初中的男孩一直在夸于睿，还问他平时玩不玩其他乐器，有没有别的爱好。

于睿和那个男孩道别后跑到了江念期身边，特别开心。江念期摸了摸他的头，问道："有没有对沈调老师和老板说谢谢？他们让你上课了，可姐姐没有付过钱哦。"

于睿连忙抱着吉他跟老板道谢，老板估计也挺喜欢小孩子的，又把他拉过去，揉着他的小脸一顿夸奖。江念期想跟沈调亲口道声谢，便上了楼，可刚走上去，她就看到刚才的学员里，有个扎着麻花辫的女孩没走，她脸上还有未干的泪痕，脸颊和耳根都红透了，在夕阳的映照下格外明显。

"我想说的话都写在这里面了，你只要看一眼就好。"她又将手里的信递了出去，但沈调一直冷冰冰的，女孩不死心，又说，"我就是想告诉你我的想法而已。"

沈调的表情已经开始变得有些不耐烦了，他移开视线，转头望向窗外："你一定要这样的话那以后就别再来上课了，或者我以后不来了。"

"别，你继续来吧……以后我不来了。"女生眼里涌出更多泪水，转身经过江念期跑下了楼，而原本拿在手里的信也被她丢在了地上。

被发现时，江念期感觉有点尴尬，但她很快发现那个女生根本没在意她，一转身的工夫就不见了。她看向沈调，这个学校里之前稳坐年级第一的男生在生活中也是个挺冷漠的人，这种事也不知道发生过多少次了。

二楼现在只有他们两个人，夕阳的光线被外面的防盗网分割成了许多小块，透过窗打在地面光滑的瓷砖和两个人的身上，二人的影子被拉得很长，甚至投射到了后面的墙壁上。江念期往前走了几步，捡起了那个女生丢在地上的信，伸手递给了他："这样会不会太伤人了？"

如果给她一次时光倒流的机会，江念期绝对不会问出口，因为此时的她根本不知道这位"前"年级第一到底有多冷漠。

"那我又为什么要收？"沈调闻言，眼神平静地看着她，那张精致得能跟混血儿相比的脸放在此刻就是最让人懊恼的东西，因为不管他开口拒绝多少次，别人也很难做到放弃。

"可她到底是你学生。"江念期道。

"她想学的，我都教她了。"沈调拿起自己的吉他，从她手里抽过那封信，路过垃圾桶时，沈调顿了一下，却也没将信扔掉，而是拿着信下了楼。

冲动过后，江念期觉得自己有点多管闲事，可沈调把信拿走，就说明他还是卖了她一个面子的。想到这儿，她伸手揉了揉自己的脸，追上去对沈调说了声"抱歉"。

他并没有回复，背影很快消失在楼梯转角。

江念期不好意思再多说什么，她下楼之后，发现老板正带着于睿玩玩具，于睿看起来特别开心，还不停说着下次要把自己家里的玩具也带过来给老板玩。

小孩子把吉他弹得再厉害，对他来说，这也只是一个玩具罢了。江念期跟老板道了谢，牵着睿准备离开，这时沈调的声音隐隐约约地传了过来："我回去了。"

老板一把又把他给拽了回去，语气里带着点不容抗拒的意味："你给我继续待着，还有事呢。"

"我朋友在等我。"沈调说道。

但老板无情地撕开了他的面具："你哪来的朋友？跟我玩这套？昏头了你？"

江念期站在外面迟疑片刻，不再继续听下去，牵着弟弟离开了。

就在她走后不久，老板神秘兮兮地拿了一个盒子出来，伸手递给了靠在沙发上正在看谱子的少年。

沈调看了眼盒子，抬眼问道："这是什么？"

老板伸出去的手晃了晃，示意他接下："礼物，今天不是你生日吗？小沈老师，生日快乐。"

沈调接过盒子，怔怔地看着，下垂的睫毛遮盖住了他此时难以言明的眼神。

过了一会儿，一道极轻的声音响起："谢谢。"

沈调从吉他店出来的时候，夕阳已经快沉到最底下了。

他拆开了老板送他的礼物，里面是一块黑色的腕表，表盘用贝母制作，在夕阳光线的折射下显出几分偏光，很漂亮。

他将手表戴上，左右看了几眼，表情像是在沉思着什么。过了一会儿，他坐上公交车，回到家附近后先去了一趟菜市场，买了许多菜，然后拿出手机，在原地站定片刻后，拨通了一个电话。

等待接通的时间不长也不短，当那边传出说话的声音后，沈调整个人都精神了起来，开口喊了一声："爸。"

"沈调？怎么了，你有什么事？"

电话那边的声音有点大，有服务员说话的声音，还有推杯换盏的清脆碰撞声，在这样的背景音下，沈调甚至有些听不清楚沈从来说话的声音，他开口道："我今天生日，爸你回——"

他鼓足了全部勇气才正式开口，结果话还没说完，就被沈从来给打断了："哦，那祝你生日快乐。对了，上次不是说考试成绩出了吗，考得怎么样？"

沈调低下头，原本打算说的话全都咽了回去，只道："考了第二。"

电话那头像是没想到会听到这样的回答，停顿了一会儿，才反问道："怎么成绩还下降了？丢的分都上哪儿去了？你自己好好想过没有？"

听到父亲的质问，沈调说话的声音也变小了许多："我还跟上次一样，是第一名的分数考得太高了。"

沈从来的语气顿时变得严厉起来，沈调甚至能想到，这些话如果是当面对他说的，他爸脸上此时会是怎样严肃的表情："那就是你的问题，沈调！别人在进步，你没有进步，就你现在这种得过且过的态度，你高考的时候会考得好吗？"

沈调的眼尾微微发红，头垂得更低了，声音也越发没有底气："我会努力的。"

"嗯。"沈从来简单回应了一句，便准备要挂电话，沈调又开口问道："爸，我买了很多菜，你会回来吃吗？"

"回不来，你和同学一块儿玩吧，我待会儿给你转钱，你想要什么礼物就自己买。"

说完沈从来就把电话给挂了，沈调看了眼手机里的通话时长，垂下了手，然后将手机收进裤袋，动身走进了小区。

江念期没有留在继父家吃晚饭，她把于睿送回去后就打车回家了。

江念期月考年级第一的名次让文安琪的心情很好，她给了江念期一张银行卡，说里面是给她的零花钱。

没人会跟钱过不去，江念期收下了。她抱着书包坐在车上，脑子里却一直想着学校里的人说的那些话。想的事一多，江念期又开始惦记吃甜食了。她打开外卖软件订了一个蛋糕，有了上次的教训，她这次在快到的时候，让司机提前停车，然后去自提。

天还没有完全黑，不过小区楼下的路灯都已经亮了起来，拿着蛋糕走进单元楼的时候，江念期看到电梯刚好停在一楼，门马上就要关上。

她连忙小跑几步冲过去按下了上行键，而原本已经快要关上的电梯门又打开了。

门开后，电梯内的沈调抬起眼看向了江念期，四目相对的瞬间，江念期连忙低头，走进来站到他身旁，没一会儿，电梯门便自动关上了。

她注意到他手里拎着好几袋食材，又将目光落到了他的脸上："你平时都自己做饭吃吗？"

"嗯。"沈调应了一声，下午的事对他来说似乎并没有很尴尬，看他的态度跟平时差不多，江念期也放松了下来，双手将蛋糕盒抱到身前，心里想着这人还真难打交道，不知道什么样的人才能跟他聊起来。

"你今天过生日？"

江念期正想着，沈调突然主动开口问了她一句，她错愕着摇摇头："不是，我就是想吃蛋糕，生日蛋糕分量大，所以就买了这个。"

沈调看着她手里的蛋糕，突然说道："我菜买多了，一个人吃不完，你来吗？"

江念期着实没想到沈调会邀请她去他家吃饭，脸上露出了惊讶的表情。难道是今天下午混熟的？还是说平时他们互相打招呼时产生了几分交情？

她有点不理解，但还是点了头："那我先回去放书包，蛋糕一会儿带上去，我一个人也吃不完。"

"好。"沈调答道。

说话间，电梯已经到了江念期家的楼层，她回家放下书包后，又换了件宽松的白 T 恤和浅色的阔腿牛仔短裤。换到新学校后江念期吃不惯这边的饭菜，这段时间又瘦了，之前穿着合身的裤子现在都有点往下掉。江念期又去衣柜里翻出一条腰带系上，这才拎着蛋糕去了楼上。

江念期上去后，看到一户人家的门开着，想着应该是沈调给她留的门，于是拎着蛋糕探头探脑地往里看了一眼。只见少年正蹲在家里的柜橱旁找东西，他翻出一包麻辣香锅的底料放到一边，然后又翻找起别的来。

江念期站在门口，就这样看了他好一会儿，直到沈调发觉有人在外面，转头看向她道："你可以直接进来，就是给你留的门。"

得了主人的允许，江念期这才动身往里走。

她在自己家里待久了，乍一看沈调家的布局还有点不习惯。文安琪应该是把她屋子里的墙拆了两面，都是两百平方米左右的房子，她家光是客厅就要比沈调家大上许多，显得空荡。

江念期找了个地方把蛋糕放下，看着屋子里面干净整洁的样子，明明都已经走了进去，却还是转身又问了沈调一句："要不要换鞋？"

"不用。"他说完便拿上刚找出来的麻辣香锅底料，走到厨房里开始做饭。江念期看了一圈他家客厅，又百无聊赖地跟着他走到了厨房门口，一双眼睛跟着他的动作不停在转，他系上灰色的格子围裙，在收拾好橱柜后，开始低头洗菜，准备做饭。

江念期趴在门口看了一会儿，主动走了进去，开口问道："要不要我帮忙？"

沈调把两颗娃娃菜放到菜篮里递给她，简单交代了一句："分成片，洗干净。"

"嗯。"江念期连忙照做。说实话，她长这么大就没下过厨房，洗这一小筐菜的时候，沈调已经开始炒菜了，她洗着娃娃菜的同时，鼻子里还能闻到飘来的香味。

她洗完最后一遍，滤掉水，端着菜篮跑过去一脸真诚地问沈调："洗得够干净吗？我洗了八遍。"

沈调一手拿着锅铲翻炒里面的菜，一手接过菜篮："够了，菜里没毒。"

眼看着马上有饭吃，江念期心里很是期待："好吧，那还有什么要我做的？"

"不用，你可以去外面玩。"沈调颠了几下锅，语气还是淡淡的，跟他现在系着围裙，热火朝天做饭的模样形成了鲜明的反差。

听完沈调的话，她差点就想说"你这说话的语气感觉跟我爸一模一样"，可话到嘴边，她还是忍住了。但她也没出去，就在一旁盯着他骨节分明的修长手指发呆。沈调的皮肤很白，因为做饭沾到水的手指格外好看。

沈调在做的是红烧排骨，厨房内香味四溢，让人特别有食欲。江念期这会儿已经饿了，她抿抿嘴，咽下了口水说道："好香。"

沈调把排骨收汁装盘，江念期连忙从他手里接过来端到外面铺了桌布的餐桌上，接着又跑回厨房继续守着。

之后沈调又做了麻辣香锅和清炒娃娃菜，最后还端上了一大碗萝卜排骨汤。看着这一桌子菜，江念期已经完全被沈调的厨艺给折服了。菜都已经做好了，沈调却还独自站在厨房里煮挂面。

"你不是南方人吗？怎么主食也吃面？"江念期有点不解地问起来。她从小到大一直待在北方，是个地道的北方人，但她妈妈文安琪是南方人，自小在江南水乡长大。江念期的性格和温婉沾不上边，但外貌却是典型的温婉长相。她骨架小，光看脸的话，很有小巧婉约的精致美感。

"你不吃吗？"沈调没转头看她，目光一直停留在锅里的面条上。

而江念期盯着他煮面的眼神里带着一丝虔诚："我吃，不过我们那边吃面条都现吃现做。"

"我不会揉面。"沈调在碗里放好调料，然后将煮好的面条夹进碗里，还在上面放了一个煎鸡蛋。

"那等下次我回老家后去学一学，学好了做给你吃，也算是报答你了。"江念期脱口而出了一个不知何时才能达成的承诺，而沈调听完江念期的话后，表情还是一如既往地冷淡，并没有要当真的样子。

他端着面条从厨房走出去，道："可以吃了。"

江念期早就饿得不行了，一听沈调发话，连忙端着自己的那碗面跟着跑到餐桌，坐到了沈调对面。沈调拿了双公筷放在旁边，江念期没注意，直接要去夹排骨，却被沈调用筷子挡住了，看她的眼神也特别严肃："用公筷。"

"噢。"江念期应了声，放下筷子去拿公筷。沈调的手艺真的很好，而且他在烹饪前通常都会对食材进行一些特殊处理。

江念期狼吞虎咽，她把自己碗里的面全都吃了，几道菜也被两个人吃得见了底。江念期撑得不行，蛋糕是一口也吃不下去了，看到沈调似乎也快吃完了，她连忙说道："我去洗碗。"

但沈调不让她动手，直接把碗收了，说道："不用，你回去吧，我待会儿自己洗。"

江念期受到的教育就是家务要共同分担，她开始和他抢活儿干："那怎么行，我先洗完碗再回去，我都蹭你饭了。"

"如果你一定想做点什么，那就把那个蛋糕给我吧。"沈调的视线落在江念期带来的生日蛋糕上。江念期看了一眼，连忙点了点头："当然可以，但这碗我还是要洗的。"

"不用你洗。"说完他就拿着碗筷进了厨房，江念期刚要跟进去，就被他顺手关在了门外。她摸摸鼻子，也不再跟沈调抢了，转身在他家里闲逛起来。

一般来说，家里面都会有一些家人留下来的痕迹，但沈调家里似乎并没有，屋子里既没有照片，也没有个人风格很强的事物。不过江念期倒是从一间没关门的房间里看到了很多设备，看起来像是录音用的，还有很多乐器，看来沈调还真的挺爱音乐的。

其他房间江念期有分寸地没开门进去看，她坐到沙发上玩起了手机，可吃饱喝足后十分容易犯困，见沈调还没从厨房里出来，江念期想着先稍微休息一会儿，等他收拾好后再回家，结果就这样睡着了。

沈调洗完碗，顺便收拾了下厨房，一切都打扫完，洗了个手走出厨房后，他发现江念期已经蜷在客厅沙发上睡着了。

他去卧室柜子里翻出一条干净的薄毯，给江念期盖上，接着顺手拿起放在沙发边上的数学练习题写了起来。

屋里只有笔和纸摩擦产生的细微声响，少年眼神专注，可算了几遍后，这次月考弄错的同类型题目还是让他停了下来。这次的题很难，不光他觉得难，别人也都觉得难，可能只有江念期不这么认为，毕竟数学她得了满分。

沈调有些无力地靠在沙发上，手里的笔也放到了一边。就在这时，他口袋里的手机振动了起来，他拿起手机看了一眼，是带他系统学习音乐的白巽老师打来的电话。

看着还在沙发上睡觉的江念期，沈调拿着手机走到阳台才接通电话，为了隔音他还把玻璃门也关上了。

"喂，老师。"

"阿调，今天是你的生日吧？"

沈调"嗯"了一声，还没等他开口，就听对方说："我记得今天是你的生日，祝你生日快乐。"

"谢谢老师，老师最近在忙什么？"沈调跟白巽自打上次在《无相人》的后期制作阶段碰过面后，就再没有面对面交流过了。

一直以来，沈调的圈子看起来很广，这一路走过来也认识了很多名声响亮的大人物。可实际上如果精确到生活圈里，跟他交集最多的人除了老师白巽，也就只有吉他店的老板了。

"我现在在国外忙一个配乐项目，你爸今天回家了吧？"

"电影最近快上映了，他有点忙，我没看见他。"

电话那头沉默了一下，说道："确实是，他这人就是个工作狂，但他就你这么一个儿子，肯定还是把你放在心上的。"

沈调垂下眼，"嗯"了一声，过了一会儿才开口道："我知道他很忙，为了工作总是顾不上家。"

白巽叹了一声："你能这么想我就放心了，也难为你从小就这么懂事，不像我家那个臭小子，三天两头胡闹，特别让人头疼，你没事也帮我教训他一下。"

沈调回道："我倒是觉得不用，他每天都挺开心的，这么开心下去也不错。"

电话那头传出了一阵笑声："他到现在最擅长做的事就是打退堂鼓。唉，他要是能有你三分之一懂事，我就放心了！老实说，换成我在你这样的家庭环境里长大的话，估计早就变成叛逆少年了。亲爸对自己不管不问，我还管他怎么想？你现在竟然还能尊重他的看法，真的很清醒。"

"不是清醒。"沈调伏在阳台栏杆上，看着楼下的路灯光线出神，"他平时就只问我这些，我如果做不好的话，他就连问都不问一句了。"

"合着你还挺想被他管啊？我以为你心里特别烦他呢。"白巽喝了口水，咽下去后，他豪爽地说道，"没事，你亲爹不管你，我管你。待会儿给你发个红包，想吃什么自己吃去，叫同学一起也行。说到底，你还是个十几岁的孩子，成天想那么多，给自己那么大压力做什么。"

沈调没能推掉，挂断电话后，没过多久就来了消息提示，提示他有一个待接收的转账。

他给白巽回了条"谢谢老师"，然后就关掉手机，推开阳台的玻璃门走回客厅，屋内很安静，他原本想再回到阳台上去透透气，可这时却看到了在沙发上熟睡的江念期。

沈调本来想推醒她让她回自己家去睡，最终还是收回了手，目光落到她带过来的蛋糕上。

沈调把她带来的蛋糕拎了过来，在她睡觉的沙发前盘腿坐下。他将蛋糕拿出来，插上一根蜡烛然后点燃，盯着烛光发了会儿呆，用手机随手拍了一张照片，然后发到了音乐平台的动态里，配文是很简单的四个字——

生日快乐。

发完之后他将蜡烛吹灭，拔下来扔进了垃圾桶，然后把蛋糕切好吃了一块，接着便起身去房间里拿了吉他出来，看着之前写到一半的曲谱，先抱着吉他低头弹了一遍，随后拿起笔，修改起来。

# 第三章

**Mi** · *A Flower*

2:08                                                                     5:21

梦境中，江念期像是听到了冬天阵阵寒风吹动的声音。

她突然想起小时候爸爸带她在公园里荡秋千，边笑边在后面伸手把她推得很高的画面，那种美好让她忍不住想要流泪。

她迷迷糊糊地睁开眼睛，沉默了许久，发现沈调正盘腿坐在地板上，背对着她弹吉他。这是她从来没听过的旋律，可这种平淡中透着些忧郁的感觉，跟她最喜欢的音乐人低音的风格很相似。

江念期想要坐起身，却发现自己身上多了一条毯子，她用毯子把自己给裹了起来，整个身体都蜷缩在毯子里面，一双眼睛一直落在沈调按弦的手指上。

少年弹奏吉他的时候，侧脸的表情一直很淡漠。他的指弹水平一流，而乐器本身的音色也非常好，明明是一首很温柔的曲子，但他的低频拉得特别猛，所以让人感觉特别有力量。沈调用一种乐器就能把一首曲子弹得动人心弦，很难相信高中生竟然能有这种水平。

江念期正听得投入，曲子戛然而止。

"沈调，你是什么时候开始学吉他的？"江念期忍不住问，其实从他们见面直到现在都没有互通过姓名，可双方却像是认识了很久一样。

沈调用手指随意拨了几下琴弦，不甚在意地说道："忘了，大概是小学吧。"

江念期把身上的毯子又裹紧了点，她注意到了一旁地板上的蛋糕，便主动往蛋糕的方向挪了几下，离沈调也近了点。

"你今天是不是过生日？"她伸手指了指垃圾桶里那根已经燃完了的蜡烛，"你还在上面插了蜡烛，平时的蛋糕的话应该不会点蜡烛吧？"

沈调并没有说话，江念期见状直接从沙发上起身，跟他坐在了一起。

地板有点凉，深秋的夜晚，门窗缝隙间时不时会灌进些冷风，江念期向沈调伸出手，他微愣了一下，不明白她对自己伸手是什么意思，就像是要把他从地上拉起来，可她自己明明也坐在地上。

见沈调没有反应，江念期又朝他晃了晃手，像是在催促他。

沈调有些动摇，拿着吉他的手松了一下，正要伸出去，她却直接在他松手后将他的吉他给拿了过去。

"我给你弹个曲子，你刚才那个旋律让我想起一个我特别喜欢的作曲人写的音乐，不知道你听没听过《A Flower》。"

江念期试了下音，然后弹了起来。流畅美妙的旋律从她灵活的指尖下溢出，她显然是对整首曲子非常熟悉，弹奏时的状态轻松又自然，丝毫没有费力的感觉，技法用起来也大开大合，整首曲子的音准与节奏都精准卡在与原曲分毫不差的地方。

沈调看着江念期给他弹他创作的曲子，心里有些触动。曲终，江念期转头看向他，说道："生日快乐。"

"谢谢。"沈调接受了她的这份善意。

江念期放下他的吉他，目光正好落在他手腕戴的表上，表盘上的时间显示现在已经过十二点了。她将身上的毯子放到沙发上，对他说道："谢谢你的毯子，时间不早了，我先回去了。"

"没事。"沈调起身送她出门，江念期走出沈调家时，还想跟他说句"晚安"，可话还没说出口，面对她的就是一扇迎面关上的门，她愣了愣，叹了口气。

回到家洗漱完之后，江念期困意全无，她在沈调家里睡了太久，已经不困了，便裹着外套，拿着手机坐在阳台的椅子上吹风。

这里的夜景还不错，远处有许多霓虹光线在闪烁，跨江大桥上不断变化的彩灯远远看去像是闪烁变换的星光，和江面上的倒影仿佛形成了上下两个世界，让人分不清虚实。

她双脚踩在另一个凳子上，埋头看了眼手机，发现了沉默昨晚发来的消息——

> 沉默：小江同志，这次月考成绩怎么样？听说你那所学校学习好的也挺多的。

江念期把早就准备好的排名表截图给他发了过去，没想到沉默居然没睡，秒回了她——

> 沉默：厉害啊，不愧是永远的第一名，不管在哪儿都是第一。
>
> 江念期：可我不怎么开心。
>
> 沉默：怎么啦？为什么不开心？
>
> 江念期：不知道，感觉没什么人喜欢我，也没人在意我。
>
> 沉默：哟？小江同志居然也开始说这种矫情的话了。

江念期连表情都没变，整个人丧丧的，又给他回了消息过去——

> 江念期：这边是真的没有一个人会为我感到开心，可能跟我

性格不好也有关，开学一个多月，我都没有交到一个朋友。

她原以为沉默会发一串消息过来嘲笑她，没想到他发了一段很正经的话——

沉默：那你回来，我来接你。我早就说了你在那边会过得不好，你继父在当地的知名度和影响力都不小，越出名闲话越多，你这么骄傲，哪受得了那些风言风语。

江念期鼻子一酸，心里有点动摇，但是一想到弟弟，还有姑姑的态度，她就又退缩了——

江念期：程佳峻到底是什么时候决定要走的？他跟你们说过吗？

她干脆换了个话题，不再讲她要不要回去的事，而沉默的消息还是回得很快——

沉默：没有，程佳峻主意正，他要做什么事还用得着跟别人打招呼？不过我确实没想到他没跟你说……怎么，不想他走？

江念期：我准备让自己一直待在这里，让他后悔去吧。

沉默：笑死了，程佳峻后不后悔我不知道，但周老师肯定后悔。

沉默：前段时间周老师专门找我问你的地址，鬼鬼祟祟地说他那里有套特别好的题，小江应该做做，我就把你地址给他了，题你收到了吧?

江念期想起上次莫名其妙收到的一大堆练习题,心里一阵发虚。

> 江念期:原来是周老师寄的,我都转学了,他还不肯放过我。
>
> 沉默:这可是恩师对你沉重的爱,不远万里给你寄题,你也可以选择写完后再给他寄回去。
>
> 沉默:现在还觉不觉得没人在意你了?你要还这么想,我让周老师再多给你寄几套。
>
> 江念期:不必,我现在就去刷题,早点睡吧。
>
> 沉默:好。

江念期把手机关上,起身回到房间翻找起上次的那个快递,费了好大功夫才找到了那套题。她掂了一下分量,真切地感觉到了来自亲老师的关心。

江念期坐到书桌前,打开台灯,开始全神贯注地投入试卷中。一路写下来,她感觉这套题果然很不错,思路也越发被打开。她一直写到快天亮才捂着嘴打了个哈欠,起身想去喝口水时才察觉到自己此刻有点头昏脑涨。

她用手指揉了揉太阳穴,把水喝完后也不想继续做题了,便直接去洗漱。

江念期刷牙的时候想起昨晚自己弹的《A Flower》,于是顺手拿起手机点开了低音的界面,找到他弹奏的版本播放起来。在刷牙的无聊期间,她又顺手点进了他的个人主页,想看看他有没有什么新动态。

幸运的是,低音昨天晚上还真发布了一条新动态——配文是"生日快乐"，配图则是一个插了一支点燃的蜡烛的生日蛋糕。

江念期顺手又翻看了下评论，不出所料，评论区里清一色地祝他生日快乐。

她也准备给他评论一条"生日快乐"，突然又觉得这个蛋糕很眼熟，可一时间又想不起来到底在哪儿见过。

下一刻，江念期脑海中莫名其妙地闪出一个念头，她手指颤抖，三两下刷完牙，就连嘴角边上的牙膏沫都没擦，酝酿了好一会儿，才再次点开低音发布的那张照片。

这次，有关昨天下午她去蛋糕店买蛋糕的记忆突然变得无比清晰。江念期心跳加速——她好像知道沈调到底是谁了。


江念期躺在床上，只觉得一切很不真实。

她清楚地知道"现实"和"幻想"是截然不同的两个世界，而有些事知道了还不如不知道。那颗远在江念期幻想世界中的星星，眼下居然成了她现实中的邻居，而且还是同校同学。

但即便揭开了他的身份，她又能做些什么呢？

江念期拉起被子将自己的头蒙上，伸手捂着嘴，激动的心情难以抑制，但最后还是没能抵过昨晚彻夜不眠的疲倦。

一开始，江念期只是闭上眼睛思考着这件事情，可一会儿，她就沉沉地睡了过去。

她做了一个梦，醒来时却把那个梦忘得一干二净。江念期睁眼时是下午一点多，午后的阳光明媚灿烂，卧室充斥着温暖的光线，洒落一室温暖。

短暂失神后，江念期突然坐直，脑子里想的又全是沈调就是"低音"这件事。

江念期咽了一下口水，想了想，拿起手机给吉他店的老板发了条信息，意图打听沈调过去教课的课程表。

老板回复得有点慢，她都已经洗完澡、吹干头发了，才收到回复。

老板说沈调最近开学，顶多会在法定节假日和学校放月假的时候过去。

正巧这两天放月假，江念期想了一下，觉得沈调今天大概率会去教课。

她准备上楼找沈调一起去吉他店，但突然迟疑片刻，然后跑到了镜子前拍了拍自己的脸，想让自己的精气神看起来好一些。

调整好状态，她深吸一口气，转身出门上了楼。

站在沈调家门口，江念期没看到有门铃，只能伸手不轻不重地敲了几下门，但始终没有人开门。

江念期等得有点久，不免有些失望，她不确定他是不是已经出门了，只好自己去了吉他店。她本以为沈调会在吉他店教课，可干等了一下午，太阳都落山了，也没见沈调过来。

她只好一个人默默地回了家，刚到家没多久，老板就发来了消息，说沈调刚回复了，他昨晚熬了通宵，白天没起来，刚刚才睡醒。

江念期了解情况后也没好意思再去楼上敲门。她昨天也是一晚上没睡，可她没有要补上一整天觉的习惯。原来沈调的生物钟是这样的。

江念期打开手机备忘录，在沙发上坐着打了半天字，备忘录上密密麻麻的全是她想要问沈调的问题，而十个问题里面有九个都是关于音乐的。江念期想问问他写歌过程是怎样的，还想知道他到底是怎样写出那么好听的曲子的。

第二天上午，江念期买了辆自行车，想着这样以后每天早上就能跟沈调一块儿上学了。

当天晚上，也就是月假最后一天，学生们需要返校上晚自习，江念期本以为这次一定可以见到沈调，便又去楼上敲了一次门，结果屋里还是没人回应。

她开始觉得有点奇怪，但更奇怪的事情还在后面。

沈调不光没有上当天的晚自习，而且之后半个月的时间里，江念期都没有再看到沈调去上课。

在走廊路过一班教室时见不到他，下晚自习回家时也见不到他，直到第二次月假都要开始了，江念期终于憋不住了，便主动去找一班的班主任苏老师打听。

"苏老师，我有个问题想问一下您。"

被江念期叫住时，苏老师脸上的表情明显有些惊讶，因为他根本没想过江念期会主动来找他。他停下脚步，转过身，耐心地看着江念期道："什么问题呀？你说。"

看到苏老师温柔的模样，江念期开口说出了自己心里的疑惑："是这样的苏老师，我就是想问您一下，自上次月考之后，沈调是不是就一直没来上过课？"

苏老师点了点头："对，他身体不舒服，找我请了病假。但一开始只请了两天，后面又往后延了好几次，这次确实是请了挺久的。"

听到这个消息时，江念期人都傻了，此时的她已经脑补出了一场大戏——年纪轻轻的音乐天才看似风光无限，其实却患有严重的先天性疾病，平时在学校上课时，也隔三差五地要请假去就医，简直是天妒英才！

江念期越想越放心不下，放学后，她换了条裙子，买了些自己觉得好吃还比较清淡的食物，拎着一堆慰问品便火急火燎地上楼敲沈调家的门去了。

江念期并不确定沈调到底在不在家，她原本想要是沈调还不在家的话，就找吉他店老板要来他的联系方式问候一下。可她才敲了一下，面前这扇紧闭已久的门居然就打开了——江念期这才反应过来，原来门根本就没锁。

江念期犹豫了一下，在门外问了一声："不好意思，有人在吗？"

屋内没人回应，她小心翼翼地探进半个身子往里看，只见屋里光线昏暗，避光窗帘被拉得严严实实，客厅内的电视还亮着，闪烁着微弱的光线。

听到有声音传来，江念期愣了片刻，又敲了一次门，可里面还是没有人回应。她下定决心，小心地伸手将门推开，才发现少年靠着沙发坐在地板上，发丝凌乱，此时正拿着手柄在玩游戏。

看到沈调在家，江念期安慰自己这不算擅闯。她拎着带来的食物走了进去，然后转身把门虚掩上，恢复成一开始的样子。走到沈调身旁后，她蹲了下来，把手里的东西放到了面前的茶几上，问道："你身体好些了吗？苏老师说你生病了。"

尽管光线昏暗，但沈调看起来不像是病了，他像是完全将自己封锁在了小世界里，不允许任何人打扰，而他现在也比之前更不喜欢搭理别人。

虽然江念期通过网络认识"他"已经很久了，但说实在的，现实中，两人只见过几次面，最深的交情不过是半个月前一起吃了顿饭，之前在吉他店里见面的时候，他俩连话都没说两句。

没等到沈调的回应，江念期只能抬头看向其他地方。江念期觉得沈调家里的味道有些奇怪，她嗅了两下，起身看了一圈，发现餐桌桌面上和地上的某些角落里还有一些没吃完的外卖，那些不好闻的味道大概就是从这里散发出来的。

"这些我都帮你扔了吧？"江念期看向沈调。

靠着沙发的少年还是直直地盯着屏幕玩游戏，也不说话，江念期见状便找了个塑料袋，把垃圾分好类，统统带到楼下扔掉了。

扔完垃圾上楼后，江念期看到，沈调已经没在玩游戏了，头靠在沙发边缘，手柄也扔在地上，屏幕上显示着"游戏结束"的字样。

江念期路过电视去拉窗帘，却没能拉开。她找到自动窗帘系统的开关，研究之后，把避光模式关闭，窗帘便自动往两边收了回去。接着她又将阳台的落地窗打开通风，都弄完之后，这才回到沈调身旁，整理好裙子，蹲在了他旁边。

"沈……"江念期本想直接叫他名字，可又碍于眼前这个人的"互联网身份"那层厚厚的滤镜和光环，觉得直呼他的大名有点不尊重对方。于是，想说的话在嘴边转了好几个弯，她最后选择直接省略称呼，问道："你身体好了的话，打算什么时候去学校？"

不知是问得直接，还是她的话终于戳到了沈调心里的某个点，进屋这么久，少年总算回应了她，语气却是恹恹的："不想去。"

"为什么？不上课你打算做什么？是……"

"是要开始专心创作音乐吗"这句话还没问出来，沈调就又坐直了。他把游戏手柄捡起来按了一下，手柄轻微震动后，他又玩起了游戏。

江念期见他不说话，便抱着腿，将下巴抵在膝盖上，就这么一声不吭地守着他。她的目光偶尔落在少年身上，时不时地看着他操作着游戏人物过关。但他并不熟练，不像是经常玩游戏的，不仅游戏人物一直在死，过关时间也抓不准，就连技能都放得不流畅。

她以前经常和沉默一起玩游戏，沈调现在玩的这个游戏刚好她玩过，看到沈调一直卡在同一个地方，她实在有点受不了，伸手把他手里的手柄一把拿了过来，一脸认真地操作着，干脆利落地就把沈调始终过不去的那道关卡给过了。

江念期把手柄递回给他，问道："你玩游戏的时候都想什么呢？"

对方似乎以为她要骂他，目光有些凝滞。但江念期只是单纯好奇，她又问了他一遍："你是在想这个游戏真好玩，还是在想这个游戏怎么这么难？"

沈调收回视线，没有接话，只是接着她的游戏进度，控制着小人继续往前跑。这次他玩得顺畅了很多，可没过多久，又卡在了另一道关卡上，但他没有一再硬过，试了几次过不去，就又把手柄递给了江念期。

江念期接过手柄，操作几下就通过了。

两人就这么配合着玩了一会儿后，沈调突然起身去了另一个房间，过了一会儿，他又拿出了一个手柄，然后把刚才玩的游戏给退出去了："玩个别的游戏吧。"

他看着屏幕开始选别的游戏，都是双人的，江念期也没拒绝，他要玩她就陪他，反正明天放月假，她有时间。

"你倒是买了挺多游戏卡的。"江念期见他挑来挑去，开口问道，"你平时经常玩游戏吗？"

"不太玩。"沈调的卫衣帽子皱巴巴的，还是往外翻的状态，江念期看到后不禁皱眉，快速帮他整理了一下。

沈调下意识地想躲，可身体才侧过去一点，对方就已经弄好，并又和他拉开了距离。

两人就这样一起坐在地上玩游戏，一直玩到天色渐暗，就连夕阳的浓橙色余晖都即将被厚厚的夜幕掩盖，而原本刮进屋内的暖风也慢慢多了几分凉意。

"我饿了。"江念期一直盯着屏幕，眼睛有些干涩发酸，她慢吞吞地伸出一只手揉了几下眼睛，另一只手则拿着手柄控制着游戏里的小人前后移动，"沈调，什么时候吃饭？"

他没说话，直接拿起自己的手机点了几下，然后递给了她。江念期接过手机后看了一眼，是外卖界面。她倒也没意见，可翻来覆去地浏览了一遍后，没看到有什么是她特别想吃的。

"不想吃外卖，你做饭给我吃。"这一下午，江念期别的没看出来，倒是看出沈调是个软性子。他这人就是表面看着冷，但其实脾气挺好的。

"不想做。"沈调淡淡道，但即便是被江念期使唤了，他也没生气。

江念期把手柄放下，站起来一把拽住了他的卫衣帽子，想把他拖起来："走吧，跟我去买菜，我要吃新鲜的。"

但沈调一直操控着人左右乱转，就是不肯把注意力挪开。江念期拽了一会儿，拿他没辙，索性直接躺到沙发上，背对着他嘀咕："好饿，要我承受这种饿不如让我去死，沈调不给我做饭，我不想活了。"

"点外卖。"沈调又看了她一眼，说道。

江念期直接抬手捂住了耳朵："我不，我就要吃你做的饭。"

沈调叹了口气，把游戏手柄放下，起身去了卫生间，不久后里面传来了冲水的声音。

少年开门出来的时候甩了甩手上的水珠。在卫生间门口，那双冷淡的眸子远远地和躺在沙发上的江念期对上了视线："得去买菜。"

江念期连忙坐起来，整理了下裙子，小跑着到他身后。尽管她连菜市场在哪里都不知道，但她还是成功撺掇着沈调去给她买菜做饭了。

今天外面的风不算特别凉，吹到皮肤上给人的感觉很舒服。看他状态还是不太好，江念期没忍住又关心了一下："今天的风还挺舒服的，出门走一走，你有没有感觉心情都舒畅了很多？"

走在前面的少年没有搭话，只是低头走着路，卫衣领子处露出一截干净白皙的后颈，看起来沉静又脆弱。

如果不知道沈调就是自己崇拜了这么多年的"低音"，江念期肯定不会在他面前自讨没趣，也不会跟他扯上任何关系。但自从知道他的身份后，她对沈调的态度就慢慢发生了变化——她会忍不住担心他，忍不住去想他到底为了什么事情不开心，还会忍不住地想要依赖他。

因为就是这个人创作出来的曲调，不知曾在多少个日夜里抚慰了她的内心。江念期对他好奇，所以也不忍心看着他再这样独自消沉下去。

"你是有什么不高兴的事情吗？"她又问了一句，沈调依然没有回应。江念期摸了摸鼻子，只好就此偃旗息鼓。

菜市场下午六点半就关门了，两人到的时候大门已经上了锁。

沈调见状便转身去了一家生鲜超市，江念期跟在他身后，心里憋了好多话没说。走到蔬菜区时，他突然转头看向她："要吃什么？你自己拿。"

江念期原本还有些闷闷不乐，听到他突然开口对自己说了这句话，她这才开心起来，原本垂下去的嘴角也勾了上去："好。"

江念期在拿自己爱吃的食物之前，都会先问一句沈调吃不吃，但他好像没有什么特别不喜欢的食物，她想吃什么他都能做。二人称完重去收银台结账时，江念期连忙解锁手机要递上付款码，沈调却直接掏出了现金。

江念期看着拿出一沓现金的沈调，有些惊讶地问道："你出门还带现金呀？"

她从很久以前就已经离不开手机了。自打父亲去世、母亲消失后，她对电子产品有着极强的依赖，吃饭、认路，以及生活中遇见的困难统统靠手机帮自己解决。所以，当初王朝义说不让她把手机带去学校时，她有种强烈的不安感，哪怕不开机也必须揣在身上才行。

"嗯，习惯带钱了。"沈调淡淡回道。

他付完钱，顺手把菜都拎走了，江念期找他要他也没给。她两手空空，突然有点受不了他这种细节上的照顾——明明是她要赖让他做饭给她吃，可他答应之后不仅没再抱怨，还处处照顾着她，把一切都处理好了。

可能是想得太入神了，江念期在过人行横道时没注意看车，虽然是绿灯，但有辆要转弯的车以为她会避让，便完全没有要减速的意思，她差点就要被车撞到，好在沈调第一时间注意到了出神的江念期，把人直接给拽了过去。

江念期被拽到沈调身边，鼻腔里瞬间充斥着他卫衣上散发出的淡淡的洗衣液的香味。她看向沈调，只见沈调微皱着眉看着那辆疾驰而过的车，神色有些不悦，她感觉自己耳朵好像有些发热，连忙挪开了视线。


回到家后，沈调就开始做饭，江念期也在厨房里帮忙。

吃饱喝足，沈调独自去阳台吹风发呆，接着又去了卧室，不久后里面隐约传出了淋浴的水声。

江念期看了眼时间，打算回家，只是还没走出几步，她就听到他放在沙发上的笔记本电脑一直弹出新消息的提示音。

　　江念期有些好奇，没忍住看了一眼，可她没想到他的微信聊天窗口就大大咧咧地挂在桌面上，一个女生正不停地给他发消息，而消息内容则让她十分震惊。

　　沈调洗完澡，用毛巾擦着一头湿发走到客厅的时候，刚好看到江念期呆愣在沙发前，一脸震惊地看着他电脑屏幕。

　　沈调见状，开口问道："你在看什么？"

　　江念期抬头看着眼前头发凌乱的少年，回过神的她完全不知道该怎么向他解释。她真的被那个女生说的话吓到了，在跟沈调对视时，她还处于震惊的余韵中："对不起，我……"

　　沈调却没太大反应，他坐到沙发上，拿起游戏手柄，又开始打游戏了。

　　见对方不说话，江念期尴尬极了，她想起沈调微信里那个女生的头像，两条俏皮的麻花辫似乎和她印象中的某个女生重叠上了，她耐不住好奇，开口问道："你是加了上次在吉他店给你送信的那个女生的微信吗？"

　　沈调闻言，脸上表情变都没变一下："是，她在纸上写了一个微信号，让我加她。"

　　江念期抱着膝盖靠着沙发坐在地板上，用眼角的余光看向沈调，少年的侧脸被电视屏幕投射出的冷光淡淡地染上了一层光晕，整个人就像一件易碎的瓷器。

　　一时间她看得有些出神，心想她到现在都还没有加上他的微信呢。

　　沈调玩着玩着又卡住了，他自然地将手柄递给江念期，但江念期还在抱着膝盖出神，没接。沈调随手把手柄放到一旁，拿起电脑，看了眼那个女生发来的信息，直接给她拨了通语音通话过去，不一会儿，对方接通了，听筒里传来女孩子的声音："喂？"

沈调语气冰冷，说话直接："我觉得你不该给我发那些信息，你要是再发，我就把这些聊天记录打包发给你父母了，我记得他们来报课的时候，留下了联系方式。"

电话那头的女生似乎愣住了，说不出一句话，沈调见对方没回应，直接把电话给挂了，又将那个女生给拉黑了，然后把添加新好友的界面打开，把电脑递到江念期面前。

江念期明白了他的意思，她抬眼看向他，迟疑片刻，说道："你要加我？"

沈调点点头："嗯。"

她把自己的手机号码输了进去，点击"搜索"之后，便出现了自己的微信名片。江念期发送好友申请后，又马上拿出自己的手机，点击通过了申请。他的微信头像是他用干净修长的手挠着黑白花猫下巴的照片。

"你养过猫吗？"江念期觉得这张图不像是网图，便问了一句。

"养过几年，有天我不在家里，它自己开窗跳出去了。"沈调把电脑放回沙发上，然后起身坐到地板上，拿起游戏手柄再次挑战那个关卡。

"跑了？"江念期问道。

"摔死了。"沈调说到这里的时候，手上操作失误，他定了定神，"这里是八楼。"

江念期见他这次死得比前几次都要快，于是主动伸手从他手里将手柄给拿了过来："我帮你。"

沈调没说什么，专注地看着江念期利落流畅的操作，她这次又是零失误过关。随后她将手柄还给了他："你回学校吧，我买了辆自行车，早上可以顺路一块儿去上课。"

"不想学了，反正也考得不好。"沈调接过手柄后把游戏存档，随手在茶几下面的抽屉里拿了颗糖吃，又把沙发上她之前盖过的那条毯子拉下来盖在身上，顺势躺在地板上蜷缩着，像是想睡觉了。

江念期看着少年清瘦的身形，坐得离他稍微近了些，出声安慰道："不是这样的，你明明也考得很好。"

"不是第一名就没意义。"少年闷闷地说。

"怎么没意义？"江念期不解。

"不说了。"沈调不想跟她聊这个话题，直接用毯子蒙住了头。

江念期看他露在外面的一缕湿发还在往下滴水，道："你洗完澡最好把头发擦干一点，不然容易感冒。"

他不说话，江念期想起下午在他家的柜子里好像看到过电吹风，于是起身把吹风机找了出来，又拽来一个插板，通上电，开了个弱风，对着他的头把能吹到的地方吹了吹。

"沈调，我不清楚你为什么不开心，但一直逃避是解决不了问题的。"她说完后放下吹风机，叹了口气，"我先回去了，你回卧室睡吧，快入冬了，睡在地板上到了夜里还是有点凉的。"

江念期隐约感觉到沈调可能对她拿走他的"年级第一"这件事有些意见，可她从来不会刻意放水，因为这是不尊重对手的表现。而且她也不觉得低音会是需要别人放低姿态来哄着的男生，她相信她一直尊敬的音乐人不会软弱到这种地步。

就在她起身要走的时候，少年突然拉住了她的衣角："上次的曲子，能不能再给我弹一遍？"

江念期转头往后看，发现对方身上的毯子已经滑到了腿上，人也坐了起来。

"嗯……那用一下你的吉他？"江念期花了一秒钟的时间想了下他说的究竟是哪首，直觉告诉她，应该是他生日那晚她给他弹的那首*A Flower*。

"就在那边的角落里。"沈调说完，就又恢复了懒懒的状态，仿佛之前买菜做饭的模样只是江念期的一个幻觉。

她走过去把吉他拿了过来，试了试音，然后在他的旁边坐下，弹起了*A Flower*，熟练程度半点不比沈调本人差。

沈调坐在地板上，后背靠在沙发边缘，他没有看江念期，而是将视线落到了面前还在待机状态的游戏屏幕上。客厅内的光线很暗，亮着的光源一共有两处，一处是电视屏幕，一处是餐桌灯，之前吃饭的时候忘记关了。

他闭上眼睛听着江念期弹曲子，感觉整个人的情绪都平缓了不少。

"其实我以前一直觉得，别人不喜欢我是他们的问题，跟我没关系。"

弹奏到尾声的时候，沈调突然没头没尾地说了这样一句话。江念期闻言，手里动作一顿，动听的旋律也戛然而止。她转头看着他，他保持着刚才的姿势，伸手揉了揉额前的头发，说话的声音都沙哑了不少："后来我才知道，别人心里会讨厌我其实都是有理由的，确实是我不好。"

江念期脸上的表情越发凝重起来，她抱着吉他："你别这样说，喜欢你的人肯定更多，而口一定有很多人都在支持你。"

"可我不在意他们。"沈调低着头，说话声音很小，"我在意的人讨厌我。"

"你别这样，你这么在意别人的眼光和看法，很容易被别人影响的。"江念期在劝沈调的同时其实也是在劝自己，刚开始的那段时间她特别在乎姑姑和程佳峻对她的看法，结果后来两边都没能抓住。现在熬过了那段时间，她反而浑身轻松，觉得自己能跟全世界斗争，谁都不怕。

对方闻言，抬头看了她一眼，江念期这才发现沈调不知何时红了眼眶，尽管表情还是很漠然，可红了的眼眶却半点作不了假。

她整个人都蒙了，也不知道自己说错了什么话，居然把他弄哭了。

江念期突然想起了经常被自己弄哭的弟弟，她犹豫片刻，有些生疏地靠近，伸手摸了摸少年柔软蓬松的头发："后天去上课吧，不要闹别扭。"

她有些僵硬，还是沈调先放松了下来，没有拒绝这种温暖。

江念期很难描述自己这一刻的感觉，以前她只能通过网络了解他，关注他发布的新曲和偶尔几条很快就会删掉的个人动态，但现在她居然在安慰他。

"我有点困。"沈调开口说道，"你能不能在这儿陪我，等我睡着了再走？"

"什么？"江念期才放松下来，就立马又被他的这句话整得浑身一激灵，她觉得自己的反应似乎有点大，便把语气放温和了许多，"你睡不着吗？"

"我这段时间每天最多只能睡四小时，一直在失眠。"沈调回道。

"好吧，那你快点回卧室去睡觉吧。"江念期说完这句话后又想起了那个雨天，她在吉他店里第二次看到他的时候，老板好像也是这样照顾他的。当时她心里还在想这个人像是被抽走了骨头一样，像只懒惰的猫。

但她不喜欢猫，她更喜欢小狗。

可当真正面对沈调脆弱的一面时，江念期却发现自己没办法不管他。

怪不得这么多年来低音从未开通过社交平台，平时也极少分享自己的生活状态，就算是发了他也会很快删掉，因为有些时候，他内心敏感脆弱得就像个孩子一样。

能创作出那样情感细腻的音乐，她也早该想到他会是这样敏感的性格。

沈调听她的话起身去了卧室，江念期也跟着一块儿进去，找了个凳子在床边坐下，守着沈调休息。

卧室里没有开灯，她只能透过门缝中溢出的一些光线，勉强看清屋内的摆设。

书架上面有很多书，角落的桌子上有两台电脑，从一些小物件的摆放上就能看出来，他的卧室收拾得非常整洁干净，可能这才是他状态正常的时候会有的模样。

江念期不知道沈调到底睡着了没有，她一直在无所事事地打量他的屋子，很久很久。

次日早上，江念期醒来后，整个人迷迷糊糊的。

昨晚沈调睡着后，江念期也回家睡觉去了，现在回想起发生的种种，她的心情非常复杂。不过江念期倒是并不后悔昨天下午去他家里找他，因为沈调现在这种状态明显是不正常的，她希望他能好起来，哪怕是对人冷淡一点也无所谓。

逐渐回神后，江念期洗了个澡，在吹头发时，文安琪打来了电话。

她关掉吹风机，接通电话："喂。"

"念念，今天放假吧？下午带着弟弟去动物园玩会儿可以吗？他总说想见你。"

江念期今天确实没什么事，便同意了，挂掉电话后，她又打开了吹风机，开始吹垂在胸前的湿发。

吹完头发，江念期用牛奶泡了点燕麦片，吃完就出门了。

一路上江念期都在想昨晚发生的事，走进继父家的别墅后，正在搞卫生的刘姨抬头朝她笑了笑，江念期刚和她说完话，就注意到客厅的沙发上坐着于晴和另一个女孩。

于晴拿着手机正在玩游戏，而那个女孩则上下打量着江念期，时不时还俯身凑到于晴耳边窃窃私语，江念期都不用猜，一看就知道是在说关于她的事情。

江念期没有理会她们，直接往于睿的房间走，刚要敲门，她听到身后传来了女孩清脆的声音："江念期，你过来一下。"

江念期停下脚步，转头看了那个陌生女孩一眼："怎么了？"

"哎呀，你过来。"她还在朝江念期招手，江念期的目光落到了女孩旁边的于晴身上，于晴连头都没抬一下，显然是不想搭理她。

江念期没过去，她觉得这女孩没安好心，不等女孩开口，她先不动声色地拿出手机，把录音模式打开了，然后开口回道："有什么事你可以直接说。"

"真的？那我可就直说了！"那女孩朝江念期笑了笑，把手搭在了沙发靠背上，"我叫姚贝，在学校里还挺有名的，你应该也听过。我觉得你以后还是不要回来比较好，晴晴很不喜欢和你待在一起。"

江念期听完，眉头皱了起来，但很快又恢复如常："不好意思，你的名字我没听说过，请你不要自我意识过剩。另外，这个家里还轮不到你来说三道四，我妈跟我弟都在这儿，我想来就来想走就走，你有意见就憋着，要不然你走也行。"

听到江念期的话，于晴侧过头远远地看了她一眼，江念期也毫不畏惧，直接与她对上了视线。双方的目光都冷得像是能蹦出冰碴子似的，僵持不下，最后还是于晴先开了口："你以为自己很了不起吗？这个家跟你一点关系都没有，我从小到大都住在这里，我朋友来或不来，还轮不到你说了算。"

"那我来或不来，也轮不到你说了算，你觉得所有人都得围着你来转吗？"江念期直接驳了回去。

于晴闻言，直接站了起来，她放下抱枕走到江念期身前，一张清秀的脸此刻却格外有攻击性："你算什么？上次你在学校被人污蔑的那件事是我做的，你还真以为这里是你家啊——"

"啪"！

于晴话还没说完，江念期就直接抬手狠狠地打了她一个耳光。事发突然，于晴直接往后退了几步，摇摇晃晃的，有一瞬间几乎没站稳。

江念期看着还没缓过神来的于晴，把手机录音关了，又按下了播放键，把于晴说的话重复放了两遍。

"于晴，你还以为自己是以前的那个小公主吗？"江念期一边说话，一边朝于晴走了过去，江念期这会儿像极了正在迫害公主的反派人物，"你以为你赢了，可你想过我妈为什么不追究吗？因为这样才能让你爸对我愧疚，对你失望。"

于晴被她说得目光都呆滞了。江念期停住脚步，站在于晴面前又补充了一句："说不定你爸还会认为这件事是你妈妈教唆你的，这样的话那他们就更没有可能复婚了。"

她说完便转身去了于睿的房间，准备带他去动物园。

过了一会儿，于晴脸上出现了后知后觉的惊慌，姚贝也被江念期刚才的模样给吓到了，她连忙走上前去揽住了于晴细声安慰。江念期带着于睿出门的时候，正看到于晴坐在沙发上小声啜泣。

江念期带着于睿在动物园里玩了一天，傍晚时分又送他回了家，甚至还留在别墅吃了晚饭。

饭后，司机把江念期送回了家。回家后，江念期便开始洗澡，洗完没多久，文安琪就给她打来了电话，大概意思就是于晴又去告状了。

她刚想说自己录了音，文安琪就表明自己已经处理好了，她们吵架的时候刘阿姨就在旁边打扫卫生，于晴承认是她先用话饧的江念期，可她后面争论的重点却都放在了"他爸爸是不是真以为这主意是她妈妈给她出的"上面。

江念期不知道该说于晴什么才好，以前她只是觉得于晴被家里惯坏了，单纯脾气不好罢了，可现在她觉得，于晴似乎还有点拎不清。

挂断电话后，看着阳台外面的万家灯火，江念期叹了口气，她本想着再做点练习题，可现在却突然没了那份心情。

她突然间觉得父女吵架也不是什么坏事，毕竟于晴还有爸爸。

第二天，江念期一早就爬了起来。

两节课的时间很快过去，大课间的早操结束之后，江念期原本准备一个人回教室，可她在往回走的途中无意间看到了沈调。

江念期没想到他还挺听劝，本想过去跟他打个招呼，才走到他身后不远，就看到他的身旁有一个正在跟他说话的女生。

那个女生的侧脸很眼熟，江念期很快就想了起来，那正是昨天才对她冷嘲热讽过的于晴的小姐妹——姚贝。

江念期想要上前的脚步瞬间顿住了，她没再往前凑，打算转身走另一边，可就在这时，旁边突然传来了一声惊呼："让开！"

她一下没反应过来这话是冲她说的，四下环顾之后，才发现一颗篮球马上就要砸到她。

就在此刻，有人突然撞开了她，她差点摔倒。可身体失去平衡的瞬间，她却被人扶住了。

"没事吧？"

她顺着声音抬眼看过去，发现沈调不知何时发现了她，还及时把她给扶住了。

她收回目光，缓了两秒，总算想明白发生了什么。沈调扶住了她，但刚才把她推开帮她挡球的人还坐在地上，正在用拇指擦拭着鼻子流出的鲜血。

这球的来势是真的猛，要是砸到了她的脸上，估计现在坐在地上流鼻血的人就是她了。

那个男生扶着地想要爬起来，江念期见状连忙挣开沈调走到了他面前，伸手想要搀扶他，可他不要她扶。江念期仔细一看对方的脸，这才认出这是跟她闹过矛盾的学习委员——肖然。

打篮球的男生一脸愧疚地过来道歉，看到肖然都流鼻血了，连忙过去拦住了他："同学你还好吗？实在是对不起，我送你去医务室吧！"

"不用，我没事。"肖然默默起身，捂着脸就要走。

"看不出来学委你还'讳疾忌医'啊，你鼻血都止不住了。"江念期见状，顾不上一旁的沈调，直接拽着肖然往医务室的方向走去。

那个打球的男生也连忙把球递给了身旁的朋友，小跑着追上去，跟着一起去看情况如何。一时间，只剩沈调还站在原地，他转头望着江念期拽着肖然的那只手，过了很久才收回目光。

姚贝在一旁看着江念期几人走了，又来到沈调面前，开口说道：

"帮她干吗？她这人心眼特别坏，她昨天回家看她弟弟的时候，不仅特意嘲讽于晴，甚至还动手扇了于晴一巴掌。"

沈调侧目看了姚贝一眼，目光冷沉："你敢当面跟她说这话吗？"

姚贝一愣，没反应过来沈调这是站在谁那边说话的。她还没回话，就又听他说道："不敢跟她说就别来跟我说。"

沈调说完就大步离开了，只剩姚贝呆呆地站在原地。

她今年才上高一，只是一年不见，沈调的性格就和初中时不一样了。

医务室内，校医让肖然止住鼻血再走，而江念期就靠在药品柜前陪着他。上课铃早就响过了，那个打球的男生已经离开，江念期还专门让他去二班找老师，帮他俩请个假。

肖然留着板寸，头形好看且轮廓硬朗，细看之下，很有男子气概。江念期有点无聊，一低头又看到了他脚上穿的鞋，发现还是上次脱了胶的那双，眼下像是已经补好了。她想了想，问道："你脚多大？"

肖然捂着鼻子看了她一眼，说道："四十三码，怎么了？"

"没怎么。"江念期摇摇头，顺手把鬓角的碎发给将到耳后，"想知道你的脚是有多大，才能把鞋给穿成这样。"

"这跟鞋码有什么关系？"他看了一眼自己的鞋，换了个坐姿，把脚往后挪了挪，隐没在床下的阴影里，说话声音也比平时小了很多，"买的都是合适的尺寸。"

江念期突然没头没尾地来了句："你知道姚贝吗？"

见她突然换了个话题，肖然一怔，反问道："她怎么得罪你了？"

"昨天去我妈那边吃饭，这人说我。于晴还自曝了上次来学校污蔑我的那人就是她找的，这事是不是跟姚贝也有关？"

大概是没想到江念期会跟他说这些事，肖然迟疑片刻后，也对她说起了他知晓的一些事："她跟于晴以前就是一个学校的，那所学校是小初高一体化办学。后来，于晴考到市三中，她也跟着考了过来，她嘴挺甜的，学校里那些稍微有点名气的学生她都认识。"

"哦。"江念期应了一声，开始低头抠手。

肖然见状又问道："你在学校的群里吗？她经常在群里发消息。"

"好像在，上次扔我作业本的人把我拉到了一个群里。"江念期闻言抬起头，拿出手机开机后，打开社交软件，让肖然确认一下是不是这个群。

"是这个。"肖然点了点头，又问她道："你号码多少？我加你。"

"加我？你想干吗？"江念期没反应过来，心直口快地问道。

"你病得不轻，不加了。"肖然翻了个白眼，捂着鼻子转过头。江念期见状乐了，把自己的微信号念了出来："记住了吗？要不要我再念一遍？"

他直接把她刚才报的那串数字和字母一字不差地重复了一遍，然后又问了她一遍："是这样吗？"

"是是是，学委厉害，这么复杂都能记住。"江念期故意逗他，直接给他鼓起了掌。

肖然没抬头看她，只是拿开堵鼻子的纸，看了眼上面的血，然后把纸给扔掉了。

"不流血了，回教室上课去吧。"


晚自习，江念期埋头默默地写作业，班里没人跟她说话也有好处，至少不会分心。

投入做一件事情时，时间就过得飞快。下课铃响时，还有很多同学依然坐在位子上学习，江念期随手将卷子往桌斗里一塞，起身离开了教室。放学时正是走廊上学生最多的时候，校园里也热闹了起来，处处充斥着聊天的声音以及奔跑下楼的脚步声。

江念期刚走到校门口，就看到校门外站着一个少年。

校门口光线昏暗，沈调坐在自行车车座上，两条腿笔直修长，还露出了一截脚踝，在深色校服裤子的衬托下看起来很白。

江念期不确定他在这里做什么，但路过他的时候还是跟他打了声招呼："沈调，你不回去吗？"

他抬眼看向她，却没有说话。

江念期有些疑惑，她转头看了一圈周围，这时正好有两个学生结伴走出来，商量着要去前面的小吃摊买点吃的，路过他们时，还将目光投了过来，像是好奇他们在做什么。

江念期莫名地有些心虚，伸手摸了摸鼻子，又转过头，道："那我先走了。"

"一起回去。"

沈调总算开了口，然后骑上车，慢悠悠地向前。虽然他骑得很慢，但平衡保持得很好。

江念期小跑着跟了上去，他没骑多久就又停了下来，推着自行车和她一起步行。

江念期的目光落到沈调扶着的自行车上："我不太清楚自行车要停在学校哪里。"

"那明天一起去学校，七点走。"

"好。"

道路旁有车流经过，在路灯的映照下，二人的影子被拉得很长，随着前行的步伐，时不时还会有长短变化，但一直都相隔不远，有时还会重合上。

进小区后，沈调先去了趟车棚，把自行车锁好。江念期在一旁等着他一起上楼，在他锁车的时候还给他指了一下自己新买的那辆自行车。

沈调的状态好了许多，江念期已经完全找不到他前天那种坐在地上玩游戏的颓丧模样了。

两人一块儿进了电梯，江念期按了七层，顺手帮他按了八层。电梯很快开始运行，江念期开口问道："你怎么来找我一起回家了？"

"不可以吗？"他反问道。

"没有。"她嘴上没说什么，脑子里闪过的却是白天姚贝来找他说话的样子。她想问他俩的关系是不是很好，最后还是忍住了。

电梯到了七层，江念期正要走出去，一只手却挡在了她的身前，她低头一看，手里还有一根棒棒糖。

"谢谢。"江念期伸手接过，正准备要走，可沈调并没有把手收回去。

他看着她，说道："我睡不着。"

她不知道他是什么意思，有点蒙，结果电梯门就在下一刻关上了。跟着沈调来到八楼，江念期还是没搞懂沈调到底是什么意思。

沈调拿出钥匙，打开家门走了进去，江念期在外面站了一会儿，犹豫了一下还是跟着进去了。他径直走向卧室，再出来时，身上的校服外套已经脱掉了。

"我去洗澡。"沈调没头没尾地说了这么一句。

"我也想回去洗澡，我先走了。"江念期有些惶恐。她总觉得沈调怪怪的，明明之前对她爱答不理，可现在突然就像变了个人似的。

"稍微等我一下。"沈调对她只说了这一句话，然后进了浴室。

江念期只好把书包放下，坐在客厅的沙发上等着。前天来的时候这里看起来还有些乱，可现在已经被收拾得很干净了，所有物件都摆放得井井有条，游戏手柄还连在屏幕上。

浴室里隐约传出水声，江念期有点无聊，拿出手机滑来滑去打发时间。突然，她看到了微信列表里那个黑白花色的猫咪头像，她把头像图片放大了一点，突然想起这只猫好像在低音很久以前的动态里出现过几次，名字叫"高音"，他平时都管它叫"小高"。江念期以前还以为这是他朋友家的猫，现在看来，这应该就是当年的那只猫。

江念期正想着以前的事，突然推门的声音响起。听到脚步声后，江念期下意识地抬眼看了过去。

沈调换了一件白色的卫衣，身上更多了几分不好接近的冷淡感，仿佛对谁都是疏离的。

"走吧，我陪你下楼。"沈调突然莫名其妙对她说了这么一句话，明明他说的每一个字她都懂，但怎么连在一起她就听不懂了呢？

江念期看着他，说话都有些结巴了，她问道："什么意思？"

"你今晚不玩游戏吗？"沈调道。

江念期很是惊讶，看着对方，有点蒙。沈调解释了起来，但他一点情绪变化都没有，就连目光都非常平静："你陪我一起玩会好一些。"

"好吧。"江念期见他的表情不像是在说谎，便点头答应了。她起身绕过他往门口走："你不用陪我下去，给我留个门就行，一会儿我再上来。"

江念期没遇见过这样的情况，还有点没反应过来，待洗了个澡后，她才感觉自己清醒了一点。

沈调实在奇怪，明明两人在此之前没有太多交流，他怎么突然开始和她亲近起来了？

江念期清楚地知道，自己是因为发现沈调就是她喜欢了很多年的音乐人"低音"才开始关注他的，毕竟这种机会放在以前她连想都不敢想。可沈调没理由啊！她一普通人，总不能是因为她成绩好才跟她玩吧？

江念期脑子里闪过无数念头，但在跨进沈调家门后，所有想法都烟消云散了。因为她看到沈调又在玩游戏，还玩的是"噩梦"级别的难度，很容易失败。偏偏他技术又不行，一个BOSS（大头目）打了半小时，一直在读取存档。

她坐在沙发边上的地毯上看着他玩，眉头紧皱，不由得开口说道："你要不玩简单模式吧，你这样玩下去，今晚能打过这关吗？"

可对方却直勾勾地看着屏幕，手上的操作也没停："再练练，总能打得过。"

沈调心态倒是好，可她看困了。见他说话间又死了一次，她出口提醒道："你平时都是晚上玩游戏吗？这样过度刺激大脑，很容易失眠的。"

"没有经常，只是偶尔玩一下，一玩起来就总是想要凑齐所有的成就和奖杯。"

"你去休息吧，我来给你打。"江念期看了眼时间，没忍住又捂住嘴打了一个哈欠。

"要是累了，可以在这里休息。"沈调把游戏手柄递给她，临走前还打开了旁边客卧的门。

"知道了。"江念期开始了操作，沈调也回了自己的房间。他反锁上门，看向书桌上那一摞厚厚的题，走过去坐到椅子上，打开台灯。他并没有睡觉，而是开始埋头认真地写了起来。

一连几天，江念期都在帮沈调玩游戏，晚上睡觉的时间少了许多，白天总是困得不行。玩完这个游戏之后，沈调又让她帮忙玩别的，她黑眼圈都熬出来了，打游戏水平直线上升。

肖然也看出来她最近的状态不佳，中午吃饭完后，江念期打算去教室午休，肖然不知为何没有去宿舍里休息，而是跟她一样伏在座位上午睡。等班里只剩他们二人，肖然突然拍了拍江念期的肩膀，主动开口问道："你最近是不是状态不太好？看着感觉像是没睡觉一样。"

江念期揉了一下眼睛，用手撑住了自己的额头："还好，最近玩太多游戏了。"

肖然一听这话，眉头瞬间皱了起来："江念期，马上月考了，你走读就是为了玩游戏？"

她转头看向肖然，问道："你这么关心我成绩啊？"

他顿了片刻，声音瞬间小了许多："谁关心你成绩啊！睡你的觉吧。"

江念期被他怼了也没有发作，只是又伏在课桌上，过了一会儿，她睡不着，于是掏出卷子开始刷题。


一班教室里，不少人没午休。临近月考，大家都在刷题。沈调这段时间一直在熬夜学习，眼下也有了淡淡的青色，他把上次没搞懂的题型给琢磨透了，又将自己的知识面往外拓展了不少。

这时，有人找他轻声讨论一道题，他看了一下，和对方交流起来。

那男生听完点了点头，又和沈调一起把几种不同的解题方式给复盘完，拿着题刚要走，突然转身开口调侃起来："调哥，你这段时间怎么了？感觉都没怎么睡。"

他说着还特地弯腰凑近，看了眼沈调眼底的黑眼圈："最近总看你和隔壁班江念期一起来学校，晚自习下课也一块儿走。"

沈调伸手把他的脸推开，语气淡漠得很："别多想，只是我俩家离得近而已。"

月考要开始了，而就在考试前一晚，江念期还在沈调家里给他打游戏。沈调心里不能说没有半点波澜，但他也并没有要收手的意思。

客厅里很安静，沈调把自己锁在卧室里面，一直学到双眼有些发涩。他揉了揉眼睛，看了眼时间，发现已经凌晨一点了。考虑片刻后，他打开门走了出去，看着她说道："明天要考试，你早点去休息吧。"

江念期半个身子都靠在沙发上打游戏，闻言看了沈调一眼："你还没睡？"

"嗯。"他走到她身旁，蹲了下来，"下次再来玩，今天先回去睡吧。"

江念期的表情有些愣，她这段时间已习惯了在他家里待着的感觉，只要身边有人，她的状态就会不一样，也不会感到特别孤独。

"沈调，你能不能祝我考试顺利？"她对上了他的目光，突然开口。沈调显然怔住了，并没有马上回答，她却还在固执地等着他的祝福。

她一直都在想着那天晚上给他写下的那条留言，他第一次回应了她，让她获得了很大的精神动力，那是她转学后第一次感受到温暖。

沈调垂下眸子，盯着地毯出神。他有点愧疚，但还是没有说太多，只道："祝你考试顺利。"

她看着他笑了一下，起身用力点了点头，步伐欢快地回家了。沈调看着她的背影，她这段时间一直在帮他打游戏，这个家似乎到处都有她的影子，他也好像……不再是孤单的一个人。

连着玩了半个月的游戏，江念期的学习状态其实不像刚转学过来时那么专注，毕竟努力了才会有回报，虽然第一次月考她的数学和物理都拿了满分，但这次她觉得有点没底。

班里的同学大概被她上一次月考的成绩给刺激到了，都憋着一股劲儿，就等着这次月考超过她。

最后一科考完之后，正好赶上放月假，江念期已经连续几次接到弟弟给她打来的电话，他几乎是掰着手指头算她放假的日子，想和她出去玩。今天也是一样，刚过下午三点，于睿就给江念期打来了电话，让她去找他。

原本江念期还想问一下沈调去不去吉他店，要是他去的话，两个人可以结伴一起走。但考完试之后沈调却只想回去睡觉，这两天他的状态也不是很好，自行车都没骑，早晚都是打车。江念期没多说什么，慰问了两句便自己走了。

今天正好是周六，文安琪在家里休息。她带着于睿在客厅的桌子上学习，于睿大概是弄不明白题目的意思，文安琪教了好几次他都不会，文安琪说话的声音大了许多，不像平时和颜悦色的样子，多了一些严厉。

"在教他什么？"江念期凑过去看了一眼，发现于睿的字写得歪歪扭扭的，她一时都没看明白写的是什么。

文安琪闻言，靠在沙发上，用手指不停地揉着自己的太阳穴，摇头道："都是一些最简单的题目，他这个年龄的孩子早该会了。你像他这么大的时候，这些题看一眼就都懂了，根本不用学。"

"怎么不用学？我只是学得比较快而已。"看到弟弟挂着泪痕的委屈小脸，江念期伸手捏了捏，鼓励道，"睿睿肯定不是不聪明，你吉他弹得那么好，数学也肯定能学会的，对吧？"

"嗯。"于睿抽泣了两下，点点头。

江念期在他旁边坐下，认真地教他做起了题。原本于睿还想着下午和江念期一块儿出去玩的，结果在文安琪的监督下，硬是连客厅都没走出去过，顶多去上厕所或是吃点水果。

傍晚时分，于琛回来了，不管工作上的事有多忙，他一般都会回家吃饭。每到饭点，就连于晴也是必须从房间里出来的，因为这是这位一家之主定的家规。

于琛进屋之后，一眼就看到江念期在教于睿念书，他并没有上去打扰，等到刘姨布好菜，可以开饭了，他这才借着叫他们去吃饭的机会跟江念期说起了话。

"念念，听说你的学习成绩很好。"

"还可以。"江念期礼貌地回应，说完她就听到旁边传出拖椅子的声音，眼角的余光也注意到了于晴有些不耐烦的动作。

"不用谦虚，安琪跟我聊过你的事，听说你在很小的时候就总是跟你表哥一块儿打游戏，结果他因为沉迷游戏成绩一落千丈，你却一点都没受影响。"

江念期被他这么一说，也想起了许多旧事。

当时，沉默被姑姑用竹板教训的时候还发过誓，说再也不跟她一块儿玩游戏了。结果没过多久，他就又偷偷掏空了一本很厚的书，把新买的游戏机放在书里，溜到她家找她一起玩。

两人就这样在沙发上玩了个通宵，在他自己家时，他可不敢这样做，但在江念期家里就没问题，因为江念期的父母不限制她的玩耍时间，可能这也跟她学什么都很快、不用家长费心有关系。

于琛牵过于睿，又把江念期给夸了一通，在餐桌上也一直在聊这个话题，甚至还说到了江念期初来乍到就直接拿下了年级第一的事。

他说第一眼见到江念期的时候，是真的没想过她的学习能力居然这么强，甚至还说让她大学毕业后直接进他的公司。

但这话让于晴觉得格外刺耳，她抬眼，讽笑着插了一句话："爸，别'听风就是雨'行吗？学校里一直都有人在传她的成绩都是抄的，有人都找她班主任实名举报了，说她考试的时候用手机查答案。"

江念期不知道这种谣言怎么会传这么久。她冷冷地看着于晴，而于晴被她一直盯着，也有些不自然地低下头，用勺子拨弄着碗里的蛋羹。

"你别乱说。"江念期只用了最简单的话来辩驳，甚至有些懒得理她。

但于晴当着这么多人的面底气也足，便继续嘲讽她："你抄没抄自己心里有数，跟我争有什么用？"

"别说了，先吃饭。"于琛直接打断了于晴的话，目光也一直落在于晴的脸上，示意她别说下去了。

就在这时，于睿突然从椅子上跳下来跑到了江念期身旁，对她说道："姐姐，我相信你。"

江念期有些哭笑不得，她摸摸于睿的头，想起在那边的时候从来就没有人对她好，心里莫名一酸，但表面上还在温声哄着于睿："好了，我知道，你先过去吃饭。"

因为饭桌上发生的事，江念期拒绝了留宿，她没让司机送，自己打车回去了。

南方的十一月已经开始冷了，江念期还穿着秋季校服的外套。下车后，她看到不远处还亮着光的超市，便走了过去。

江念期很久没逛过超市了，看到什么都想买，直到九点多超市要关门了，这才结好账推着车走了出去。这里的购物车可以推出超市大门，但不远处就是台阶和石墩，购物车必须在指定地点回收。

超市离她家小区其实并不远，但这满满一车的东西又沉又多，她一个人真的带不回去。江念期拿出手机看了一眼，发现手机也快要没电了。

没办法，她只得给沈调发了个定位，说自己在超市门口，东西买多了拿不回去。但还没来得及给他打个电话过去，手机就直接关机了。

江念期叹了口气，在石墩上面坐下来低头发呆。过了一会儿，她又抬头看向了面前的车水马龙，不远处的塔楼钟的指针还在按照分秒的速度往前走着，一瞬间，她有种不知道该何去何从的感觉。

等了一会儿，突然下起了小雨，她也懒得躲，就坐在原地，把玩着自己刚才买的橙子。这时有一个人走上台阶，站到了她身前。江念期感觉到打在自己脸上的细雨突然消失了，她抬起头，看到是沈调打着伞过来接她。

少年应该是刚睡醒，头发还有些乱，精气神看起来也并不是特别好："是这些东西吗？"

"嗯。"她应了一声，可当声音发出来的时候，她才发现自己刚才的那一声回应听起来似乎带着些委屈和示弱的感觉。

"你打伞。"等她站起来后，沈调把伞交给了她，他没有马上拎东西，而是先把身上的厚外套脱下来递给她，这才开始把她的东西尽量装到一起，最后拎着两个大袋子和一箱酸奶抬步要走，只让江念期拿了一提纸巾。

回家的这一路，江念期的小腹一直在隐隐作痛，她只当是吹了风又淋了小雨，身体受寒不舒服。可没想小腹越来越疼，那种垂坠和酸痛感让她突然想起自己应该是快到生理期了。

沈调进电梯时伸手按了江念期家所在的七楼，转身发现她现在脸色惨白，就连站都有些站不直了。

"你是不是不舒服？"沈调语气里透着关切，江念期却只是摇摇头，不知道该对他说些什么。她在帮他的时候总会不自觉地拉近边界线，可轮到她向他求助时，有些话却说不出口了。

"可能是有点冷，我回去洗个澡。"江念期正说着，电梯到了七楼，她打开家门，让沈调把东西都放在了客厅。

两人在客厅站了一会儿后，江念期像是突然想起什么来，看了眼自己身上的外套，脱下来放到沙发上，她并没有第一时间还给他，而是对他说："这个我洗好之后再还给你。"

她淋了雨，身上是湿的，沈调的外套自然也被雨打湿了。跟沈调认识这么久了，江念期看出他其实是有些洁癖的，除了之前他消失半个月没来学校上课，家里被他给搞得乱七八糟的那一次，其他时候他总是喜欢把所有地方都收拾得井井有条，就像是有强迫症一样，就连洗手的次数都比旁人多。

沈调没说话，江念期只当他默认了，拿上换洗睡衣就进了浴室，想着他走的时候给她把门带上就行。

她这个月的经期确实是提前了几天，今晚又受了凉，小腹的痛感更加强烈。江念期洗得很艰难，出来的时候，她疼得冷汗都冒出来了。

她本以为沈调已经走了，可打开浴室门出来后才看到沙发上还坐着一个人。两人对上目光的那一刻，他开口问道："你到底哪里不舒服？"

闻言，江念期心中酸涩。她没说话，只是坐到他身旁，双脚也都踩在了沙发垫上，把自己蜷成了一个球："吹风着凉了，肚子痛。"

生理期情绪容易不稳定，江念期用手揉按着小腹，现在的她突然特别想哭，就连脸都埋进了膝盖里："你能不能陪我一会儿？"

沈调的声音从她身旁传来："知道了，客厅凉，你回卧室去休息吧。"

"嗯。"江念期缓了一下，又看向他，"那你呢？"

"我去给你煮点红糖水。"

"我家就有红糖。"她伸手指了指橱柜的方向。

"好，你快点去休息吧。"他说着便过去打开橱柜，在里面翻找了起来。江念期也起身回到卧室，她拉上被子闭上眼睛，可还是很痛。

过了一会儿，有人打开了她的门，伸手把她蒙到头顶上的被子给拉开了。

"我给你煮了红糖水。"沈调把杯子放到床头柜上，又把一个热水袋递给她，"在你家没找到热水袋，我从我家拿的。"

江念期慢腾腾地把热水袋拿过来，隔着衣服放到了自己的小腹上。

两人都很安静，过了一会儿，她突然在被子里哭了起来，沈调察觉到了这一点，转头看着她，问道："你怎么了？"

"我太痛了。"她一脸委屈，泪水在眼眶里不停打转。

沈调想了想，起身说道："我去给你买点止痛药。"

"外面不是在下雨吗？"

"打把伞就行。"他说完后便离开了。江念期又弯着身体躺了一会儿，看到床头柜上的那杯红糖水，起身端起来吹了吹，小口小口地喝了起来。

喝完红糖水，江念期感觉好了很多，她躺下后感觉自己被温暖包裹着，有了些许困意，迷迷糊糊地睡着了，直到耳边传来一阵窸窸窣窣的轻微响动声，她才醒了过来。一抬眼，她看到沈调身上还穿着她脱在沙发上的那件外套，拉链也拉到了最上面的位置，稍微遮住了一点下巴。

刚才装红糖水的玻璃杯中已经续上了冒着热气的白开水。见江念期醒了，他把杯子和药给她递了过去："我买了止痛药。"

江念期坐起来，她下意识地以为是热水，吹了好几下，可入口时才发现这个水是温的。

他的确很周到体贴，可能这也和他常年制作音乐有关，毕竟能创造出深入人心的旋律的人，共情能力一定是非比寻常的。

平时这种低落的时刻，江念期都会播放低音的音乐，但现在……想到本人就站在自己身边，江念期突然就很舍不得他走，她小声问道："沈调，你能弹吉他给我听吗？"

她说完后突然觉得自己有点过分，今晚她已经够麻烦他了，现在又提出这样的要求。江念期心里正有些后悔，却见沈调的目光落在了她放在房间一角的吉他上。

"那我直接用你的弹了。"他没有拒绝，只是伸手朝吉他的方向指了指。

"嗯。"江念期点点头，沈调拿到吉他后便重新坐回椅子上，低头随手拨动了一段，试完音后才开口问她："想听什么？"

"*A Flower*。"江念期答。

这首歌虽不是他的代表作，却是她平时练得最多的一首。他没作声，开始拨动琴弦。和她模仿他时的感觉不同，这首曲子在沈调手里表现得十分独特，与其说是演奏，不如说是在怀念，他的升调扫弦和泛音结尾都很自然。

江念期听他弹着，一遍又一遍。随着药效开始发挥作用，小腹的痛感也逐渐消失。

沈调感到手有些酸痛，又一遍弹完后，他侧目看她，才发现她不知何时已经睡着了。他简单地活动了一下手指，起身把吉他放回原位，然后动作极轻地关上门走了出去。

第二天早上，雨过天晴，朝阳远远地升起，四周十分明朗，江念期醒来后发现果然来例假了。

她很轻地叹了一下，转身来到客厅，眼角余光却发现阳台上出现了已经晾晒好的衣物。

她不记得自己有洗过的衣服晾在外面没收……回忆了一下昨晚，江念期的脸猛地就热了，十分不好意思。

嘴上说着洗好再给他，到头来还是麻烦了人家。


月假最后一天可以在家休息到下午，但晚上还是要去学校上晚自习，江念期抱着热水袋心不在焉地看了一下午书，等差不多到时间了，她给沈调发了条信息过去，问他要不要一起去学校。

他很久都没回复消息，江念期有点躁，在沙发上翻来覆去，换了很多个姿势看书。大概过了半小时，手机振动了一下，她连忙扔开书拿起手机看消息，却发现是微信里关注的品牌号给她推送消息，沈调一直都没回复。

江念期平躺在沙发上，把手机放在胸口上，一双眼睛盯着天花板边缘的花纹发呆，大脑也完全放空了。

就在她看得正出神时，胸口的手机突然又振动了一下，江念期磨蹭了一会儿才打开手机查看消息，这次却是沈调发来的——


沈调：刚睡醒，现在正准备去。


她眼睛瞬间睁大，一边打字，一边起身跑去换校服——

　　江念期：我也是，可以一起走。

　他这次很快就回复了——

　　沈调：好点了吗？要不要给你请个假？
　　江念期：不用。

　她把手机扔到床上，换上校服，又套上了厚厚的校服外套。走出门后，她发现电梯门刚好开着，跑过去一看才发现原来是沈调在里面等她。

　江念期一言不发地站到他身旁，沈调按下一层的按键，然后将双手插进口袋里。他不说话的时候，不管在做什么都散发着疏离感。二人就这么站着，完全不像认识的样子。

　她深呼吸了一下，总觉得沈调身上有种说不清道不明的感觉，她形容不上来，但她还是第一次遇到像他这样的人。

　也不知道他是自己不想走路还是考虑到她生理期身体不舒服，沈调提前打好了车，他们到楼下时，司机已经在等着了。

　江念期最近经常跟沈调一起上学，已经习惯在学校里和他同时出现了。到教室后，晚自习的铃声还没响，她便坐到位子上开始看书刷题。

　江念期学习时十分投入，她能长时间保持注意力集中的状态，这种沉浸式的学习过程不会让她感觉到累，反而会让她有种身躯和思想融为一体的感觉。全身心投入学习的她，没有注意晚自习已经过了一半，也没注意到王朝义在教室里转了一圈后站到她身边，亲眼看着她解出了一道极难的数学题。

直到她解完题，王朝义才开口道："彭舒妤、江念期，你俩跟我出来一下。"

肩膀被拍了一下后，江念期才反应过来有人在跟她讲话，她抬头看了王朝义一眼，把自己的书合上："好。"

起身时，她注意到彭舒妤的神色有些异样，心里稍微有些疑虑，但并未多说什么。

来到办公室，王朝义直接在桌上翻出了一份资料，说道："上一轮的月考成绩已经出来了，明天公布排名。"

说罢，王朝义看了江念期一眼："江念期，你这次还是年级第一，发挥得很稳定。"

"嗯。"江念期并不惊讶。

王朝义在简单交代完之后，又看起了成绩单，压低眉头说道："年级第二是一班的沈调，第三是肖然，彭舒妤你这次排到了第八，下降很明显，是学习上遇到什么困难了吗？"

王朝义的目光直直地锁定在彭舒妤脸上，对方却完全不敢抬头与他对视，气氛就这么沉默了一会儿，王朝义继续说道："学生来学校的本意是学习知识，老师能做的就是上课时尽量把知识都给讲透了。有些东西我本来以为不用特意去教，团结互助、诚信友爱，这都是最基本的原则和品德，可现在看来，我是不是还是说得少了？彭舒妤。"

很明显，王朝义的这番话是在向彭舒妤要一个答案。彭舒妤闻言，眼眶立马红了起来，开始止不住地抽泣。

"我再问一次，你当时到底有没有看见江念期在考试的时候拿出手机搜答案？"

江念期听到这话后也算是反应过来了，上次王朝义说过，如果她还能考第一，就让那个举报她用手机搜答案的人和她当面对质。

她和彭舒妤的关系其实并不亲近，只是坐得近偶尔会说上几句话而已。她为什么这么讨厌自己呢？江念期心里一时有些说不上来的酸涩，但她却没有对彭舒妤说什么。

彭舒妤从头到尾都没有说过话，她哭了好一会儿，最后颤抖着声音说道："她没有拿手机。"

"那你为什么说你亲眼看见江念期用手机搜了答案？"

"我就是受不了她一来就考了年级第一，我这么努力，凭什么她一来就——"

"江念期在上一所学校的时候成绩就非常优秀。我说实话，你要是到那边去，能不能考进前三十都是个问题，做人要有气度。"

王朝义把彭舒妤训斥了一通，彭舒妤实在说不出来话了，只能一直抽噎哭泣。

"行了，关于江念期用手机作弊这件事，我会在明天公布成绩排名的时候澄清。彭舒妤，你写份检讨给我，罚你打扫公共区卫生一个月，跟人家江念期好好道歉！江念期，你有什么要求吗？现在都可以提出来。"

"道歉就不必了，我不想听，排座位的时候别把我们排在一起就行。"江念期说完之后转身看向彭舒妤，眼神冰冷，"老师，我先回去自习了。"

回到班里，江念期又拿起笔开始刷题。没多久，彭舒妤也回来了，一言不发地收拾好自己座位上的东西，在第一节晚自习下课后，起身搬到了教室后面一个空位子上。

不知道是不是昨晚吃的药药效过了，江念期的小腹又开始隐隐作痛，她有些难以集中注意力做题，在安静的教室里也有种如坐针毡的感觉。

好不容易挨到第二节晚自习下课，她简单收拾了一下东西，便到一班的教室外等沈调。她原以为他会和往常一样在里面多待一会儿才出来，可才刚到一班门口，她就在楼梯口看见了那个高挺笔直的身影。

从这个角度望过去，江念期看不清他的表情，却能感觉到他身上的疏离感，他就直直地站在楼梯上，让人难以接近。

一个女生正站在他下面几节楼梯上和他讲话，江念期能隐约听到她的声音，却听不清楚她到底在说什么。

一瞬间，她心里像是被什么东西给撞了一下似的，又重又闷。她有些喘不过气来，鬼使神差地朝他们走了过去。随着距离拉近，江念期也终于看清了那个女生的长相，是姚贝。

从二人的互动来看，他们显然是认识的，姚贝此时正一手拉着沈调的校服下摆，一手捂着自己的胃，眼里氤氲着泪水，声音也带着哭腔，委屈又娇气："是真的疼了一晚上了，校医室肯定关了，我想去医院看看，都已经拿到请假条了，你陪我去一下吧。"

江念期没作声，只是走到他们班的后门旁，捂着小腹，靠着墙蹲了下去。教室里陆陆续续有人出来，沈调回来拿东西的时候，看到江念期在等他。

和昨天晚上一样，她看起来很难受。他在她面前半蹲下来，开口问道："怎么了？"

江念期听到了熟悉的声音，身体慢慢动了一下，抬起眼睛看向他，然后又看到了他身边的姚贝，小声说道："没事……你去哪儿？"

"校医室关了，带同学去医院挂急诊。"

"哦。"

"你又难受了吗？"

"没有，你们先走吧。"江念期按着小腹站了起来，脚有些麻，她扶住身边的墙，路过他和姚贝朝着楼梯口走了，连头都没有回一下。

沈调一直在望着江念期的背影，直到姚贝开口叫他，他才收回目光，低声说道："走吧。"

走到校门口之后，沈调叫了辆车，他打开车门让姚贝先上车，就在姚贝坐到里面等他上车时，他却直接把车门给关上了，然后走到前面对司机说道："麻烦送她去最近的医院，她胃疼要挂急诊。"

听到这话，姚贝人都傻了，连忙手忙脚乱地摇下车窗朝他说道："不是说好送我去吗？我没挂过急诊，不懂流程。"

"司机比我更清楚去医院的路该怎么走，至于流程，你自己去挂一次号就知道了。"说罢，沈调就让司机开车了。姚贝还趴在窗口说自己一个人不行，沈调却早就往路的另一边走去了。

从校门口出来后，江念期想透透气，便打算直接走路回去。晚自习时候她的小腹难受得厉害，但离开了教室后，她反而感觉自己整个人都舒适了许多。

离家大概还有三分之二路程的时候，沈调追上了江念期。江念期戴着耳机在听音乐，没听到身后的脚步声。

今晚她没有听低音的歌，而是打开了私人电台功能，随机听软件给她推荐的歌曲，原本她是想听点别的曲子换换心情的，可还没放几首，系统就给她推了一首钢琴变调曲。

这首曲子的氛围给人一种呵了口气在冬日的玻璃窗上，透过结霜的玻璃窗看向外面世界，仿佛哪里都朦胧一片的感觉。这是一种"厌倦了时间"的味道……或者说这就是低音本人性格里的独特味道。

她猜得也的确不错，这首钢琴曲就是她曾收藏过的低音创作的一首曲子，也只有他才能表现出这种感觉。

江念期按了按有些下滑的降噪耳机，可刚刚戴好，就有一只手将她的耳机给拿了下来。一瞬间，清冽的声音混合着冷风传到了她的耳朵里："现在不是能戴降噪耳机的时候……你在走夜路，听不到后面的脚步声是件很危险的事。"

她惊慌失措，连忙转头看向他，眼神里带着一丝惊讶和慌乱。沈调将拿下来的蓝牙耳机还给她，定定地看着她的脸，她被他盯得有些不好意思，很快将视线转到了其他地方，小声道："知道了，下次不听了。"

她并没有说她是在听他的曲子，迄今为止，他创作的音乐陪伴了她人生中的多数时间，"低音"这个名字对江念期来说有着非比寻常的意义。与其用轻描淡写的语言来告诉他，她知道了他身份的这件事，还不如让她自己把这份感情藏到心底的最深处，放进那些连阳光都照不到的地方，只要她心里知道他是谁就好。

江念期有些灰心，有时候她觉得自己已经和沈调很熟了，可有时候又会发现两人的关系朦胧得看不真切，她弹过这么多首他的曲子，他却从来没有亲口对她说过自己是"低音"这件事。

这么说来，那姚贝和他的关系也轮不到她来管，她并不了解他的事情，只是跟他住得近而已。

"你怎么回来得这么快？"江念期很快平复好自己的心情，跟沈调并排走着。他看起来并没有多少情绪变化，提到姚贝时语气也是淡淡的。

"我给她拦了辆车，让她自己去医院了。"

他回得很自然平静，江念期听后，目光有些飘忽，但刚刚还十分沮丧的情绪却在一点一点变好。她斟酌了片刻，开口说道："我还以为你会送她去医院。"

她这话说得一本正经，听起来却意味深长。沈调没说话，从口袋里拿出了一颗提前准备好的止痛药和一瓶矿泉水，递到她面前："还用得上吗？"

江念期来不及反应，短促地"啊"了一声，一直躲闪着的目光也总算落到了对方的脸上。

道路旁的车道上不停有车从二人旁边驶过，配合着车轮碾动柏油路面的细微嘈杂声。他微微侧了下头，眸子里的话就像是又问了她一遍——

要还是不要？

她伸手接过了止痛药和矿泉水，在他面前把止痛药放进嘴里，正要拧瓶盖时他突然伸了只手过来，江念期下意识地握紧瓶子，但沈调已经帮她把瓶盖给拧开了。

她连喝几口水，将药给咽下去，然后小声道："谢谢。"

之后，两人都没再说话，和平时一样各自沉默。等快到小区楼下的时候，沈调口袋传出振动的声音，他拿出手机看了一眼，眼神中多了几分不耐烦，直接把来电给挂了，可不一会儿，手机又振动起来。

这次他接通了。江念期虽然没有看沈调，耳朵却时刻都在听着沈调手机话筒里漏出来的隐隐哭声，电话那头有个女声正含糊地说了些什么，可惜她没能听清楚。

"你生病了就去看医生，我又不会看病。"沈调的语气很不好，也不管那边说了什么，只是耐心地听她哭诉完，就直接挂了电话，又冷又无情。

江念期突然对他的这种态度有些莫名的恐惧，担心他有一天也会这么对她，便开口说道："你是想回家了所以才给她单独叫了辆车对吗？"

说着说着，她的声音变得有些没底气："她在跟你撒娇欸，你居然就这么拒绝她。"

"她从初中开始就这样，非要别人都顺着她的意思来，很烦。"

"有没有可能我也很烦，明明认识你没多久还总让你做饭。"

沈调看了她一眼，答非所问道："你明明每天都在我家玩游戏，为什么成绩还是这么好？"

"什么？"

江念期有些蒙，不知道他为什么提这个。沈调没问出什么来，也不再追问，直接转移了话题："你衣服上面沾了墨水。"

江念期顺着他的视线看了眼自己的校服，上面的确晕开了一圈圆形的墨渍，可能是晚自习时肚子痛，自己拿着笔揉小腹的时候不小心画上去了。

"这估计洗不干净了。"

"能洗干净，你回家后换下来给我，我帮你。"

沈调的话让江念期一时没反应过来，等到她回神后，便连忙摇了摇头："不用。"

"那总不能一直穿脏衣服。"

"也不是太脏……"

…………

说话间两人已经走到了电梯前，沈调按下上行键之后，二人便安静地等待电梯下来。

江念期总觉得沈调刚才那句话很像是她父母小时候会对她说的，但现在除了她自己，也没人会管她校服脏不脏这种小事了。

他没按自家楼层，直接跟着江念期出了电梯。江念期在开门之前依然觉得不合适，转头盯着他："你真的要帮我？"

两人的身高有差距，她想要与他对视得仰头。沈调察觉到了她的目光，很配合地略微低头，眸光深陷在眼睫投在脸上的小片阴影中。

"你觉得洗不干净的这块地方我能搞定，但再放久一些就真的不好洗了。"

"哦。"江念期收回视线，打开门，"那你等我一下。"

吃了止痛药后，她现在基本上没有多难受了，江念期出来的时候，手里还拿着自己刚才已经搓洗过的校服，校服上面的墨渍已经晕开一片，淡是淡了，可面积也扩大了，不管怎么搓都没办法彻底弄干净。

"我刚才试着搓了一次，搓不干净。"她把衣服拿到沈调面前让他看那块墨渍。

沈调扫了一眼，说道："没事，给我就行。"

他拿着她的衣服就要走，江念期又跟了上去，问他道："那我今天还帮你打游戏吗？"

沈调闻言，顿了一下，说："不用，你早点休息吧。"

江念期眼看着他走了，家里的安静突然间让她有些不适应，她便忍不住又跟上去了，站在他身边，跟他一起在楼道里等电梯："我有点想去你家玩。"

他没拒绝，只是随意地"嗯"了一声。二人回到他家后，沈调将她的衣服放在水盆里，倒了点洗衣液泡了起来，随后就去洗漱了。

江念期在沙发边上找了个地方坐下来，她并不是很想打游戏，就靠在沙发上玩起了手机。沈调洗漱完出来时，手里还拿了一本习题，他在她对角处的沙发上坐下，安静地写了起来。

江念期还是第一次见沈调在家里学习，但她心里却一直在想他和姚贝是什么关系，可又不好意思直接问，最后只开口说道："你学习真努力。"

"嗯，我不聪明，只能努力。"沈调淡淡地回复，连眼皮都没抬一下。

"别胡说，你明明就很聪明。"江念期听完后连忙反驳了他。

他不说话，只是继续写题，江念期往后靠了点，看着他手中那偶尔晃动几下的笔，开口问道："沈调，你家人怎么都不在这儿，你爸妈呢？"

"我爸工作太忙，我妈去世很多年了。"即便是说这些话，他的内心似乎也并没有丝毫触动。

江念期和他有共鸣，便也说起了自己的事："我爸爸也去世了，他生前对我特别好，我每天都很想他……你也很想你妈妈吧？"

听到"妈妈"这个词，沈调拿笔的手微微一怔。他总算有了反应，但他的反应却让江念期开始感到不安，因为他眼神凌厉，像是在发怒边缘的野兽，眼眶都微微发红。

"有些事情是理所当然的吗？不是所有的父母都会对子女好，你说的这句话让我觉得很不舒服。"

江念期有些不理解，但还是老实地道歉："对不起。"

沈调没回话，低头继续写题。她看着他，不知道现在是该去安抚他的情绪还是应该先回家，过了一会儿，她还是起身跟他打了个招呼，回去了。

第四章

Fa·《温柔》

3:01                                                                 5:21

第二天早上醒来，江念期想起昨晚在沈调家里发生的事，把头埋在枕头里叹了口气。

沈调肯定生气了。

她没想到有关"妈妈"的话题对他来说是不能提起的雷区，也没想到他会有如此强烈的反应。

她早早起床上学，在教室里认真听课。自从彭舒妤搬到后面，江念期身边的位子就空了出来。那个空位子像是在不停地提醒着她——来到这里已经快要半个学期了，她连一个朋友都没有交到，唯一说得上话的沈调昨晚还生她气了。

可她确实不知道他会那么抗拒有关"母亲"的话题。江念期郁闷了一天，下午六点，她没胃口吃饭，同学们都去了食堂，她还伏在座位上休息。

意识模糊的时候，突然有只手拍了拍她的胳膊，江念期转醒，抬眼看了一下，发现身旁多出一个穿校服外套的身影，还没等她抬起头，那人就在她桌旁半蹲了下来："想出去玩吗？"

"什么？"江念期刚睡醒，迷迷糊糊的，还没来得及看清他的脸，他就直接站起了身："跟我来。"

江念期听出来此人是沈调。她左右看了一圈，发现旁边还有些同学坐在座位上，但他们并没有注意到她。她揉了揉眼睛，有些恍惚地跟着他出去了。

江念期其实没睡醒，可昨晚他突然生气的样子却浮现在她脑海里。她原以为沈调会是那种生闷气的性格，所以没想过沈调还能来主动找她。

两人在外面游荡了一大圈，江念期不太明白沈调想带她去哪儿玩，他们离教学楼已经有些距离了，哪怕是现在往回走也没办法赶上晚自习。

直到二人走到一栋实验楼后面，沈调才停了下来。实验楼的围墙后面都是树，左右一点光线都没有，全靠沈调用手机灯光照着地面，江念期才能勉强看清自己脚下是否有石子和排水沟。

"来这里做什么？"

江念期被夜风吹得有些起鸡皮疙瘩，身体一阵阵地打战。这里怎么看都不像是一个能玩的地方，不但没人出没，甚至连光都没有，黑黢黢的。

"翻墙。"他把自己的手机放到了她手里，"我请好假了，带你去看演出。"

"啊？"江念期完全没想到他居然会这么说，也就是这会儿她才注意到，这里的围墙确实比学校其他围墙要矮一些。

"你不是喜欢先斩后奏吗？"他的表情有些疑惑，好像他做出这一举动是站在她的立场来考虑的。江念期看看围墙，又看看他，想说的话最后还是没能说出口："行，反正都请假了。"

她站到围墙边缘，伸手攀住围墙爬上去后，在后面的沈调突然助跑两步，直接跳起来撑住墙沿翻了上来。江念期看着他单手撑着墙体边缘，动作敏捷得像只猫，还没等她拿灯照亮，他就已经自己跳了下去。

沈调站得很稳，在围墙下面微仰着头，等着她："跳下来。"

江念期往下看了看，想自己找个地方跳下去，可这里太暗了，而且高度对她来说实在有些大。

"我能不能用其他方法下来？我怕砸到你。"她的慌张已经在语气中体现得淋漓尽致。"别怕，你信我。"最后三个字他说得很有分量。江念期豁出去了，在跳下去的瞬间闭上了眼睛。但她没有感觉到强烈的失重感，双脚稳稳地落到了地面上。

"走。"江念期还有些没清醒过来，迷迷糊糊地摸黑走了几步后，才连忙从校服口袋里拿出他的手机，此时手机的手电筒还开着，将校外的小路照亮了一片。

走到外面的那条马路上后，沈调从她那里拿过手机打车，定位到吉他店。她转头想看他手机，是下意识地想看有没有人接单，如果没有的话她也可以帮忙叫车。可沈调个子太高了，她都没能看见他的手机屏幕。

明明平时江念期也不觉得自己矮，她身高一米六七，但沈调可能比她要高上二十厘米。

等二人到达吉他店时，天已经黑透了，路上行人很多。沈调推开玻璃门走进去，江念期也跟着他走了进去，二人跟里面的老板打了个招呼，老板给了他们两张票。

"这次票都卖完了，没想到你们两个都会来。"

沈调随手把两张票递给江念期，江念期低头看了一眼，是场 Live（现场音乐）。

"这次演出都有哪些乐队啊？"一看到是现场演出她就有些兴奋了。沈调推开了吉他店的门，示意她往外走："不是什么特别正式的演出，场地就在旁边，都是些没什么名气的本地乐队，办着玩的。来的也基本上都是他们认识的熟人朋友，你去看一眼就知道了。"

江念期"哦"了一声，跟着沈调去了外面。在街上走了一会儿后，二人走进一段下行的楼梯，里面的灯光有些昏暗，地上到处都是传单和小卡片，墙上喷绘了许多涂鸦，进去后震耳欲聋的音乐声立马充斥在江念期耳边。

门口有个叼着烟的中年男人在检票，江念期把票递过去，那男人跟沈调打了声招呼："你带朋友来了啊？"

"是同学，没看到我俩校服一样的？"越是在外面，沈调看起来便越发冷淡懒倦，薄薄的眼皮往下一压，表情和眼神十分敷衍。

男人深吸了口烟，缓缓呼出，他悠悠地看了江念期一眼，喷声道："以前从没见你带人来玩过。"

沈调不想多说什么，径直往里走，江念期连忙跟了上去，到里面一看才发现地下和一楼是打通的，占地面积确实特别小，舞台还是挺大的，有显示屏，音响设备也不错，但只能容纳下两百人左右。

"这个地方不会赔钱吗？"江念期有点困惑。

"本来就是想要找个固定地方玩乐器，就盘了一个地方。"沈调回道。

江念期越想越觉得不对劲："这里是你开的啊？"

沈调靠在一张桌子边，手里不停地转着手机："钱是我拿的，但我让吉他店老板走手续办的营业执照，现在这个场地也都是他在管。"

江念期突然想起那天下雨她在外面淋成落汤鸡被老板"捡"进吉他店的时候，店里面沙发上坐的那些看起来十分不好惹的青年男女。她还记得当时老板拿着工具箱出去，说是有人租了地下室的练习场地排练，所以他们当时很有可能就是在这里排练。

入口处有个小窗口是卖饮料的，刚刚路过时江念期看了一眼，但并没有点单，可这会儿却有个戴着毛线帽、看起来有些稚气的男生端着两杯橙汁走了过来。他将其中一杯往沈调手里随便一塞，另一杯则放到了江念期面前，道："免费的，送你们喝。"

沈调喝了一口，接着又瞥了他一眼："怎么突然无事献殷勤？"

"调哥，是这样的，待会儿上台帮下忙行吗？郭伟被他妈妈叫去补课，说是今晚来不了。你看这场来玩的人还挺多的，我想表现得好一点。但光主唱一个人弹吉他根本不行，那小子背把吉他就是为了耍帅，还得靠你。"那毛线帽男生一脸无奈地看着沈调，见对方低头喝着橙汁，一脸无动于衷的样子，又焦虑地在他前面晃来晃去，"求你了调哥，马上就轮到我们上场了！本来想说今晚不演了，但看你来了，我还是想上台。"

沈调被晃得难受，总算正眼看向了他："弹什么？"

"五月天的《离开月球表面》和《温柔》，你都会吧？"毛线帽男生自信地看着沈调，这么经典的歌沈调肯定会弹，没想到对方却摇了摇头："我不会。"

"什么？不能吧！你不可能没听过！我不信！"

"听倒是听过，但确实不会。"说着，沈调突然转头看向了江念期，"你会吗？"

突然被点名的江念期立马回神，有些草率地点了点头："会。"

"那你想去帮他们吗？"沈调转动着杯子，目光平静地看着橙汁上漂着的果粒。

"我怎么能上，这里不是收钱卖票的吗？我都是练着玩的。"江念期这会儿眼皮跳得飞快，老话说得好，左眼跳财右眼跳灾，而她现在两只眼皮都在跳。她索性看向地面，这里面的气味并不是很好闻，各种香水和地下室特有的潮湿的味道混合在一起，江念期没忍住，转头打了个喷嚏。

"他们就是一堆十三四岁的初中小孩凑在一起玩过家家，水平很差，你上去算是救场。"

江念期闻言又看了眼那个戴毛线帽的男生，刚才她就觉得他的脸长得有点稚气，现在听沈调这么说，再一看，发现对方还真就是个读初中的小正太。

这个小正太默认了沈调说的话，没反驳对方说他乐队水平差这个事实，只是很殷切地看着江念期，可怜兮兮的。

"你们要弹哪个版本的《温柔》和《离开月球表面》？"

"就是第一次发行的那版，放心我有谱子，姐姐你要是肯答应，我这就去给你弄把吉他过来！"还没等江念期点头，那男生就像生怕她反悔一样，直接一拍手，"就这么说定了，我这就去跟他们说。"说罢，人就跑没影了。

江念期有点蒙，沈调在一旁开口解释道："这个小孩叫白晶晶，弹贝斯的，今年初二。他从小学时就弄了个乐队，叫'三日乐队'，一直到现在还在做，梦想是组建一个摇滚乐队，然后出道。"

"白晶晶？哪个白晶晶？"江念期的关注点没放在乐队上，反而放在了奇怪的地方。

"白骨精的那个白晶晶。"沈调勾唇回道。

江念期"噗"一下笑出了声："他是个男孩子吧，怎么叫这个名字？"

"好像是小时候总生病，还是大病，后来有人说他得起个女孩子的名字才好养活，而且最好是叠字，所以就取了现在这个名字，他以前叫白诗远。"沈调和白晶晶显然很熟，对他家里的事了如指掌。江念期回想了下刚才那个毛线帽正太，觉得比起原名，白晶晶好像确实是要更适合他的性格。

"那他改了名字后就再没生过大病了吗？"

"是，没病过了，还挺神奇的。"

"那你有没有考虑过取个小名，比如叫'沈调调'之类的？"

沈调表情微变，多了些许无奈："沈调调，好听吗？"

"很可爱啊。"江念期看着他，一脸认真地开着玩笑。沈调却像是当真了，犹豫着不知道该说什么，在这个话题上停了一下后，突然又问起了她别的："你以前应该玩过乐队吧？待的地方怎么样？"

江念期点点头，说道："还行，大家都比较厉害，我就是凑数的，主要是有个表哥在带我玩。"

"职业的就不说了，我身边很少有女生吉他弹得比你好。"沈调微微垂下眼，浓长的睫毛在清瘦的脸上投下一道阴影，"你是真的很厉害。"

江念期看不穿他的情绪，这一幕却让她想起了程佳峻，程佳峻好像也对她说过类似的话。

白晶晶很快就拿着吉他回来了。时间实在有点紧，他们没办法再彩排一遍，江念期戴着耳机听着一会儿演出时要弹奏的原曲，又试了试吉他的音，等台上的乐队下来后，她脱掉外套塞给沈调，解开脑后的皮筋用手随意梳理了几下长发，穿着里面的白色半袖上台。

她抱着吉他，站在一个不太显眼的位置。台下的人不算多，但说到底这也不是能随便闹着玩玩的地方。

江念期拨动琴弦，音乐随之响起，她跟着节拍，慢慢浸入音乐的世界中。就在她低头专注地拨弄吉他的时候，有不少人都在看她。

"这个主唱是不是起高了？"

"但吉他手跟贝斯手都不错，鼓手好像慢了几拍。"

"看到边上那个弹吉他的长头发女生没，好美！皮肤白，五官也长得精致，他们上哪儿找来这种美女当吉他手的？"

"她好像穿的是校服，你认识这是哪个学校吗？还有这个乐队叫什么名字来着？下次演出是什么时候？"

…………

沈调听着台下的嘈杂谈论，脸上并没有什么表情，他看着江念期弹吉他，而旁边已经有人举起手机对着她录像了。

弹完快节奏的《离开月球表面》，接着就到了那首慢节奏的《温柔》，江念期像是更喜欢弹这种抒情的曲子，表情和动作也给人一种很温柔的感觉，即便是在角落里默默弹奏，也像是站在了舞台正中央，让人根本无法从她身上移开视线。

乐队的发挥在第二首时整体稳定了许多，主唱总算没跑调，两首歌唱完，下了台，白晶晶背着贝斯一路跑到了江念期旁边，看着她的眼神都像是在闪小星星："姐姐，你要不要加入我们乐队？"

"不要。"江念期把吉他随手还给他们乐队里的一个男生，正想着去找沈调，便发现沈调拿着她的校服站在后台不远处等她。她避开障碍物往那边走，白晶晶不甘心地跟了上去，还在继续问："为什么啊姐姐？"

"我学习太忙。"

说到底，江念期觉得他们就是一群小孩，她可以救个场，但要是参与，她暂时没有这个打算。走到沈调身前，对方把校服递给了她，江念期穿上外套后也没再扎头发，乌黑的长发就这么披散下来："沈调，现在去哪儿？"

她会这么问其实就表示她现在已经不太想继续待在这里了。沈调伸手隔开了还要继续往江念期旁边蹭的白晶晶，对她说道："去吉他店坐坐吧。"

回到吉他店后，江念期便靠在沙发上面玩手机，对比刚才的音乐现场，这里很是清静。沈调还坐在他平时总喜欢待的地方，不知道从哪里掏出了一本题册来做。

之前没躺过这个沙发，现在躺进去江念期才知道这里有多舒服。她调整了一下姿势，玩起了手机。这时，她收到了一条新的微信消息，点开后发现是沈调给她发了一段她刚才在台上弹吉他时的视频。

不知道是他角度找得好还是她确实随便拍拍都很好看，总之今晚的她在沈调的镜头下感觉格外精致美丽。她抬头看了眼沈调，发现他在玩手机，但很快又放下了手机。一瞬间，江念期的心里滋生出一丝欣喜，她收回视线，把视频发到了朋友圈里，配文——

还好今早出门前洗了头。

这还是她转学后第一次发朋友圈，很快就收到了许多点赞和评论。江念期刷新了几次动态，微信里很快又收到了新的消息提示，她还以为是沈调发的消息，点进去后才发现这次是程佳峻。

程佳峻：最近过得怎么样？

江念期本来不想回他消息，因为那场电影之后他们就再也没有联系过。江念期本来已经当这个人从自己的世界消失了，可现在她自以为消失的回忆却突然袭来。

但她的心情只是动荡了一瞬，紧接着又平静了下来，她冷静地回复了他的消息——

江念期：我过得很好，用不着你操心。

她话说得很重，放在以前，程佳峻很可能会把她直接拉黑，她也是绝对不会跟他说这种话的。其实程佳峻跟沈调的性格有点像，他们都是那种心思很深的人，不太会去跟人开玩笑，江念期这话明摆着就是在掊他。

　　江念期又去看了眼自己刚才发的那条朋友圈，可还没回复完评论，程佳峻又发来了消息。

　　　　程佳峻：念念，来英国玩吗？

　　江念期头皮一麻，明明是邀请，她却莫名发怵。他什么意思？把她骗过去再当面教训她？

　　她指尖微微发抖，又给他回了条消息。

　　　　江念期：没空，要上学。
　　　　程佳峻：那就等寒假。

　　江念期怒了，她受不了他这种强势的话，回复消息时手指按动屏幕的力道都重了许多。

　　　　江念期：程佳峻，你求我。
　　　　程佳峻：我看到你发的那条朋友圈了。新朋友的现场水平很一般，你自己难道不这么觉得吗？你当真可以做到向下兼容？就为了这，你放弃一切转学，不后悔吗？

　　江念期的呼吸越发急促，胸口起伏着，眼眶一酸，泪水不自觉地蓄在眼中。紧接着，程佳峻又发来了一条消息。

程佳峻：我很想你。

此时，那个雨夜后压抑许久的情绪再一次涌上了她的心头。江念期突然特别想跟程佳峻大吵一架，怎么吵都行。她想让他有多远走多远，再也不要在她面前出现。可现在他真真切切地在远到和她有着八小时时差的大洋彼岸，除非他们之间有谁愿意回头，决定为对方改变自己的生活，否则他们之间会永远存在这八小时的时差，互不交错。

渐渐地，屏幕上的消息变得越来越模糊，有温热的泪珠砸落到江念期的手背上，就在这时，她的手机又响了一下，但发消息的人不是程佳峻，而是她旁边的人。

沈调：怎么哭了？

江念期抬手抹掉眼泪，正要侧身往旁边坐一些，身后却突然响起了一个男生的说话声，还念起了她和程佳峻的聊天记录："'最近过得怎么样？念念，来英国玩吗……'不是！这个程佳峻是谁？他这么看不起我们乐队，他很厉害？"

江念期被吓了一跳，她发现白晶晶不知道什么时候出现在了自己身后，她急忙捂着手机大声喊道："你为什么要在后面偷看？你的道德呢？！"

白晶晶连忙摇头解释道："我在你们后面进来的，刚刚一直站在这儿，对不起，这人是你朋友吗？"

"与你无关！走开！"

"好的姐姐，我这就走。"白晶晶仿佛被训惯了，连忙摆手去了另一边，伏到沙发上去看沈调做题，"调哥，又来挑灯夜读了？"

他表现得很乖巧，沈调却没说话，他把手里正在算的那道题写完后，转了几下笔，突然转头看着江念期，额前落下的刘海略微遮住了他的眼睛，显得人更加沉敛安静："程佳峻是那个混血男生吗？"

他冷不丁一问，江念期一时间没反应过来，下意识反问道："什么？"

"就是那天跟你去看电影的那个。"

江念期微微一愣，想起那天沈调也在电影院，便点了点头："是。"

沈调闻言便不再说话，只是收回目光继续写题，也不知道他在想些什么。江念期感觉现在的氛围有点奇怪，便戴上耳机开始听歌。被白晶晶这么一闹，她原本有些混乱的心此时也渐渐平静下来，虽然才认识沈调两个月，可她在网上单方面认识低音已经整整九年了，在爸爸去世、妈妈离开的那段时间里，她经常听着他的歌入睡。以前的她不管在生活中失去了什么，他的旋律都能为她带来一份特殊陪伴和安全感。如今能在新学校里遇见他，其实江念期到现在都还有种不真实的感觉。

他们两个一直待到老板准备闭店才离开，沈调拿出来做的那套题也没带走，他把它放在茶几下面的抽屉里，看起来这里仿佛是他平时常待的另一个自习室。

难得今晚不用上晚自习，江念期走在路灯下，脑子里还能回忆起台上的灯光以及台下观众们激动且兴奋的尖叫声。空气中混合着大量陌生的气息，但所有人都陶醉在音乐中，忘记了自己身上被施加的那些束缚。

江念期和沈调一起坐末班公交车回家，但车上的单人座位已经被坐满了，江念期便坐到了后排靠窗的位子上，她本以为沈调也会找个同样的座位坐下，却没想到他坐到了她的身旁。

江念期把身体往窗边挪了一下，看上去是想看窗外的风景，可实际上是因为心里有点紧张。

回去的路程大约需要半小时，中途陆陆续续有人上下车，越到后面就越是安静，到站时司机也只是打开门，象征性地停几秒，然后马上关门继续往前开。

路过一片路灯光线较为昏暗的地方时，江念期觉得车内异常安静，她稍微侧过头看了一眼，发现沈调睡熟了。她认真地打量起沈调，他的皮肤近看毫无瑕疵，脸颊清瘦，鼻梁又高又直，刀削斧凿般的轮廓随着路灯光线的闪过，时不时会染上一层模糊的淡黄微光。

江念期让自己的一举一动慢下来，她不想把他吵醒。但这样的状态并没有持续多久，下一站停车前公交车开过了一条减速带，沈调应该是感受到了车辆细微的颤动，醒了过来，伸手揉了揉额头，又重新坐直。

两人从车上下来时，街道上已经没什么人了。夜风格外冷，江念期微缩着肩膀，把双手都放进了校服外套里，跟沈调一前一后地朝着小区的方向走去。

沈调在前面走着，突然开口说道："白晶晶的爸爸是白巽，圈内知名作曲家，你想认识专业音乐人的话，可以从白晶晶那里打开社交圈。"

江念期不知道他为什么突然说这个，犹豫片刻后，说道："我听说过白巽，但了解不多，只知道他是带低音入作曲这一行的老师。"

这是她第一次当着沈调的面提起"低音"这个名字，他其实从未跟她坦白过这一点，而她也从没想过要追问他什么。

沈调还在往前走，从背影上江念期看不出来他此刻的真实情绪。她迟疑了片刻，停下脚步，开口叫住了他："沈调，我可以去那个乐队，有些事只要你让我去做，我就会去做的。"

沈调闻言停住脚步，他回头看向江念期，路灯的灯光把他的脸笼上了黄色的光影。

两人对视片刻，他垂下眼睛，少年的睫毛如鸦羽般浓长，轻轻地往下盖着，带着些许落寞："念念，回去吧。"

他突然改变了对她的称呼，叫了她的小名，江念期还有点不适应。沈调转身继续往小区走，她反应过来后就在后面踩着他的影子慢慢跟，眼看要跟不上了，又连忙往前小跑了几步追上他。


这晚过后，江念期开始搞乐队了。

白晶晶用自己的压岁钱买了一整套专业乐队所需的器材，所有的乐器都买的最好的，花了他不少钱。他大概是真的想搞好一个乐队，就是找来的成员水准实在有点差。

江念期请过几次晚自习的假去看了看，越看越觉得现在的主要问题还是乐队成员水平参差不齐。几个小孩与其说是练习，不如说是跟没头苍蝇一样自己埋头瞎搞。

她实在看不下去了，为了不负沈调的嘱托，索性跟高一那会儿一样，找家长沟通签字过后便不再去上晚自习，每天晚上都会亲自带他们训练。这些小孩都还在读初中，晚上基本能到齐，练过一段时间后，不光乐队的整体水平有所上升，他们之间的关系也变得熟了起来。

江念期没想过自己转学后，除沈调以外的新朋友竟然会是一帮初中生，可她的状态确实是肉眼可见地变好了。白晶晶在她面前也越来越放飞自我。以前他还会收着点，稍微端着些青春期少年的架子，现在却已经完全拿她当姐姐看了。

当晚的练习结束后，江念期在收拾电吉他，白晶晶突然拍了拍手示意大家看向他。吸引到足够的注意力后，他清了清嗓子，开口说道："咱们来写首歌吧，怎么样？"

他说完之后，在场的人都愣了几秒，随即又继续做起了自己的事。

白晶晶对其他人的态度倒还好，因为他觉得自己要是继续坚持的话他们是会同意的，但他有点拿不准江念期的看法，一点是江念期的年龄最大，另外一点是他比较听她的话。

"念姐，你对咱们的新歌有什么想法吗？"

"没这才能，你们自己写，我就是个弹吉他的。"江念期收好东西背上包，准备把电吉他带去吉他店暂放。白晶晶用眼神示意其他人先回家，然后赶紧追上江念期继续游说："曲子不用你来想办法，我去缠缠调哥，你写词怎么样？"

江念期微怔一下，侧目看向了他："你找他写？"

"是啊！你别看调哥乐器玩得棒，他最厉害的其实是作曲！他可是我爸一手教出来的高徒，别人请他还得花不少钱呢。"白晶晶说着笑了两声，"我早就想请他给我们乐队写首歌了，但他一直觉得我们乐队不配。"

得知沈调是这么想的，江念期也没了兴致："那你去找吧，我考虑一下。"

"你还考虑什么，这可是跟大佬合作的机会，到时候让他把歌传到自己的主页上去，肯定很多人听。"

沈调的主页……

江念期想到那个自己打开过无数次的页面。以往每次他发布的动态都与她毫无关系，可这一次，或许她可以与他在另一个地方同时出现。

尽管是垂着双眼，可她的眸子却亮了一些："好吧，那我试试。"


江念期这些天一直有些打不起精神。

最近，上课的时候她都在想歌词，但没什么头绪。其实她更擅长理科，至于文科则全靠着过目不忘的记忆力才能应付考试。

弹了这么多年吉他，她从来没有自己写过歌，而她之所以这么崇拜低音，也可能是因为他刚好有她最缺乏的创造力和艺术才能。

下午学校放了月假，江念期把书包放回家，在空荡荡的房子里待了一会儿，实在觉得孤单，虽然还没到约好的乐队练习时间，但江念期想找个有人的地方待着，便去了吉他店。

坐公交车的时候，她还在想着写词的事，同时用手机记录着自己的一些想法。等到了吉他店门口时，她依然神游天外，差点被门口的架子给绊倒。

江念期稳住被自己撞到的架子，生怕上面有什么东西会掉下来。扶好架子后，她的目光透过玻璃门往里面扫了一圈，发现沈调正坐在沙发上刷题，还是上次的那个位置，也不知道已经来多久了。

其实她有段时间没和他见过面了，自打江念期不去上晚自习之后，他就没等过她一起回家，而且两人的起床时间也不同步，所以除了偶尔会在学校走廊远远见上一面，其他时候并没有什么交集。

大概是因为自己最近每天都来吉他店，所以江念期在这里常看见沈调也没觉得奇怪，她都快忘了，这个地方沈调在上学期间一直是一个月只来两三次而已。

她正想往前走，突然听到了白晶晶的声音，他语气里满是请求的意味："调哥，帮帮我们吧，求你了！念姐写歌词，你作曲，你俩合作肯定无敌了，到时候我们就可以在下次的演出上惊艳所有人！上次的表演已经让不少人记住我们乐队了！甚至还有同学来问我门票多少钱呢，说是下次想过来看！"

沈调缩在沙发上写题，视线不停地在手里的那套试卷上来回扫，连一个多余的眼神都没有给身边戴着毛线帽的白晶晶，而且他拒绝得也干脆利落："快期中考试了，我没空。"

白晶晶仍不死心，还在说着："调哥，你只要抽出一点点时间随便写写就好了，对你来说作曲比做题容易得多吧？我可以保证我们能写出一首伟大的作品，到时就会一举成名，被唱片公司签约，开始闯荡摇滚界！"

对于这异想天开的提议，沈调只给了一个冷冷的回复："别做梦了，走开。"

白晶晶怎么求都不行，真打算走的时候，突然看到了站在外面的江念期，又像找到了主心骨似的支棱起来："念姐，歌词写得怎么样了？"

江念期连忙把手机备忘录退了出去，口是心非道："没写。"

"念姐你快把词写好，我拿去求调哥，他看到你的词肯定就会愿意作曲了。"

白晶晶没什么心眼，好像从来都不在乎自己被人拒绝这件事，江念期倒有点羡慕他这种没心没肺的性格，嘴上还是不愿意暴露自己的小心思："别了，我写得不好，还是不写了。"说着她马上又转移了话题，"今天还练习吗？"

"练啊，他们已经到场地那边等着了。"白晶晶看了眼还在做题的沈调，觉得今天是没什么希望能动动他了，只能先去练习。而江念期连门都没进，就跟着白晶晶一起走了。

沈调顿了一下，转头看向了她，可她一次都没有回过头。

因为今天是从下午开始练习的，所以结束的时间也比较早，白晶晶点了一堆外卖，大家在练习室一起吃完后，便准备各自回家。江念期多待了一会儿，把已经有些手生的曲子又练了练。当她练完要走时，突然发现沈调正在外面喝东西等她。

江念期听说这里以前是一间酒吧，后来经营不善才被改成了这样，既可以作为乐队练习室出租，也可以举办一些小型的交流演出，还会卖饮料，所以留了几个吧台。但本质上这里就是为了玩才开的，主要用来认识一些新朋友，沈调和吉他店老板就没打算用这场子赚钱。

她背着吉他走过去，在他旁边坐下，开口问道："你还没走吗？"

沈调摘下蓝牙耳机，收回充电盒里，然后把自己手边的一杯饮料推到了江念期面前，等江念期喝了几口，他才开口问道："你们想要什么风格的曲子？"

江念期没想到他会说这个，眼睛都睁大了一点："你要帮白晶晶作曲吗？"

"我试一下，你歌词写得怎么样了？"沈调说着自己也喝了一口。只开了几盏壁灯的室内光线暗淡，江念期只能看清他的大概轮廓，但一段时间不见，感觉他又清瘦了一点。

"我写得不好。"她摇了摇头道。

"给我看一眼。"他说话时压低了嗓音，感觉很温柔，但偏偏还是能听出来一点强势的意味。江念期有些紧张，心脏也在乱跳。

"好了，快拿出来。"他又说了一遍。

"不行！我还在想！"她总算受不了了，开始疯狂摇头，手指不停摩挲着面前的饮料杯子，过了一会儿她又小声地说，"你能不能先等等，歌词我还在想……对，你先学习吧，不用管白晶晶。"

"我是在管你。"沈调脸上没什么情绪，只是专注地看着面前的杯子，"谁管他了。"

一瞬间，江念期的心跳像是停了一拍，她只能颤巍巍地从口袋里拿出手机，将记录着歌词的那页备忘录翻出来，递给沈调。

沈调注意到她的动作，拿过手机看了起来。在沈调看歌词的时候，江念期很紧张，一直在喝果汁，虽然不知道过了多久，但对她来说简直像是度日如年。正当她出神时，沈调突然开口叫了一声："念念。"

"嗯？"她连忙看向他，只见沈调把她的手机还过来了，还嘱咐了她一句，"慢慢写。"

"你是不是觉得写得不好？"江念期刚才还不敢看沈调，可现在她却紧盯着他的每一个面部反应。

沈调闻言跟她对视，目光温润，没有一点攻击性："没有，你先写。"

她拿着果汁，低头碎碎念："我不会写歌词，要不我还是不写了。"

他撑着下巴看着她，将她每一个细小的表情和动作尽收眼底："没有人是一开始就什么都会的，大家都是慢慢学的。"

江念期犹豫了一下，略微转头看向他，问道："你也是这样的吗？"

"嗯。"他点了点头，语气一如既往地温柔，就像在哄着她，"我也是这样的。"

她总算点头答应了："好，那我再好好学一下。"


那天之后，江念期在网上下单了一堆关于作词的书来看，还经常去研究一些经典曲目的歌词，想要努力写出稍微好一点的歌词。

有了新动力，她更努力了。不光晚上，白天她也会经常琢磨歌词。其实，一旦开始学习，江念期总是能很快完成，这是她智力上的先天优势，就算没法让人耳目一新，但有样学样她还是在行的。

把手上的三份歌词反复看了无数次之后，江念期觉得自己写得差不多了，这次她想要主动去给沈调看。吃过晚饭后，她想着沈调应该还在教室里，便起身准备到一班去找他。

现在是十一月中旬，天气已经开始变冷，江念期的手很凉，揣在口袋里也没有暖和，走了没几步，就被一阵冷风吹得打了个寒战。她缓了几秒，看到了她不是很愿意见到的姚贝正站在一班教室的门口，像是在对人哭诉。

江念期的脚步像是突然被刚才的那阵冷风给冻住了，不再向前。她看到姚贝一边掉眼泪，一边伸手要去拉身前的人。

但门口的人很不耐烦地躲开了，声音也大了很多，就连江念期都听见了他的声音："你要哭就去自己教室哭，能不能别有事没事就来找我？"

姚贝被他这么一说，当即更难受了："可是我……"

她还没说完，就被沈调拽着走到了楼下，他只下了几个台阶，就站在那里不再动，一直等到看着姚贝的身影彻底消失，这才回到走廊，正准备回教室时，刚好看到了还傻站在原地的江念期。

江念期正想躲开，可加快脚步走了还没多远，就被他给叫住了："是不是有事要说？"

"没有，我路过。"她只能被迫停住，转身连忙摇头，拘谨地道，"她又来找你啊？"

"烦得很。"沈调脸色不悦，感觉他现在已经极度厌烦了。

江念期见状也不敢再继续问下去了，就回了个"哦"，然后低下头："我回去了。"

可沈调却好像并不想让她走，又主动问道："你今晚还去跟他们练习吗？"

"今晚不去，鼓手着凉了，在医院。"

"那今晚来我家吃晚饭吧，最近学了新菜。"

对于他主动邀请她这件事，江念期有些不理解，说起来她其实已经有半个多月没去过沈调家了，突然被邀请，她还有点摸不清他想做什么。

"你又睡不着了吗？"她问道。

"一直都睡得不好。"沈调的目光落到了其他地方，像是在看她手指上弹吉他练出的那层薄茧。她的指尖微微抽搐了一下，只好用力握成拳，点了点头。

见江念期同意，沈调道："我现在去找老师请假，你在教室外面等我。"

"好。"江念期看着沈调去找老师，也没再去其他地方，就伏在走廊的栏杆上看着外面的风景发呆。

肖然上楼的时候刚好看到江念期，便停下脚步，靠在她身旁的栏杆上："不是不上晚自习了吗？你今天怎么还没走？"

江念期听到身边有声音传来，侧头看了一眼，发现是肖然，便回道："等人。"

肖然听了，突然又问："其实，我有个问题一直想问你，你不上晚自习是出去玩了，还是回家去学习啊？"

她也没瞒着肖然，坦白道："我转学前一直在搞乐队，来这边之后又认识了几个读初中的小朋友，他们也在组乐队，我现在在里面弹吉他。"

"这样啊，"肖然神情变得有些异常，他试探性地看了江念期一眼，"你最近没看群消息吧？"

江念期察觉到他的目光，转头问道："怎么了？"

肖然摇了摇头："没看就行了。"

"是不是又有人说我？"面对这种事情，她现在的第一反应就是自己又被说了。肖然的表情也变得有些烦闷起来："还是以前那些事，没什么可说的。"

"到底怎么回事？"江念期觉得肯定是又发生了什么不好的事情，不然他的表情不会难看到这种地步。肖然欲言又止，不再看江念期，转身也伏到走廊的栏杆上，顿了一下才开口道："有人用小号发小作文，说你申请不上晚自习，是在外面鬼混。"

"胡说！我没有！"江念期的眉毛瞬间紧紧皱了起来。

看江念期炸毛的样子，肖然连忙安抚她道："我知道你没有，所以你不要理会这些。"

江念期被气得不轻，眼尾瞬间红了："可他们怎么能乱说！"

"我还是怀疑姚贝她们，她和于晴关系很好，还有一堆朋友。当时这件事被人发出来之后，她一直在装局外人带节奏，我帮你说话来着，被她们追着说了很久。"

江念期强忍眼泪，咬了咬牙："真的烦死了，为什么总是针对我？"

她眼里有晶莹的泪光在闪动，肖然从口袋里拿出卫生纸递给她擦眼泪，见她接了过去，他拍了拍她的胳膊，道："你别多想，了解你的人肯定不会相信的。"

"你很了解我吗？"江念期看向他，深呼吸了一下，又擦了擦脸上的眼泪。肖然有些无奈，叹了口气："你头发翘起来了。"

"哦。"

沈调拿到请假条过来时正好看见这一幕，江念期伸手摸了摸自己的头，看到沈调来了，便对肖然说道："我先走了，肖然。"

"好。"肖然看着沈调，目光并没有马上移开，他们两人就这样对视着。

冬天的日落总是来得特别早，出校门的时候，天色已经暗了。江念期眼圈红红的，被沈调看了出来，他突然开口，问道："怎么又哭了？"

明明是问句，却是用陈述的口吻说出来的。江念期伸手揉了揉眼睛，她打心底不想被人看见自己这副样子，道："肖然跟我说，学校的群里有人在污蔑我。"

"嘴挺碎的。"

江念期看了沈调一眼，说不上来心里是什么感觉。她垂眼，声音有些微颤，问道："有没有可能是姚贝？以前她还当面跟我说过不喜欢我。"

"为什么？"

"因为她觉得我是个外来者，觉得我欺负了于晴。"江念期停下脚步，在后面看着沈调的背影，问道，"你也觉得我活该吗？"

沈调察觉到了不对，停下脚步回头看向江念期，认真说道："你想多了，我没有这么想过。"

"那你为什么不觉得姚贝会说我，你觉得她很善良是吗？"

江念期的话语里带着浓浓的火药味，沈调眉头微皱，语气里多了几分无奈："你怎么了？"

"没什么。"江念期抬手快速抹掉眼眶里的眼泪，看向别处，"我说话冲，不讨人喜欢，会被人讨厌也正常，是我活该。"

沈调冷静了几秒才皱起眉看向她："你是在跟我闹脾气吗？"

"对不起，我不该在你面前说这些。"江念期的表情快要绷不住了，她明明已经擦了眼泪，可视线还是被泪水模糊。她竭力控制住自己说话的声音，让自己做到语气正常："我讨厌姚贝，你要是继续和她相处就不要再找我了。"

她说完就转身快步走了，没走几步直接抬手拦下一辆出租车钻了进去。刚才说出口的话让江念期浑身发冷，她现在只觉得胃里翻江倒海，忍不住想要呕吐。

她不想回家，毕竟沈调就住在楼上，难免会碰到。所以她上楼后匆匆拿了身份证和几件换洗衣物，就又坐回那辆出租车，在离学校不远的市中心找了家酒店，开了间房住下了。

当晚，江念期睡得很不好，总觉得沈调会通过微信给她发一些诛心的话，让她别在他面前发神经。她甚至梦到他跟她聊了几句后就开始怀疑她的人品，直接把她给删了，而她发给他的消息旁边只剩了一个红色感叹号。

梦里的江念期有一肚子话想说，却发不出去，估计沈调对她的印象已经跌到谷底了，他根本就不会再听她辩解一句。

天光大亮，江念期猛然惊醒，她想起咋晚发生的事，心里一阵郁闷。

待会儿还要去学校上课，江念期却只是在床上翻了个身，裹着被子，双手拿着手机。沈调一条消息都没有给她发，她不确定他是不是已经把她给删了，但又不敢主动给他发消息去试。

江念期叹了口气，点开和沉默的聊天页面，给他发了消息。

　　江念期：好安静，我以为我们永远有话说。

　这个时间，沉默估计也起床准备上课了，秒回了她——

　　沉默：想我了？想我就叫声哥。

　　江念期：你真恶心。

　　沉默：小江，你以前从来不对我说这种话。

　　江念期：别做梦了，小江从来就没有在乎过你。

　　沉默：你三十六度的体温居然能说出零度的话，好狠。

　　江念期满肚子没处发泄的负面情绪随着沉默的插科打诨烟消云散，她犹豫了一下，直接给沉默打了个电话过去。过了几秒，那边接通了，电话那头传来一个磁性的低哑男声："我睡着呢。"

　　"醒醒。"

　　"好，这就醒了，怎么了？"

　　江念期闭着眼睛蹭了下枕头，说话的声音也变低了："哥，我想回去了。"

　　沉默估计是愣住了，顿了一下才问道："真的？真决定回来了啊？"

　　"嗯。"江念期把被子往身上又扯了点，小声说道，"我受不了了，我累了。"

　　"我还以为你在那边已经习惯了，最近也很少给我发消息，结果是你一直在硬撑着？"沉默语气很硬，但其实能听出他是心疼江念期的。

　　江念期瞬间破防，她也不知道自己怎么会突然崩溃成这样，明明这三个月都是这么过来的，可偏偏这一刻她却止不住地难受想哭："我在这边就是个错误，你知不知道这种感觉？明明什么都没做错，但所有人都不喜欢你，你不能优秀，只有被踩到泥里他们才会满意。"

"行了，到底遇到什么事了？跟哥说说。"

江念期终于绷不住了，把这段时间发生的事一股脑告诉了沉默，说到最后甚至掉起了眼泪，哭得停都停不下来。

沉默听她讲完，人都惊了："不是，妹妹，你看不出那个沈调是在耽误你吗？"

江念期正在用纸巾擦眼泪，声音含糊地问道："你什么意思啊？"

"他总是在做题，这说明他对成绩看得很重。

"你转学后第一次月考就空降年级第一，而他则成了第二名，估计这让他心里很是崩溃。后来，他听到你弹的吉他曲子都是他的歌，他就故意把蛋糕拍下来，隐晦地让你发现他就是你的偶像。

"之后他还让你帮忙通关，想搞得你没心思好好读书，结果他没想到你成绩居然稳得这么可怕，一点也没降。"

沉默的语速特别快，就跟连珠炮一样，但他的思维很清晰，而江念期也完全跟上了，现在整个人都有些恍惚。

"对他来说，你要是一直这么稳下去，他就没法考得比你好，所以他又把你叫去搞乐队，铁证就是写歌词那件事。他本来看不上这个乐队，也不想帮忙，但你一说自己写不出歌词，他就又答应帮忙了，鼓励你去写。

"说白了，他不就是怕你不写歌词，又开始认真搞学习了，这样他就没法考回第一名了嘛！说不定姚贝污蔑你那件事都是他在背后指使的呢！不然他为什么明明觉得姚贝烦，还几次三番地和她见面？"

江念期听傻了："……真的吗？"

"他就是为了影响你学习，你还傻乎乎地信任他。妹妹你赶紧离他远点，你想转学回来这件事我过会儿去跟我妈说一下，她——"

"你先别说。"江念期一想到姑姑，心里又纠结起来。姑姑出于情面，可能不会拒绝她回去，可江念期很怕自己回去后，姑姑看见她心烦又藏着不说，到时候她们之间的关系就变得尴尬起来，那她再想回到这里来躲避就没那么容易了。"我想冷静一下，你放心，你说的话我全都听进去了，我现在有点难过，有些事现在做决定不太好。"

江念期这一番话说得诚恳，沉默也不再追着她不放，答应道："好吧，那你在那边一定要好好照顾自己，我过段时间买票来看看你，到时候再好好聊聊。"

"嗯。"电话挂断后，江念期深呼吸了几下，从床上下来，起身去洗漱。

她脑子有点乱，但沉默说的话基本上都是可以对上的，她以前也不知道沈调为什么会突然关心她，现在想想看，沈调的目标一直很明确，做法也直截了当，他一直在用各种办法影响她学习。

江念期倒没觉得难受，只是失望，她做了那么多，原来全是自己一厢情愿，可能在沈调的心里，她连姚贝都不如。


为了避免回家的时候撞上沈调，之后的一段时间江念期都没再回家，一直住酒店，最后甚至直接短租了一个月。

十一月中下旬，学校举行了期中考试，江念期心情很平静，卷子上有很多题都没有写。没过多久，期中考试的成绩出来了，江念期排到了两百多名，学校里的人又开始传她终于暴露了自己的真实水准，而她对此也没有任何想说的，她比刚来的时候更沉默了，王朝义私下里问了她几次都没问出个结果来。

这段时间，她一直在查资料，她想转学去另一个地方，最好是一个谁也不认识她的地方。

和文安琪聊过之后，文安琪给了她一个建议——出国留学。

江念期愣了一会儿，到底还是没想好，说自己再考虑一下。最近她的心思都放在这件事上，学校里的风言风语她也完全没在意，白晶晶联系她去乐队排练，她也全都借口有事给推掉了。

下午的课上完后，她准备去食堂吃个饭再回酒店，可是就连吃个饭这帮人也消停不下来，她刚坐下吃了没几口，就听到旁边有人在窃窃私语——

"你看她都考成什么样了。"

"平时那么嚣张，现在被人说也不会反驳了。"

"哈哈哈……"

……………

对于这些话，江念期就当没听到，依然继续往嘴里送着菜。她平静得很，因为她已经不想再待在这里了，那帮人现在在她眼里就跟白菜萝卜差不多。

这时，她身边突然坐下了一个人，江念期用余光看了一眼，发现是肖然端着餐盘坐到了她身边。她没跟他说话，他却主动开口跟她搭讪："你怎么了，这次怎么考成这样？"

江念期咽下嘴里的食物后，回道："我前两次都是抄的答案，这次抄不到了。"

"这些题都是学校的老师自己出的，是你一搜就能搜到的吗？"

"搜不到原题不是还能搜到类似的题吗？总能搜到差不多的。"

肖然懒得跟她在这里扯淡："那老师上课时叫你回答问题你也都上网搜了？"

江念期喝了口紫菜蛋花汤，道："这么相信我？"

"当然，我知道你没搜。"

"别把我想得太好了。"她语气无奈，一脸郁闷地用筷子搅着眼前的饭，她无意间注意到肖然有点不自然，于是很认真地关心他道，"你不舒服吗？要不要去医务室？"

"不用。"肖然抬手挡住自己的脸，低头用吃饭的动作来遮掩，侧目时他发现有个人走过来坐在了他们两人的身后。

犹豫了片刻，肖然放下筷子对江念期说道："你吃不下就别吃了，去不去便利店？"

江念期还在用筷子戳饭，闻言道："你请我吃鸡腿我就去。"

"走吧，我请你。"他直接起身，等她一起走。江念期端起盘子准备离开时，看到了一个熟悉的背影，整个人都有点不自在，就连走路的速度都变快了，没有半点要停留的意思。

光是一个坐着的背影她就能认出沈调，江念期说不上来这是种什么感觉，可能是因为他总是坐得背脊笔挺，也可能是因为他的背影要比别人突出一些。

突然看到沈调，江念期也没心思吃鸡腿了，离开食堂后，她跟肖然道了别，便自己叫车回到了酒店。

其实她已经不再生沈调的气了，甚至还在为那天对他说的气话而感到内疚。表哥的安慰在一定程度上缓解了江念期的罪恶感，但她总觉得自己对沈调造成的伤害也是切实的，他或许是另有目的地在试图影响她学习，可说到底还是没有影响到她分毫。所以这次故意考差让他能重新拿到第一名，其实也算是江念期比较隐晦的一种道歉方式。

从小到大，她第一名拿多了，在意的早就不是这些。

江念期掏出房卡刷开门先洗了个澡，然后便爬上床躺平了。

回来的时候才七点，她倒头睡了个天昏地暗，结果凌晨两点多又醒了。但她并不是迷迷糊糊的状态，反倒脑子清醒得很，算一下时间，她已经睡了七个小时，睡眠时间完全足够了。

江念期什么也不想做，就躺在床上翻来覆去地玩着手机，大概一小时后，她摸摸肚子，总感觉有点饿。

她翻了个身缩在被子里，直接给沉默发了条消息过去。


江念期：哥，我想出国了。


毕竟已经是半夜，沉默估计是在睡觉，过了很久都没有回消息。江念期闭上眼睛试图继续睡，可她实在是睡不着，肚子还在咕咕叫。

她打开外卖软件看了一圈，发现几乎所有的店都关门了，只剩几家没吃过的烧烤店还开着。江念期努力克服了不想起床的那股倦意，心想就当出去透口气吧，反正也睡不着了。

她随手扯了顶帽子戴在头上，然后脱下睡衣，套上大棉服和牛仔裤，拿上房卡和手机便出门了。

出去的时候已经快凌晨三点半了，她双手抱胸走下酒店台阶的时候，看见旁边有一个流浪汉坐在花坛边上埋着脸睡着，心里有点不太舒服。

这年头流浪人员也挺可怜的，江念期顿时生出些惺惺相惜的感觉。

她不太想吃烧烤，逛了一圈后，看见有家汉堡店还在营业，便点了些餐打包带走。其实她也是可以待在店里吃完再走的，只是这家店开在马路拐角，透过玻璃窗就能看见外面空无一人的大街，而让她一个人在深夜坐在只有店员的店里吃东西，这让她莫名有种惊悚的感觉，她没有勇气这么做。

拎着东西回酒店时，江念期还特意看了眼刚才那个流浪汉还在不在，结果流浪汉没有看见，倒是看见了一个靠在柱子上看手机的熟人。

沈调身上还穿着校服，跟昨天下午在学校食堂里看见的模样差不多，一如既往地清冷干净，只是因为深夜还待在外面，形单影只的样子看起来有些可怜。

他正对着酒店大门，有人进出的话他都能看到。江念期的心简直快要跳出来了，她转身就要走，并开始思考自己今天晚上能在哪儿吃上一宿汉堡。

但江念期还没来得及走几步，就被沈调发现了。她条件反射地想跑，最后还是被沈调给拦住了。

"别躲，能谈谈吗？"他的声音很哑，江念期只得停下，鼻尖间绕着他身上那股清凛的味道，那种类似留兰香的味道通过夜风扩散在空气当中，变得越来越淡。

江念期一把推开他，往前走了几步后，没忍住又回头看了他一眼："你怎么知道我在这儿？我没跟人说过。"

他目光幽深，仿佛一眼看不见底，在酒店光线的映衬下更显得情绪深重："你一直都没回家，我从学校跟着你来的。"

这话多少让人听着有点不舒服。江念期心里毛毛的，语气里带了些埋怨："有什么话在学校里不能说吗？"

江念期抬眼看向他，面前少年高高瘦瘦的，身上不论何时都干净整洁，情绪却十分低落。她有点心软，又问他："你一直待在这里吗？"

"嗯，一直在这儿。"

"你饿不饿？"

江念期从袋子里拿出一个汉堡递给他，他摇了摇头，但她很饿，便自顾自地吃了起来，边吃边往酒店里走，然后坐到了大堂里接待客人用的沙发上。

　　一个汉堡下肚，江念期总算恢复了点力气，她知道沈调这个闷葫芦平时就不爱说话，所以主动开口："你不是有话要说吗？可以说了。"

　　她语气真算是挺好的了，面对沈调她常常是刚准备生气，但一想起他是自己最喜欢的音乐人，火就马上下去了。

　　"不要讨厌我，别不跟我说话。"沈调定定地看着她，江念期突然哽住，心道你能不能别这么简单粗暴。

　　"我不讨厌你。"她把装汉堡的袋子放到一旁，跟他认真地聊了起来，"我不知道你是怎么想的，但我觉得可能是我打破了你原本的生活，而且在我看来，你也确实让我更加内耗，我不再打扰你，你也别再跟我联系，就这样吧。"

　　一瞬间，沈调的眼眶红了："能不能别对我说这种话？"

　　看到沈调红了的眼眶，江念期愣了好一会儿才反应过来，最后她还是跟他说了自己心里的想法："你真的不用想太多，我下学期大概就不在这里了，我想出国留学。"

　　江念期的话明显让他愣住了，他睫毛颤动了几下。江念期还没来得及说什么，就见他稍稍侧了下头，眼前似乎蒙上了一层薄薄的水雾。

　　看到他这个样子，江念期有点不忍心，只能跟他把话全都说明白："我在这里一直都很不开心，换个地方生活对我来说是件好事。而且我想了想，第一名对你来说估计很重要，等我走了，你的生活很快就会回到开学前的状态。"

　　"你什么意思？"沈调说话的声音越来越哑，眼眶也又湿又红。江念期有些束手无策，心里知道自己肯定把事情给搞砸了，那些自以为可以安慰到他的话，似乎也并没有起到半点宽慰他的作用。

"你让我帮你通关，让我玩乐队，让我写歌词，不就是想看到我的成绩下滑吗？"她面对沈调，用最平静的语气说出了最直白的话，"我从来都没有生过你的气，因为我不在乎那些。其实我知道你就是低音，我很喜欢你写的歌，我们就继续保持以前那种关系就好了，我还是会继续关注你的。"

"你都知道了。"他没有反驳什么，只是突然笑了，然后把眼里流出来的泪全都擦掉，随后低下头，眼睫细微地颤着，"对不起，是我错了。"

沈调这直接认错的态度让江念期愣住了。他继续说道："我初中时，情绪和性格都不好，就是在那时，我认识了姚贝，但我们就只是普通朋友。我们和好吧，这段时间我真的很难受。"

沈调红着眼，垂下头不住地哽咽着，就连向来笔挺的背脊也弓了起来。他这副模样让江念期彻底心软了，她站起身安慰道："我知道了，你别说这些了。"

"念念……"沈调说话时还带着很重的鼻音，他抬起头，"你要出国是不是想去找程佳峻？"

"什么？"江念期头皮一麻，后退半步看向沈调，他现在鼻尖微微发红，睫毛上挂着破碎的泪水，但似乎还是有种拒人于千里之外的样子。

"我比他好。"他静静地看着她，"他能帮你的，我也能。他能做的，我也可以，我不想失去你这个朋友。"

江念期觉得哪里好像不太对劲，这种淡淡的违和感和沈调相处时偶尔会有，但这一刻她感觉格外明显。她一直以为那天和他吵完架后，只有她一个人难过，可现在看来，沈调好像比她还要难过。

一瞬间，她舍不得再和他说重话了，只能叹了口气："现在不早了，你要不要也开个房间休息一下？我是刚睡醒，但你应该撑不住。"

他没反对，看得出来情绪已经调整好了。江念期带沈调办理完入住，两人便来到了四楼，沈调的房间正巧在她隔壁。

"你先睡吧，酒店的浴室里有一次性的洗漱用品。我刚醒不久，打算再看会儿电视剧。"

但沈调没有动，只是一直站在原地，走廊里面静悄悄的，她没办法忽视掉他，只能转头看向他："还有什么事吗？"

"我睡不着。"

江念期指了指他的房门，道："快去睡。"

沈调乖乖地回房休息，而江念期回到房间后则坐在平板电脑前看了一会儿电视剧，慢慢地也开始有些困了，便回到床上睡了。

再次陷入睡眠之后，江念期做了个梦，她梦见学校办了场运动会，她报名参加长跑，跑了十几圈差点把气都给跑断了。结束后，她去水龙头下面冲脸，抬头时，有人给她递了一条白色的毛巾，还给了她一瓶水。

她揉了揉眼睛，在水珠与阳光的缝隙间，看见了沈调。


猛地睁开眼，江念期止不住地开始深呼吸，外面的阳光很刺眼，她扭头看了眼窗外，看起来天已经亮了很久了，太阳正悬在最高处，炽热地烘烤着大地。

梦中的内容还在脑中不断回放，江念期撑着床坐起身，深呼吸了一下，拿过手机看了一眼，才发现自己的手机是关机的状态。她想着可能是昨晚忘记充电了，可开机一看才发现电量是满格，而且最关键的是现在已经十一点多了。

上午的课她直接全错过了！江念期赶紧手忙脚乱地点进通讯录想要给班主任打电话请假，可还没等她找到，就看到今天一大早，沉默给她打来了四通电话，其中三通是未接来电，还有一个被人给接通了。

江念期有点蒙，但马上想到今早的时候沈调来找她借充电线，之后她就又睡着了，应该是那时候沈调怕打扰她休息，替她接通的电话。她连忙打开微信，想着给沉默发消息解释一下，可沉默明显是急了，微信里堆了十几条未读消息。

一开始他还劝江念期要慎重考虑一下出国的事，还说要打电话聊，可那四个电话打过之后，他直接连着发了好几条语音过来。

江念期硬着头皮点开了一条语音，沉默的声音简直可以用歇斯底里来形容，语气给人一种他发飙了的感觉。

"不是，江念期，我想问问你，你干吗呢？他一大清早用你手机接我电话的时候，我人都傻了你懂吗？你俩到底怎么回事？"

"我刚才直接加他微信了，我给他发了十条消息过去，结果他就回我一个问号，他跩什么呢？我真不理解，你到底认识了个什么人？他在网上发歌、粉丝很多，他了不起啊？你给我听好了，这人真不行，以后别跟他相处。"

"回我了，他说不关我事，让我别管！嘿，别人的事我都可以不管，凭什么我妹妹的事也不能管了？他算老几啊，让他等着，我过来找他。"

"我已经找老师开请假条了，刚买好机票，下午就到你那边。"

…………

江念期听完这几条怒气满满的语音后，吞咽了一下，她又看了眼时间，是两小时前发来的，不确定沉默现在有没有上飞机，她赶紧给他回了个电话。

还好他还没有登机，手机还打得通，响了一会儿后，电话被人接通了。

江念期小心试探道："哥，几点的飞机？"

"十二点零五，再过一会儿我就得开飞行模式了，有话快说。"他语气里还是满满的不爽。

"你误会了，我在酒店短租了一个月，昨晚他来找我就是道歉的。"

"他过来找你，你就让他过夜了？"

"我们不在一个房间。"

听到江念期这么说，沉默的语气稍微缓和了点，但话里话外仍在冒火星子："江念期，我跟你说，这要是我妈打的电话，你小命难保懂吗？你知不知道当我听到你电话那头传出一个陌生男人的声音时，我都以为你被人给绑架了，你心可真大！"

"哥，我错了。"江念期不敢再跟沉默呛声。虽然沉默这人平时嘻嘻哈哈的，她也总是插科打诨地跟他聊天，可一旦触碰到他的底线，他也决不会惯着她。她继续打探道："哥，你过来是想做什么？"

"不做什么，就想当面跟他聊聊。"

沉默嘴有多毒江念期是最清楚不过的，她一愣，紧忙道："哥，小默爷！我俩都半个月没说过话了，昨天才刚说上几句，真没事儿。"

"那你和他到底怎么回事儿啊？都绝交了你还这么护着他？"

"我什么时候跟你说绝交了？"

"那你那天跟我说的话都不算数？"

"不是，其实我没在意成绩的事。"江念期用食指揉了揉鼻子，一时有点语塞。

"行了，我今天还就把话撂这儿了，这回非得让他长个记性，到时候你敢劝我一个试试！"

"知道了。"说到底，江念期还是怕沉默的，虽然两人是表兄妹，可他们几乎从小一起长大，他什么脾气，江念期一清二楚。她只能先应下，然后又连忙接上一句："你几点到？我去接你。"

"不用。"说罢，沉默就挂了电话。但没过多久，他又口是心非地给她发来了航班截图。江念期深吸一口气，给班主任打电话说明原委后请了一天假，躺了一会儿，便去浴室洗澡了。

洗完澡，吹干头发后，江念期换上衬衫和背带裙，编了条斜斜的麻花辫搭在肩上。她盯着镜子看了会儿，在鬓边夹了一朵小梨花发夹，复古又文艺。

不知为何，江念期突然想起上次见程佳峻最后一面时她都没有打扮，穿着校服就去了，最后不仅被雨淋得十分狼狈，而且那窘迫的模样还让沈调给看见了。

她忍不住叹了口气，想着时间也差不多了，于是便下楼去前台给沉默订了一间房，然后叫车往机场赶。

路上，她又给沈调发了条消息。

江念期：我哥突然说要过来，听他语气有点生气，你们之间是不是有什么误会？

沈调一直没回复她，这让江念期的头更疼了，她揉了揉太阳穴，看着窗户外面的风景，毫无头绪。

说起来，江念期对于昨晚的事到现在仍然是蒙的，她实在搞不懂沈调到底想做什么，但她隐约能感觉出——沈调没想放过她。

想到这里，江念期又想起了沈调昨晚脆弱的样子，忍不住抬手捂住了自己的嘴——不能再让他受刺激了，得想个办法转移沉默的注意力。

她思忖片刻，对出租车司机说道："师傅，前面要是有药店的话麻烦靠边停一下，我得买点药，很急。"

"好的，我给你留意着点啊。"

没过多久，碰巧路边有一家药店，出租车司机把车靠边停下后，江念期便下车径直进了药店。

从药店出来后，江念期将刚买的红药水倒在腿上，然后用纱布将腿缠了起来，她就不信沉默能放下她这个病号不管，跑去跟沈调理论。

去机场的路上，江念期已经选了一家沉默平时挺喜欢去的火锅店。她本来还想把沉默明天回去的机票也给订了，可毕竟两人有段时间没见了，还是让他自己定什么时候回去吧。

到了机场，江念期左右晃荡了几圈，又玩了会儿手机，终于在两个小时后等来了沉默的消息，说是已经下飞机了，正在走通道。

江念期翘首以盼，终于看到那熟悉的身影，她激动得差点直接扑过去。

"这里，哥！看这儿！"但江念期没有忘记自己现在有"伤"这回事，一边招手，一边演得跟真的一样，一瘸一拐地往沉默那边走。

沉默看见江念期一瘸一拐的样子，脸顿时拉了下来，黑得跟锅底似的。两人见面后，江念期还没来得及说话，对方就直接开口问道："腿怎么伤成这样？让车给撞了还是爬楼梯的时候摔了？怎么没跟我说？"

"就是摔了一跤，不打紧的。"见到沉默，江念期的精神状态好多了，她笑道，"走吧，带你去吃火锅。对了，你要不要见一下睿睿？他也挺想你的。"

江念期不敢提起于睿的姓氏，以前大家都默认睿睿姓江，从小就叫他江睿，可现在一切都变了，也就是这个姓氏狠狠地刺痛了姑姑的心。

"行啊，我也好久没见到那个小家伙了，不过你受伤了得忌口吧？咱们随便吃点就行。"

"没事，我吃清汤锅。"

"那你把地址发我，我给那个人发过去。"就算见到江念期受伤，他依旧没忘记自己过来到底是为了什么。江念期叹了口气，拉了他一下："哥，真没必要。"

"我就问你，你现在还想出国吗？"

看着沉默认真的样子，江念期没作声，只是摇了摇头。

"不是我说你，你俩吵架，你就要出国留学，他找你道歉，你又马上原谅他。我知道你没安全感，平时又爱听他的歌，我也不耽误你俩交朋友，可我总得先搞清楚他是个什么样的人吧？他要是哪天把你给坑了，你怎么办？"

江念期无话可说，只能默认。她拦了辆出租车，让司机把他们两人拉到市中心的继父家。到达后，她让沉默先在外面等会儿，自己去接于睿出来，可进去一问才知道于睿现在在上兴趣班，还没回来。江念期没见到人，便准备去找沉默。一出门她却发现沉默不见了，掏出手机一看，他几分钟前给她发了个定位，地点就是吉他店附近的那个Live House（演出场地）。

江念期顿感不妙，估计是沈调私下里给沉默发了定位，让他直接过去找他。想到这儿，江念期连腿上的"伤"都顾不上装了，直接在路边扫了一辆共享单车朝吉他店那边赶，几分钟后，她便到达了目的地。

下楼梯时，江念期这才想起来自己现在还有"腿伤"，她尽量只让一条腿受力，就这么一瘸一拐地到了地下一层。这里面一共有三间练习室，租下另外两间练习室的乐队今天也都来了，透过降噪海绵，她隐约能听见练习室里传来乐器的声响。

江念期站在外面，她不好意思进去，便给沉默发了条消息问他在哪儿。可他一直都没回，就在这时，身后突然有人拍了她一下，她回头一看，是某个乐队里的鼓手。

"小江，你过来啦？"

"你们今天怎么这么早就来了？"

"马上要演出，都练一天了。"那人说完之后才想起来，一拍头又看向了她，"对了，刚才有个人说是你哥，看样子跟沈调也挺熟的，他们现在都在练习室里，你是过来找他们的吧？跟我进去吧。"

"嗯。"江念期心里有点打鼓，跟着那个男生一块儿进去了。练习室里的氛围并不如她想象的那般剑拔弩张，沉默坐在架子鼓后面跟着节拍一下下地敲着，而沈调则靠在旁边放调音设备的桌子上低头看乐谱，乐队里的其他人正在聊天。

"哥。"

看到两人没吵架，江念期心里总算松了口气。

沉默看了她一眼，没说话。沈调却注意到她腿上包着的纱布，他放下手里的乐谱，走过来问："腿怎么了？"

他的声音很急很轻，江念期听出了一丝焦急的味道，她往后退了一步，别扭地说道："没怎么。"

在沉默的注视下，沈调直接拽过椅子，让江念期坐下。

"出来的时候摔着了吗？什么时候的事？"他的声音平稳温柔，把江念期弄傻了。她不知道沈调到底怎么回事，怎么吵了个架就突然对她这么关心了。虽然她根本没受伤，但这一刻她好希望自己腿上的伤是真的，她大概是疯了吧。

"痛不痛？"沈调还在问。江念期脑子一抽，有些委屈地点了点头："嗯。"

沈调表情奇怪地看着她，江念期被他一盯，心里一愣神，突然感觉腿上传来被按压的重量感。

她低头看了眼，发现他按的好像是自己受伤的地方，于是后知后觉地"啊"了一声，做出了一脸要哭的表情："痛啊。"

"你根本没受伤吧，江念期？"沈调说完便毫不留恋地起身，找到了正在玩架子鼓的沉默，"她来了，可以走了。"

"嗯。"沉默盯着沈调，然后突然凑到他耳边小声问道，"你在我面前装什么呢？刚刚那样可骗不了我。"

沈调眼神锐利地看向沉默："有事出去再说。"

"行，小江，跟我出去。"沉默把手里的鼓槌丢到一边，起身出去了。刚才他来的时候听到这边乐队的鼓手节奏乱得一塌糊涂，实在没忍住，进来帮他们纠正了一下，如果说江念期从小练得最多的是吉他，那沉默练得最多的就是架子鼓，他本身就是乐队的鼓手，技术特别好。

江念期看了一眼沈调，跟上了沉默，三个人回到了吉他店门口，准备好好谈谈。

吉他店距离江念期之前定的火锅店车程也就几分钟，拦到出租车后，江念期坐在了副驾驶座上，后排的沈调和沉默开始聊了起来。

"沈调，我再跟你正式讲一下我和小江的关系。我叫沉默，江念期是我表妹，她爸在她十岁的时候出车祸去世了，之后她就被她小姑也就是我妈带来我家照顾，去年她亲妈再婚，她这才跟着她妈来到现在这座城市。"

"嗯。"沈调应了一句。

"沈调，我妹妹看不出来，我可看得一清二楚。她初来乍到，不管是在学校还是在家里都没人对她有好脸。你能照顾她我很感谢，但你能不能跟我说实话，你们学校里传的那些污蔑她的话，跟你有没有关系？你是不是也觉得她不应该考第一，觉得她不配？"

沉默这话说得十分直白，江念期不敢转头，可又从后视镜偷偷观察着。

"没有。"沈调摇了摇头。

"你当着她的面肯定是要这么说的。"沉默的语气没有半点好转，"我妹妹她从小到大，考试就没出过前三。我告诉你，你想把她拉下去没那么容易。你那么向着姚贝，那姚贝在背后撺掇了多少事你应该也知道吧，你就真没插手？"

"我说了没有！"在沉默说到原则问题后，沈调也有些怒了，他转头盯着沉默说道，"她一来就考了年级第一，我最开始看到她的时候都觉得紧张，我觉得我就是个废物！"

江念期惊了，她还真没想过有一天能从沈调嘴里听到这样的话，他竟然是这么想的？

不可能啊！沈调人帅又聪明，妥妥的人生赢家，他居然还会自卑？

过了许久，沈调才总算压住了发颤的声音，开口继续说道："我不能再跟以前一样了，我必须拿最好的成绩才行，我不能再继续变差了，但我从来都没有讨厌过她！"

兄妹俩见状，面面相觑，谁都没好意思接着问下去。

因为沈调他……好像被弄哭了。

第五章

Sol · *Memories*

3:59                                                5:21

直到到达目的地，车内都一直鸦雀无声。

三人一块儿下了车，江念期主动走到沈调身边。她小心翼翼地看了沈调一眼，果然发现他的眼尾发红。

沉默也有些尴尬，他是真没想到自己的嘴能厉害成这样，又或者说没想过沈调会这么脆弱。

"沈调，你不开心啊？"江念期伸手拉了拉沈调的衣角，问道。

沈调转过头，眼睛红得仿佛下一秒就能掉眼泪。

"那回家？"江念期被吓得不轻，跟哄小孩似的安慰着，沈调安静了一会儿，然后点了点头。

虽说把表哥晾在一边很不好，但江念期还是很在意沈调的状态。他第一次没考好的时候，就把自己关在家里足足半个月。她知道沈调容易自闭，也抗拒和陌生人相处，但没想过会严重到这种程度："那我先去给我哥安顿好，你在这儿等我一下，顺便帮我去买个奶茶行吗？"

沈调点了一下头，径直往奶茶店走去。江念期见状松了口气，赶紧拉着沉默往路的另一边跑去："哥，对不起，要不你先自己玩吧。他今天状态不好，我实在有点担心。"

沉默想到沈调的情况，点了点头："我也准备回吉他店附近，把乐队里那几个人叫出来玩，说不定能问出点关于沈调的情况来。"

"沈调跟他们不熟，他跟我们乐队的贝斯手白晶晶熟。"

"那你赶紧给我把他叫出来啊。你看沈调那个样子，我觉得他多少有点心理问题。低音的作曲风格都快固定了，没几首是欢快的，而且你总喜欢在不高兴的时候听他的歌。"

"谁说的，他有不少歌是治愈风格的好吗？而且我认识他的时候他很正常，就是那天跟他吵架之后他才变成这样的，总是会哭。"江念期一脸愁容。

"行了行了，别说了，你难道就不好奇他为什么对第一名这么执着吗？他又为什么一定要把你从第一名的位置上拽下去？你赶紧把他的熟人都给我叫出来，我必须把他摸透了。"

"没见过你这么自来熟的。"江念期瞪了沉默一眼，却被他直接用手拍了一下头。

"赶紧的！我还没怪你把我丢在这人生地不熟的地方呢！"说着，他又看了一眼她腿上的纱布，一脸嫌弃，"真有你的，还装瘸。"

"对不起。"江念期心里面也很愧疚，她掏出手机给白晶晶发了条消息，说自己表哥来了，架子鼓玩得很厉害，也组过乐队，可以去跟他交流一下经验。

看到对方回复了句"马上来"，沉默这才把手从江念期头顶上拿开："瞧你在他面前那样，傻里傻气，换我我也坑你。"

"你还说！"江念期抬手就要打，可沉默一转身便躲开了："明天你必须过来跟我一起吃顿饭，知道吗？"

"知道了！"她看着沉默，答应下来，接着又把自己住的酒店位置发给了沉默，"对了，我给你订了间房，地址发你了，你过去直接登记一下就行。"

"行，那我先走了，你让那个谁……让他冷静一下。"沉默说完就转身走了，江念期看着他的背影叹了口气，然后转身去找沈调。

这条街一到晚上人就非常多，沈调正在排队等奶茶，他身边有几个女生一边聊天一边时不时地盯着他的侧脸看，显得很兴奋。

江念期加快脚步，快到沈调身边时，正好看见一个妆容精致的女生在问沈调的联系方式。她又开始装瘸，慢吞吞地走进店里，戳了戳沈调的胳膊："不好意思，我腿受伤了，排不了队，你买的奶茶能送给我吗？"

沈调看着她，眉头蹙了一下，不过在接到店员递过来的奶茶之后，他还是递给了江念期。

那个找沈调问联系方式的女生看着江念期拿到奶茶后转身一瘸一拐走开的样子，一脸茫然。

江念期没听到店里其他人的小声议论，直接低头喝了起来，沈调跟着她走出奶茶店，到马路边拦了辆出租车。

上车后，江念期报了家里的地址，两人就这样安静地坐在后座。

沈调一直低着头，过了一会儿，他突然喊道："念念。"

"嗯，"江念期手里拿着奶茶小口喝着，"怎么了？"

"我想辍学。"沈调道。

"为什么？"听到这话，江念期脑中闪过的第一想法就是他是不是想去全职作曲。

"累。"沈调整个人丧丧的，有气无力地道。

江念期沉默了一会儿，点头道："读书确实很累……那要不我来读书，以后你就在家里专心作曲，只要你开心就好了。"

说着她盈盈地笑了起来，双眼都弯成了小月牙："我以后努力赚钱，到时候找你约曲，我真的很喜欢听你写的曲子。"

他抿了抿唇，转头看向车窗外，车窗外闪过的光影将他的轮廓映照得清晰分明，就连喉结都很明显："你开什么玩笑。"

"没开玩笑，我是说真的。"她伸手戳了戳沈调，"行不行？"

"别傻了。"沈调轻笑道。

"是真的，实在不行我就回我妈那边住，然后把楼下的房子租出去，钥匙给你，你每个月就帮我收租就行，肯定不会让我饿着。"

听到这里，前面的司机没憋住笑了。江念期又继续安慰道："别不开心了，你老给自己那么大压力干吗？"

沈调没说话，不过没多久，江念期就听到了他微弱的声音："我很喜欢你这样的性格。"

"什么？"江念期被他这句话弄得有点摸不着头脑。

"你以后能不能别不理我？我会觉得是我的错。"这句话是极小声说的，他垂着眼睛，看起来很无助，"但我会在意很久。"

江念期不太明白两人闹矛盾的这段时间沈调到底胡思乱想了些什么，但眼前的人毕竟是自己热爱了多年的作曲人，还是她在新学校为数不多的朋友，于是她柔声细语地安慰起他来："所有人都会犯错，不可能出了事就都是你的问题，你很好。"

沈调闻言，又继续看向窗外的风景，不再动了。

过了一会儿，江念期听到了他平稳的呼吸声，转过头看去，沈调已经睡着了。


正值下班高峰，这一路堵车都非常严重，后半程时江念期也睡着了，下车的时候还是沈调把她叫醒的。

江念期迷迷糊糊地在小区里走着，周围还有不少吃完饭下来遛弯的住户。沈调边走边看了江念期一眼："清醒了吗？"

江念期觉得有点不好意思，连忙点了点头。

看着她有些单薄的身影，沈调又继续问道："你怎么这么瘦？"

"我有的时候一天就吃一顿，早上基本上不吃，晚上有时候也不吃。"

"为什么吃这么少？"

"一开始是想减肥，后来就养成习惯了，也没人劝我吃，就越来越瘦了。"江念期说着叹了口气，"家里没人管我。"

沈调停下脚步，一动不动地看着她。江念期不知道是不是自己说错了什么，忙低下头："真的。"

"以后来我家吃。"

沈调没有刻意拉近跟她之间的距离，一直跟在她后面，而江念期在前面很轻地"嗯"了一声。


进了电梯，江念期伸手想要按下七楼，可手才刚伸过去，沈调就先一步按下了八楼。

江念期没好意思再去按，她想回自己家，可直到电梯在八楼打开，他也没有要和她分开的意思。

电梯门打开后，他走出去后又回头等她，江念期只能跟了上去。到门边时，他伸手按下密码，打开了门。

沈调家里依旧冷冷清清的，江念期率先打破了这份寂静："待会儿要不要写作业？你今天好像也请假了，一天都没学习吧？"

沈调看了她一眼，道："看电影吗？"

听出他声音里的疲惫，江念期一时间有些愣住："好……"

他将她带进自己的卧室，屋内的书桌上有很多摊开的书，从这里就能看出来他平时让她在外面帮忙通关的时候，他在卧室里绝对没闲着。

沈调在一旁的柜子里翻出了一些乱七八糟的东西，还从里面搬了音箱出来。

"你在干吗？"江念期问道，沈调似乎每次都能做出一些超乎她预料的事。

他没回答，过了一会儿，沈调又从抽屉里拿出了一个遥控器，带着江念期去了客厅。

到了客厅后，他按下遥控器，白墙处缓缓落下了一幅巨大的幕布，幕布完全放下后，顶上藏着的一个投影仪也跟着打开了。

调好设备后，沈调关了所有的灯，又把窗帘拉上了。

"你找个电影看吧，我去弄点吃的。"说着他把手机给了江念期，江念期拿着他的手机，眨了眨眼，最后挑了一部老电影《公主日记》。

见播放没问题，他便去厨房了。

江念期一开始还有些拘谨，但过了一会儿就盯着屏幕看了起来。

他到底为什么这么努力？又究竟放弃了什么？

沈调几乎从不在她面前提起他爸妈的事情，江念期曾经问过他关于妈妈的事，最后是以他讲到讲不下去而结束的。那时候他俩刚认识不久，江念期的脸皮薄，也没好追问，自己胡思乱想了一晚上。

但她也清楚了沈调和她一样都没有幸福的家庭，他从没问过她家里的事，所以江念期也不再去问他。

可现在，她又开始对沈调好奇了起来，甚至开始希望沉默能够从沈调的朋友那里问出些什么。

这部电影是江念期之前一直想看但又没看的，她很快就沉浸在剧情中。

过了十来分钟，沈调端着两碗面过来了，是他自己煮的挂面。在他生日那晚，江念期吃过一次他煮的面，黄瓜丝铺在上面，清淡爽口。虽然她现在没什么胃口，但还是能吃下一碗。

江念期见他坐到了小茶几前的沙发上，就从地毯上站起来跟他一块儿坐在沙发上开始吃面。

沈调打开沙发旁边的灯，四周变亮了些，却并不影响他们看电影。

"沈调，你家还有什么是我不知道的啊？"她端着面吃了一口，眼睛还盯在屏幕上。

沈调没说话，只是埋头吃面。

"说话，别装哑巴。"她不依不饶。沈调本来是不想说的，但最后还是开了口："以前我经常在家里看电影，而且……之前我还有一套架子鼓。"

"没见你在平台上发过玩鼓的视频，待会儿能给我露两手吗？"

沈调摇了摇头："架子鼓没在家，借给白晶晶了，他乐队缺器材。"

江念期表情古怪："那些器材不是他自己买的吗？"

"他跟你说是他自己买的吗？"他似乎并没有生气，只是认真看着江念期。他的眼神太过沉静，像一摊冰冷的水，仿佛能灭火，而江念期眼中刚刚蹿上来的那股名叫"期待"的小火苗，这会儿像是被他彻底扼杀在摇篮里了。

"是。"她移开视线，低头又吃了两口面，屋子里也暂时只有电影里英文对白的声音。

"沈调，你为什么说自己初中的时候情绪不好，性格也不好？还有，你家里为什么会只有你自己？"安静过后，江念期终于鼓起勇气再次开口，这次她一股脑地把自己的所有疑问说了出来，但唯独没提他妈妈的事。因为沈调上次生气的模样她还没有忘记。

沈调看着碗里的面，沉默了很久才开口说道："你也没有和我说过你以前的事。"

江念期心里一沉，转念一想又觉得他说的好像也没问题，便道：

"那你想知道什么？我都可以告诉你。"

她很坦诚，沈调却没有接话，一时间气氛变得压抑起来，就在这时，他手腕上的表亮了一下，提示他已经晚上九点整了。

江念期看着他手腕上的表出神，这块表沈调很喜欢戴，她从来没见他摘下来过，每次他洗完澡出来也都是戴着的。

她伸出食指，想要戳一戳表盘，但沈调在她要伸手靠近时忽然站起身，端着面直接走到厨房去了："我去洗碗。"

江念期被他给搞蒙了，一时间还有些反应不过来。

每次都是这样，她感觉自己跟沈调之间好像隔了些什么，他似乎不想让她了解他的过去，每次都有意想要与她拉开距离。

她深吸一口气，冷静了一会儿，低头吃起了面。几口解决完，她直接把碗放到了茶几上，然后抽出纸巾擦了擦嘴，继续目不转睛地看电影。

大约过了二十分钟，沈调回来了，但他只是把她吃过的碗给拿走了，估计是又去洗碗了，回来时端了杯水给她："喝水吗？"

江念期不想理他，只装作没听见。

他也没说话，只是把杯子放到了她的手里，手指抽离出去时，江念期观察起了他的手。

沈调总会在江念期想得到或者想不到的时候跑去洗手，而且每次都是一丝不苟的七步洗手法，他指甲缝里也总是干干净净的，甲型修剪得很圆润。

可以说，这个男生浑身上下没有一处会让人觉得他不讲究。

沈调一直看着她，然后坐了下来。江念期稍微躲开了一点，盘腿坐在他旁边，边喝水边看电影。

江念期心里有种说不上来的感受，她连忙几口把剩下的水都喝了，然后将杯子放到旁边的柜子上，起身就要走："有点困，我先回去睡觉了。"

"上次留在我家里的衣服你没有带回去，我帮你收好放在衣柜里了。"

江念期把手放在门把手上犹豫了好一会儿，最后还是没忍住回头看了他一眼，她连眨了好几下眼，却什么都没能说出口，直接关上门走了。

关上门，她蹲了下来，脸热乎乎的。

她不明白，怎么感觉事情变得越来越奇怪了？

江念期当晚根本睡不着，她洗了个澡，就一直躺在床上玩手机。

以前她熬夜熬到极限后，进屋倒头就能睡，可今天上午她睡多了，而且还发生了这么多事，现在压根儿就睡不着。

她想起了沉默，不知道他现在是不是在和白晶晶他们吃饭，她掏出手机给他发了消息，结果只收到了一句"明天再跟你说"。

江念期实在太好奇了，甚至想直接打车过去找沉默，但她刷着刷着手机，就睡过去了。

翌日清晨，江念期在闹钟响起之前就醒了，她想了想，又给王朝义打电话请了一天假，然后才爬起床。

江念期洗漱完之后，打开手机，没看到沉默发来的消息。她想了一下，主动发信息询问："吃了吗？"

估计沉默正巧在玩手机，秒回。

> 沉默：我们还在吃着呢，晚上再叫你。
>
> 江念期：可以啊你，这才刚来一天，就通宵了？

> 沉默：那可不，也不看看我是谁。
>
> 江念期：哎，你问出来了吗？
>
> 沉默：今晚吃烤肉，六点准时到，地址发你了。

江念期回了句"知道了"，然后叹了口气。

她有点饿，打算点外卖，可刚打开手机，她突然想到楼上情绪不佳的沈调，还是上楼敲了敲门，想问问他吃不吃。

江念期敲了两下门，等了一会儿后发现里面没有人回应，难道他不在家？

她不确定沈调昨晚是不是出门了，刚想给他发消息，门就开了，对方看到是江念期又转身回了卧室。

江念期反应了一下，走进去关上了门。沈调估计是没睡醒，她便也没打扰，坐到了沈调平时总爱待着的地方，翻了几下，果然找出了他平时写的题。

随手翻了翻，看到了沈调写下来的解题过程。

她很喜欢沈调写的字，有种桀骜不驯的感觉。他喜欢连笔，但字却不潦草，很是好看。

江念期是那种一笔都要分成两笔来写的人，横撇竖捺松松散散地堆成一个字，带着点利落的粗犷，和她精致的外表形成了鲜明的对比。

她一边揉着头发，一边认真写了起来，需要计算的时候，她就在沈调的草稿本上涂画，断断续续地，客厅里只有笔尖的唰唰声和书页翻动的声音。

事实证明写题是不会上瘾的，但思考会。

沉浸在学习中，江念期感觉时间都过得更快了，这一整个上午，她一直沉浸在学习的世界中，虽然脑子还想转，但身体已经有些倦怠了。

她看了眼时间，发现已经下午两点了，周遭还是静悄悄的，沈调居然还没有起床。

于是她站起身走到沈调的卧室门口，本来想着要敲门，可是才刚抬起手，她就看见门和门框之间闭合得并不紧密——他没有锁门。

她推开了卧室门，等她适应了屋内昏暗的光线后，发现少年正侧睡着，被子拉得很高，但他的鼻梁是露在外面的，黑发也凌乱地散在脸上，遮住了冷白的皮肤。

他这是睡了多久？

"沈调？"江念期站了一会儿，最后还是选择走到他床边，试探性地叫了一声。

见对方没反应，估计是还在梦乡中，江念期便打算出去。可是才刚走出一步，余光就见他睡眼惺忪地睁开眼睛，状态很不好。

江念期想起他第一次考到年级第二时，似乎也是这样的状态，不锁门，把自己关在家里待了半个月，吃的是外卖，就跟彻底废了一样。

她有点担心沈调又回到了那时候的状态，便关切地问道："怎么了？你不开心吗？你上次好像也是这样，那次你是觉得自己没考好，这次是为什么？"

"不知道，就是突然什么事都不想做。"

他的声音听起来很没精神，江念期想了想，掏出手机，放了一首她平时很喜欢听的曲子。

这首曲子是沈调弹过的吉他曲里比较温柔治愈的一首，他刚发出来的时候，江念期就开始扒谱子学，足足花了两个月的时间才完全熟悉。

"要不要弹吉他给你听？"江念期希望可以用她擅长的事情来安

抚他的情绪。虽然她不太明白沈调的心情，但她确实看出来他有时特别脆弱。

"谢谢。"

得到他的回复，江念期便去外面拿他的吉他。回来后，她将凳子拽到床边，坐下后抱着吉他弹奏起来。

沈调一直很安静，像只受伤的小动物。而江念期的情绪却很稳定，一连弹了几首曲子，她的手腕也开始酸痛起来，有些使不上力气。沈调听出了她旋律中的力度变化，坐起身来，揉了揉头发，从她手里接过吉他："想听什么？"

他黑发凌乱，鼻梁高挺，眉眼藏在阴影之下，脸色因状态不佳看着有些苍白，在黑发的映衬下，就像常年游走于暗夜之中的鬼魅。

江念期觉得沈调的状态肉眼可见地差，忍不住关心道："你确定身体没事吗？要不要我陪你去医院？"

"不用，你想听什么？"沈调回道。

"我想想。"江念期思索了两秒，看着他说道，"弹你最熟悉的吧。"

他把被子掀开，堆到一边，抱好吉他后，垂下头敛目低眉地看着琴弦，指尖轻缓地拨动起来。

流畅的乐声在少年干净整洁的卧室里响了起来，几缕光从没有关紧的卧室门缝中透进来，江念期看着他的侧脸，有些出神："弹完这个就去吃饭吧，我饿了。"

"好。"少年又继续弹了起来。

江念期后知后觉地听出沈调弹的是《Memories》，这是外国一个指弹高手的曲子，和沈调那些治愈系的曲子风格有一个相似之处，就是会给人一种很温柔的感觉。

这一首弹完后，江念期等他洗了个澡，收拾完两人便出门去吃饭。

沈调在这里住的时间长，知道哪家店好吃，他带着江念期走了一条平时上学完全不会走的路，最后来到一家开在居民楼下面的面馆，点了两份牛肉板面。

吃饭时他还是很安静，把面都吃完后，江念期擦了擦嘴，说道："我和我哥约好六点一起吃饭，待会儿可能就先走了。"

"我可以跟着去吗？"沈调突然问道。

"啊？"江念期稍微愣了一下，想起沉默今晚要跟她说的那些事情，觉得还是别让沈调去比较好。她刚想找个理由拒绝，沈调却又开口道："昨晚我状态不是很好，想和他见面再解释一下。"

见沈调都把话说到这份上了，江念期也不好再拒绝。

吃完面，两人在外面溜达了一会儿，最后各自回了趟家。江念期已经很久没回家了，屋子还保持着她和沈调吵架那晚的模样。现在两人已经和好了，没必要再继续避着他，她打算抽空去酒店把房间退了。

她在家里休息了一会儿，快到六点时，沈调给她发来消息，江念期把自己刚才弄乱的地方稍微打扫了一下，这才和他一起出了门。

去的路上，江念期和沉默说了沈调也要去的事，沉默的反应和她想的差不多，只说来就行。

两人赶到时刚好六点，这时正是用餐高峰期，沉默已经占了位子，所以江念期和沈调直接进去了。

看到沉默的时候，这人已经自己点好肉吃上了。江念期坐下来，又拉着沈调点了些其他想吃的。

这顿饭吃得挺平静的，虽然是沈调主动提出要来的，可真坐到一块儿吃饭之后，他又开始高冷起来，只是一个劲儿地烤肉，然后往江念期盘子里塞。

沉默倒还好，时不时跟江念期抢肉吃，但不知为何，他也不像之前那样说些很能刺痛人心的话来问沈调了，只跟江念期聊以前一些朋友的事。

江念期虽然有意想找些话题拉上沈调一块儿聊，可奈何对方不爱开口，遇到抛过来的话茬也只是随便回应一下。

江念期以为他就是单纯不想说话，所以后面也就没再打扰他，把眼前的肉都烤完后，沈调摘下手套，和江念期说他要去一下洗手间，于是餐桌上就只剩下了她跟沉默两个人。

见沈调走了，江念期连忙放下筷子看向沉默，一脸紧张地问道："到底怎么回事啊？我怎么觉得你俩今天都有点奇怪？"

"我哪里奇怪？"沉默继续吃肉，江念期被他的话噎住了，想了想，说道，"他提出要过来的时候，用的理由是说自己昨晚状态不好，想和你解释一下，结果来了之后他一句解释的话都没有。还有，你刚才说话的时候表演痕迹特别重，我感觉你的平静根本就是装出来的。"

"因为我想劝你离他远点。"沉默放下筷子，很认真地看着江念期说出了这句话。

江念期被沉默这话搞得一脸茫然，眼睛一眨不眨："为什么啊？有什么情况吗？"

"嗯。"沉默的脸上没有一丝笑，他抬头看了看沈调离开的方向，将声音压到了最低，"昨天我带着白晶晶他们吃完火锅后去唱了歌，出来后又在路边的烧烤摊吃到了天亮，但你别说，还真让我给探出了不少事，我估计你肯定都不知道。"

"什么事？你说。"江念期问道。

"两三年前，他就读的初中有个女生意外去世了，听说跟沈调有关。"

"什么？"江念期的心跳似乎漏了一拍，待她回过神来后，浑身凉了个彻底。

"难道这件事和他有关？"

"……说不好。"沉默垂眸，摇了摇头欲言又止。过了一会儿，他抬头看向江念期，一脸郁闷地问道："你和他也认识一段时间了，你到底了解他多少？"

"你这话什么意思？！"江念期被吓坏了，呼吸好像都有些困难，双手甚至开始发抖，"他不可能……"

"你了解他的家庭环境吗？你知道他以前是个什么样的人吗？你知道他是怎么长大的吗？"

沉默一连问出了许多问题，江念期一时间竟全都答不上来。她以前虽然问过，但这些话题就是沈调的雷区，让他非常敏感，后来她也就不问了。

所以在那些她不了解的过往里，真的隐藏着什么吗？

"哥，你快告诉我吧！"江念期急得都快掉眼泪了，沉默说的那些事她完全没办法联想到沈调身上去。

沉默抿了抿唇，压低声音说道："他是和那个女生同一天出事的，那个女生是当天下午出的意外，而沈调晚上就晕倒了，得亏被家里的钟点工及时发现，这才平安无事。"

"那他……"江念期有些无力，张了张嘴，却什么话都没能说出来。

"在那之前他是个特别乖张的人，和初中那会儿比，现在的他简直不要好太多。"

这件事让江念期觉得很不真实，她摇摇头，觉得太疯狂了。

他是沈调，也是低音！

他以前怎么会是一个那样的人？

"所以那个女生和他是什么关系？"比起那一团乱麻的思绪，江念期更想知道这一点。

"普通朋友，白晶晶说沈调当时耐不住那些女生崇拜他，所以就当朋友相处，让她们既可以自我满足，又可以少来打扰他。"

江念期愣了一下，心说这还真是沈调能干出来的事，对于敷衍别人的好意他向来很有一套。

"但那个女生特别固执，还是天天围着他打转。那个时候的具体情况到底是怎样的，估计除了沈调和那个女生，没有任何人知道……但那个女生已经离开了，你要想知道事情真相就只能去问沈调，不过看他那样，我建议你还是别去刺激他。"

听完沉默说的这些话，江念期非常乱，浑身都是冰凉的，她觉得有必要一个人冷静一下。

"还有沈调的身世……"沉默拿起筷子，夹起一小块牛肉，边嚼边说。

"什么？这你也问出来了？"江念期又连忙看向了沉默。

"我套话套出来的，白晶晶还以为沈调已经把那些事都跟你说了。"把肉咽下去后，沉默坐直身体，看着江念期一脸认真地说道，"沈调他爸是沈从来。"

一瞬间，江念期的心跳都停摆了。

她愣住了，过了半分钟才勉强回过神来与沉默对上视线："你是说那个拍电影的鬼才导演沈从来吗？"

"嗯。"沉默估计已经把这个惊天大新闻给消化完了，在江念期还在目瞪口呆时，他却继续淡定地在夹沈调之前烤好的肉吃。

"那电影院里最新上映、票房排第一的《无相人》，不就是他爸的作品吗？"

"是啊。"

"他可是国际知名的顶尖导演啊！"

"是啊。"

"他是沈调亲爸？那我怎么从来没见过他？他都没回过家，我感觉他也不太关心沈调。"

"所以说，这是个问题！但现在的重点不是他爸，是沈调这个人。你不觉得他太敏感了吗？我昨晚才说了他几句，他就哭了。"

不知道是不是一下子接收了太多信息的缘故，当江念期听到沉默说沈调太敏感时，她发现自己居然无法反驳，但这也实在不是一个好的现象。

就在这时，她的手机突然响了一下，江念期拿起来一看，是沈调发来的信息。

> 沈调：我有点不舒服，先回去了。

江念期心里一慌，连忙起身四处看了一圈，生怕沈调听到刚才的话。

> 江念期：我来找你，一起走。
>
> 沈调：已经上车了，在路上。
>
> 江念期：你……
>
> 沈调：你慢慢吃。
>
> 江念期：好吧，那你路上小心，注意安全。

结束对话后，江念期坐了下来，沉默看她脸色都变了，便开口问道："怎么了？"

"沈调直接回去了，你说他会不会是听到我们聊天了？"

"别瞎想，刚刚他在这儿坐着我就觉得他想走了，应该就是找了个借口离开了吧。"

江念期叹了口气，沉默夹了块肉放到江念期嘴边，江念期没理会，过了一会儿又叹了口气。

沉默见状，又说道："别这样妹妹，这可是沈调亲手烤的，你不吃我可吃了。"

说罢，沉默就要把眼前的肉夹走，江念期手疾眼快，迅速用筷子把肉给抢走了。

"好身手。"沉默拿着筷子拍了拍手，然后成功得到了江念期的一个白眼。

"怎么样，你打算什么时候跟他说绝交？"沉默皱着眉头看她。

"为什么？"江念期有点蒙，"他做错什么了吗？"

"问题不在于他做没做错什么！"沉默将身子往前倾了一点，说道，"你为什么要和这样的人交朋友？他情绪不稳定，初中时还经历过那样的事，你知道他背地里是什么样的吗？"

江念期一时间竟不知道该说些什么才好，她还在思考，沉默又把另一个人搬了山来："我要是把这事告诉我妈，你觉得她不会马上买机票过来找你？"

"不要，我觉得沈调不是这样的人。"江念期觉得沉默的话越说越难听，回他的语气也稍微重了些。

沉默一听就怒了，连声音都变了："那我说的话你都听进去了没有？我是真的担心你，万一他骗了你怎么办？"沉默表情严肃地看着江念期，他的心情已经糟透了，可面对着她，他还是强压着愤怒。

"我不会这么盲目地跟他绝交。"江念期下定决心，很认真地表明了自己的态度。

"你！"沉默握紧拳头，显然是在压抑着情绪，他极为认真地说道，"江念期，我没在和你开玩笑，我、我妈还有我去世的舅舅也就是你爸，都不会眼睁睁地看着你跟一个情绪不稳定的人亲近。"

"哥，我知道，你别着急，让我先去把事情弄清楚。"江念期知道沉默是在关心她，但她也不愿意在不了解事情全貌的情况下，因为过去的事而误会沈调，就像她不喜欢别人不分青红皂白地来误会她一样。

"行，那我再问你一个问题，你确定你不会被他影响吗？"

"我不会被影响的，他现在在学校里也学习得很认真。"

"那他为什么会学习得那么认真？你有想过吗？"沉默反问道。

江念期咽了下口水，直直地看着桌面，说不出话来。

"那他是为谁学习的，是出于自己的意愿还是因为愧疚所以才这样的，你又有所了解吗？你什么都不知道，就敢这么笃定地说自己不会被影响，你可长点心吧！你信不信我现在就给我妈打电话，她要是过来把你接走，你跟谁闹都没用！"

此话一出，这片区域仿佛安静了下来一样，因为沉默刚才那些话中显然夹杂着发怒的迹象，他说话声音太大，周围的人还以为他们这桌吵架了。

而此时，坐在他们隔壁的一个戴着鸭舌帽的少年又把帽檐压低了几分，几乎整张脸都被挡住。除此之外，他甚至紧紧地戴着卫衣兜帽，让人根本看不到他长什么样子。

沈调说要去洗手间时，刚好看见隔壁桌的人起身离开。

他在洗手间拉住那个人，给了他一笔钱，在对方不解的注视下与他互换了衣服，然后让对方打了个电话把同桌的人叫走，自己则坐到了他们那桌。

听着沉默对江念期说的那些话，沈调脸色惨白，整个人像是被抽走了灵魂一样，呼吸不畅，湿润的黑眸中氤氲着脆弱与寒气。

尤其是当沉默问出"他是为谁学习"的时候，沈调的头垂得更低了。

他眼圈发红，整个人都在控制不住地微微颤抖，那种刺骨的冷意就像是被人绑起来扔进了冰窟窿里一样，伴随着下一秒仿佛就要溺毙般的窒息感不断袭来，让他完全喘不过气来。

江念期并不知道沈调此时就在她隔壁，她只觉得害怕，怕沉默真把这件事说给她姑姑听。

她很怕她的姑姑，哪怕她知道姑姑是个很好的人，可面对着那个统管公司上下的女强人，她和沈调都还是不自觉地怕到发抖。

姑姑对江念期可谓是高标准严要求，这也与她一贯严格要求自己有关。为了不辜负死去的哥哥，她就像是把江念期当成自己亲女儿和未来的左右手在培养，她要把哥哥唯一的女儿养成最优秀的人。

这么多年来，江念期从来都不敢让自己的成绩下降。她最怕的就是姑姑在自己成绩单上签字时，脸上不带着一丝表情地、盘根究底地问她这次为什么比上次少考了一分。

来这边后变得放纵，敢放任自己考到全校两百多名这件事，也算是江念期之前被管束严格所带来的后遗症。就像节食减肥的人会暴食一样，虽然两者有着不同的表现，内核却是相同的。

江念期心里慌得厉害，她现在和姑姑之间那些情绪上的矛盾，说大不大，说小不小，可如果沈调这事让姑姑知道了，姑姑绝对会把她给接回去。

到那时，江念期不确定自己敢不敢做出违逆姑姑意愿的事情，她在意姑姑的每一个细微的想法。如果一定要说江念期在这个世界上害怕谁，那个人绝对是她的姑姑——江弗琳。

"给我一点时间吧，哥，我想跟他谈谈。"想到沈调往日里那冷漠的样子，江念期叹了口气，说不定沈调其实只是缺少一个能陪着他的朋友，那这样的角色，本来就没有非谁不可，她自己又何必执着？

此话一出，沈调的手猛然间紧紧地握成了拳……

"但你起码也先让我把事情弄清楚，行吗？"江念期强忍着情绪与沉默对视，"我的确不能否认他的过去，但也决不会抹灭他的现在。如果我就这么草率地跟他绝交的话，那我会后悔一辈子的。而且，我也是真的很欣赏他的才华，我想要了解他，如果他确实像你说的那样，我自会有我自己的判断和决定。"

语毕，沈调已经紧到泛白的指关节，似乎微微松开了一点。

沉默想了很久，最后无奈地妥协："我再帮你瞒一段时间，要是真出了什么事，我跟你没完。"

江念期点了点头，沉默也没胃口再吃下去了，道："我今晚就买机票回去了。"

江念期愣了一下，心里很舍不得："怎么就走了？你还没见睿睿。"

"我怕我再待几天会忍不住直接把你从这里带走。"沉默起身要去结账，"接下来我每天都会给你打个电话，你最好别被他影响。"

"我知道了。"江念期不敢再顶嘴，只能老老实实地点头应下。


沉默去结账时，发现这桌的账已经结了。

江念期没想到沈调走之前还把账给结了，她陪沉默回酒店取了东西后把房退了。江念期本来还想送他去机场，但沉默怕太晚了，她一个人回来不安全，非让她回家待着，自己好好冷静地想一想。

上出租车前，沉默看着江念期还特意嘲讽地笑了一下，说道："沈调今晚虽然来一起吃饭了，但你看他高兴吗？他闹情绪，说走就走，他是自在了，可你呢？如果今天坐在这里的不是我，是你未来不能得罪的人，你该怎么办？"

等出租车开远后，江念期像一座雕塑一样站在原地发了很久的呆。

沉默虽然看起来大大咧咧，可实际上他的心思比谁都要细腻，他总能一眼看透别人，眼睛毒得很。

沉默的父母在他四岁那年就张罗离婚，结果因为财产划分，这婚一直拖到他八岁才离成。

江念期还记得小时候他经常会跑到她家里来住，因为他的家总是争吵不断，挤满了陌生人，不管是在饭桌还是客厅，不是剑拔弩张，就是冷冷清清。

江念期并不太了解当年的具体情况，只知道沉默的爸爸利用姑姑差点吞掉江家的家产，好在最后江念期的爸爸把所有的股权都给了姑姑，两人打了好几年的官司，姑姑才保住了江家董事长的位置，可最后还是因为经营不善破了产。

也就是这件事彻底惹怒了文安琪。而她也在丈夫去世后六个月生下了一个儿子。

当年文安琪撇下孩子，杳无音信时，是姑姑把这个孩子和江念期都一并养了起来，她本以为这个孩子是哥哥的遗腹子，结果最近才知道，原来这孩子根本就不是她哥哥的。

沉默和江念期一样经历过不少事，但沉默要比她更加少年老成。他从小照顾江念期，江念期家庭圆满时，他就像个孤儿一样总是跑到她家来找温暖。后来江念期家出事了，他就把她当成亲妹妹一样照顾。

他是这个世界上对她最好的亲人，他说的话，江念期无论如何都要听。

街上有无数陌生车辆闪过，装修富有格调的店铺一家接一家地亮起霓虹灯，五光十色，灯红酒绿。街道两侧人来人往，但此刻她只觉得吵闹。

江念期的心头酸涩，沉默走了之后，她又开始有了那种被乡愁和孤独笼罩的错觉。

她就这样孤零零地站在酒店门口，不会有人来管她，也不会有人在意她在想什么，就算她原地消失，这个世界也不会有半点不同。

但……

江念期闭上眼睛仔细地回想了一下，然后睁开双眼，睫毛上挂有晶莹的细小水珠，零零散散的，被灯光穿透，像是一颗颗精致的玻璃球。

沈调会知道。

她想去找沈调，可心里虽然这么想着，她的脚步又不自觉地在原地徘徊。最后她谁也没联系，自己走到了三条街外的书店，在店里买了一堆可爱有趣的文具，然后买了几本各科的课外练习跟参考书，甚至还买了好多套卷子。

拎着两大袋书勉强走出书店后，江念期喘着粗气站在店门口，再次对自己不过脑的"剁手"行为无语了。她一脸郁闷地看着两大袋书，头隐隐作痛。

她本来想挪到路边打车回去的，但想了一下，还是掏出手机给沈调发了消息。

江念期：沈调，我买了好多书拎不动。

江念期：[位置]

她站在原地，大概过了一分钟，他回复了。

沈调：我在附近，稍微等一下，站那儿别动，我来找你。

江念期看着这条消息后满头雾水，沈调不是早就打车回去了吗？

她有点乱，只觉得今晚的谈话十有八九被他听到了，但是又不敢放任自己多想。没过多久，她的肩膀被人拍了一下，沈调居然从书店的后门进来，穿过书店后，从正门出来找到了她。

他穿着一身跟出门时完全不同的衣服，但这衣服她从未见他穿过，所以一开始没认出来。

"你什么时候换的衣服？"江念期的想法被彻底坐实，她当时在烤肉店里打量四周的时候确实没看见沈调，可如果他换了一身衣服的话，她也的确发现不了他。

沈调看了一眼自己身上的衣服，说道："在烤肉店时被人不小心泼了汤水，所以买了套新的换上了。"

江念期消化了一下他的话，没看出他有负面情绪，似乎他是真的因为衣服的事才从烤肉店离开，毕竟沈调有洁癖，他肯定受不了衣服上都是汤水。

"走吧，回去。"江念期道。

两人往家走的时候，江念期手里什么东西都没提，沈调两只手都拎着袋子，那看起来斯文修长的手也比她想象中有力气得多。

到小区楼下后，江念期走在前面，刷开门禁，推开门走了进去，这时她身后突然响起了沈调说话的声音："对不起。"

沈调突然开口向她道歉，江念期一头雾水，完全不知道他是为了什么。

"本来今晚吃得好好的，我却突然走了。"

江念期听到他是为了这件事道歉，情绪有些缓和，摇头道："没关系，你和我哥本来也没什么可聊的。"

沈调垂着头，缓缓道："小时候，我的妈妈好像不喜欢我。"

江念期愣了一下，此时的她还不知道问题的严重性："你小时候很不听话吗？"

沈调抬起头笑了一下，却是那种眼神不与她相接的嘲笑，带着点天真和残忍，他将自己的伤口直接撕开，露出血淋淋的过往。

"是她的精神状态一直不太好。小的时候，她总是会'教训'我，但没过多久她又会抱着我哭，给我买很多的零食和玩具哄我开心。"

一开始，沈调对江念期讲这些事的时候，语气仿若给小朋友讲睡前故事一般温和，但越讲下去，他的呼吸速度就变得越来越快，身体也逐渐僵硬起来。

"我记得，我读小学一年级的时候，有一次她把我抱到了顶楼，然后就走了。我那时不懂事，不小心失足跌落，好在我的书包不知挂到了什么东西，人没掉下去，妈妈后来就打了119，叫人来救我。

"从那之后，我特别恐高，别人站在高处可能只是腿软，但我会想吐，严重的时候甚至会休克。

"她好像很不喜欢我爸，也很抵触和他一起住，但我爸还是有空就会过来看我们。有次他们带我去公园玩，还给我买了棉花糖。他们陪在我的左右，一人牵着我的一只手，那是我小时候过得最开心的一天。"

　　他的身体早就已经发抖，但他始终强忍着让语调平稳下来。而江念期眼睛早已经红了，可她也在拼命忍着，她怕沈调会继续向她解释，和他诉说他以前为什么会那么想不开，为什么一点都不看重自己，和那个女生到底是什么关系……而他现在又为什么这么热爱学习。

　　"好了，别说了，你不要再去想那些事了。"虽然江念期对这些问题好奇得要死，可她现在只是得知了冰山一角就已经快要撑不下去了。她实在是不忍心再让沈调为了满足她的好奇心，而继续去深挖他那好不容易才愈合一点的伤口。

　　"没事，这些都没关系。"沈调却摇摇头，眼尾有些发红，脸上难得露出了要跟她坦白的神情，"有些话还是要说的，而且我觉得你应该知道。"

　　"什么话？"江念期开始不解。

　　沈调停顿了一下，认真地看着她："其实，我很怕你。"

　　江念期被他这么一说，先是有点无措，然后开始有些尴尬："为什么？"

　　"他们都说你脾气大，阴晴不定，但是没办法，你的成绩比我好……你真的想不到我有多怕你，我怕我永远也考不过你。"

　　沈调咽了下口水，抬起了自己的左手手腕。他手指微颤，但又很快稳住，他解开了那块一直戴着的黑色手表，将手腕翻了过来，让江念期看到了他一直深藏的一个秘密。

　　看到沈调的手腕，江念期瞬间呆住了，她的眼睛一眨不眨，神色中有震惊，有无措，但更多的是心疼。

　　沈调的手腕上横亘着一条非常刺目的伤疤，两边都有缝合的痕迹，因为是新伤，所以被白皙的皮肤一衬，非常显眼。

"你……这是怎么回事？"江念期只觉得被吓到了，但她一时没办法思考太多，因为她现在脑子一团乱。

"我当时觉得很难过，我怕下次除了你还会有别人超过我，我的成绩会越来越差，我会有越来越多的题做不出来，那这个世界上就没有我能应付的事了。"

"所以那半个月你是真的请了病假？"江念期心疼地问，"那你这伤怎么搞的！你到底为什么要害怕这些根本就没有发生的事情？"

"我总是会下意识地去想。我当时觉得很累，想停下来，不想再面对这么多事情。"他喘了口粗气，痛苦地闭上眼睛，"我想过，可能睡一觉就好了，但那几天我恍恍惚惚的，本来想做饭，却一不小心……"

"你真的要吓死我……"江念期没忍住，眼泪直接顺着脸颊流了下来，连声音都沙哑了，"你第一次见我的时候明明还提醒我要去上晚自习。"

"你记得我？"沈调看起来像是有些惊讶，他没想到江念期居然还记得开学时发生的事，他们不是一个班的，当时也没怎么说过话。

"我当然知道你，当时就是你接待我，我还想这个人长得好好看，就是看起来太高冷了。而且我当时还不知道你就是我关注了好多年的音乐人低音。第一次月考前的那天晚上你回复了我的留言，说祝我考试顺利。"她盯着沈调，十分认真，"那个人就是我，我不知道你有没有印象，但我一直都在关注你。"

这回换沈调愣住了，但他没有回应她，甚至还侧头避免和她对视，十分僵硬。看样子，他应该是真的想不起来了。

"可你最后是为了影响我的成绩才跟我说话的啊……"江念期问出这话时心里紧张得不行，面上却还是鼓着脸生气的样子。

"没有，不全是因为那样。"沈调还是不敢看江念期的眼睛，"那时叫你去我家吃饭，一开始我真的只是想吃蛋糕，因为那天是我生日，我也有几年没吃过生日蛋糕了，发照片也是因为过生日想纪念一下。可我没想到你后来一直非常真诚地帮助我，平时也傻乎乎的。"

"沈调！怪不得刚认识的时候你看我就跟看空气似的，我的直觉果然没错，你是真的不想搭理我！"

"对不起。"沈调没有辩解，很真诚地向她道歉。

"那你以后不准再内耗，听见没有！"江念期不想还好，一想就着急上火，难受得要命。

沈调没说话，只是看着她，顺便在她要掉眼泪的时候伸手递了张纸。

"说话！不准敷衍我！"她挥开他的手，这一声喊得仿佛嗓子都要破了，又急又气。

沈调犹豫了几秒，点头答应："好。"

看他一脸委屈的样子，江念期不知道该怎么样才能出心里这口恶气，沈调怎么能这么讨厌！

"算了。"她不想继续聊这件事，又道，"我跟你说，你要是再敢搭理姚贝，我就跟我哥回去，咱俩绝交！"

"她不值得你这样，而且我没有理过她，你要是下次看到了记得过来帮我解解围。我做不到像你一样，你表达感情的能力很强，但我是有限的，我不知道我该做到什么样才算一个合格的朋友，也不知道你对我有什么要求。"

"你做饭很好吃，作曲很好听，这就够了。"她连忙向他坦白了自己的想法。

"好。"他轻笑一声，敛起眼底翻滚着的各种情绪，"先回去吧，书有点重。"

江念期这才反应过来两人还站在小区大门的门禁处说话，而他正拎着两大袋书。她匆匆走到他身旁，从他手里拎过一袋："我也拿一些，走吧。"

两人的背影在石子小路上越走越远。沈调还是对江念期隐瞒了一些乱七八糟的事，因为那是他藏在回忆最深处也是最不愿让人看到的东西。

只要把这件事圆过去就好了。

等沉默回去，过段时间，她肯定还会是以前那个样子，只对他一个人好。

当晚，沈调做了个梦。

但与其说是梦，不如说是回忆的碎片全部拼凑在了一起，让他快要窒息。

画面一开始，妈妈一如往日地接他放学，严厉地问他这次考试的成绩怎么这么差，回家后便让他回到自己房间写作业。

不知过了多久，等他再去找妈妈时，就看见她正躺在浴缸里，像只晒饱了阳光的小猫，正在窗户下的那片光斑中打盹。

他有些恍惚，但稚嫩的脸上没什么表情。他抱着腿坐在浴室的角落里，阳光透过玻璃窗照在他身上，他却感受不到一丝温度。

画面一转，几年过去，一个女生正在他面前喋喋不休，而她随随便便说的几句话，就足以把他困在黑洞之中。

她到处说他情绪不稳定，还说他们是同类，他基本上不和女生说话，她却是特例。

他不想让她继续说下去，可她不听。她说她有弟弟了，但她也从最受关注的独生女变成了无人问津的小透明，她感觉不到家庭的温暖，学习成绩断崖式下降，所以，她需要从他身上获取关注。

某天下午，她给他留了一张字条说要离开，她说她要让她爸妈后悔，也要让他后悔。

当年浴室的阳光仿佛又洒在了他的身上，他还是感受不到温暖，只觉得冷，刺骨地冷，冷到他蜷着身子睡着了。

当他再次醒来已经是两天后了，医生说他晕倒了。

多年难见一面的爸爸在病床前质问他成天到底都在想些什么，但他没说话。

他在医院里住了很长一段时间，爸爸时不时就会来看看他，但他并不想领情，因为他觉得沈从来不配当他爸。

也就是在这段时间里，他又从爸爸的老朋友口中得知了一些往事，这也和他妈妈有关。

妈妈年纪轻轻就当了影后，曾鼓励当时还是新人的爸爸追逐梦想，为他的事业发展做出了各种贡献与牺牲。婚后，两人也过得很幸福，爸爸很爱妈妈，可以说是十年如一日地深情。

但这一切突然变了，当时爸爸因为一部电影忙了一段时间，回来后发现自己的妻子开始变得精神恍惚。一年后她生下了一个孩子，而爸爸则是在睡梦中听见妻子哭喊的声音后，才知道原来是他的亲弟弟一直在威胁自己的妻子。

爸爸查清事情真相，报了警，把亲弟弟告上法庭，妈妈却变得更不正常了，几乎没有平静下来的时候。

这样的日子他过了七年，直到那天下午，他看见了在浴室失足滑倒、躺在浴缸里的妈妈。

后来，爸爸把七岁的他带到一个陌生的地方住了下来，回家的次数也越来越少。就算回了家，爸爸身上也总是充满酒味，不过从不对他发酒疯。

不管他用什么方法去吸引爸爸的注意，爸爸仍旧很少关注他，他试图取悦爸爸，希望爸爸能像以前妈妈还在时那样关心他。于是他放弃了所有的自我想法，凡事都强迫自己做到最好，他也在用这种方式向爸爸证明自己。

这一年爸爸夸他的次数也变多了，尤其是在他考试成绩好的时候。但爸爸还是不经常回家，唯一一次回来还是在过年的时候，爸爸的身上没了酒味，而且在他成绩单上签字的时候，爸爸还夸了他，说："我儿子真聪明。"

他高兴了好长时间，决定以后一定要做得更好，这样的话爸爸肯定会更高兴。但上高二后，他遇见了江念期，那个刚转学就在成绩榜上压了他一头的江念期。

这种害怕的感觉就像控制不住的野火，快要把他焚烧，他突然有了一种自己要失去一切的强烈预感。

他害怕爸爸不要他，害怕今后的人生无路可走，害怕每一件让他觉得无比困难的小事。甚至害怕那个像极了他妈妈的新年级第一——江念期。

他的状态急转直下，他请假回家调整，似乎这样就可以名正言顺地离学校远一点。

可他没想到，半个月之后的一天下午，江念期会推开他家的门。

她帮他把始终打不过去的关卡通关的那一刻，他又有了新的想法，那就是影响她学习。

但他没想到这一切都很顺利，甚至顺利得太过轻易。

在她帮他通关的日子里，他就把自己锁在卧室里偷偷学习。每天晚上他在面对那些让他头疼的数学题时，他总能听见江念期没通关时气得喊出来的声音，这种感觉他从未有过，因为那是他从未体会过的、一种叫"陪伴"的东西。

江念期并不像其他人一样时刻在给他压力，而每次她望着他时，眼里都仿佛闪烁着清澈明亮的光，像是宇宙中无数独自旋转的星体被某种东西吸引，变成了一个极为明亮闪烁的新星系。

可她明明没有抬头看天空啊，她只是看到了他而已。

他莫名其妙地像是被安抚了下来，表带下那已经愈合的割伤似乎开始发痒，这是他进入青春期后第一次有了正常的情绪，但这也可能与他近年来努力调节情绪有关。

他本能地想靠近江念期，但内心深处还是希望沈从来能回来陪他。

因为他太敏感了，他不相信别人对他能有多少真心，她也根本就不了解他是个什么样的人。他不想让她知道自己以前的那些事，因为他害怕她知道后会远离他。

所以自打那天两人吵架后，他就开始故意疏远江念期。

沈调不想让自己再次失望，所以他特意把家里打扫得干干净净，把她没带走的东西都收到角落里锁起来，仿佛这个人从未闯入自己的生活。

他将心中那头叫嚣着的野兽锁起来，又继续全身心地投入学习。

但他又无意识地在等门铃响起的声音，等她主动靠近，甚至有时在学校看到她，还会不由自主地生闷气。

他有时会想：如果不是坚定地向我走来的话，还不如从一开始就不要来，她为什么要这样？

他知道他心中的那头野兽很极端，如果把它放出来的话它就会认准她不放。可它又非常脆弱，随便她做些什么，它就会输得一塌糊涂。

为了让它赢，沈调把自己变成了一个驯兽师。

他训练自己的思想跟感情，但这也就变成了江念期眼中的克制与淡漠。

他真的越来越怕她走，所以他宁愿瞒着江念期，也不想让她知道他的过去，因为那些事连他自己都无法接受。他不想，也不可以失去江念期这个朋友。

他想要她的陪伴，想看见她的笑容，他就是个无底洞，他填不满。

把事情都说开后，江念期决定继续上晚自习。

接下来的日子，每天晚自习下课后，沈调都会到二班教室的门口等她一起下课回家。冬天骑自行车还是有点冷，两人偶尔会打车，但大多数时候他们是一起步行回去的，他会提前给她拿两片热贴，让她贴在口袋里，这样再把手揣进去的时候会很暖和。

渐渐地，沈调开始不那么在意沈从来了，因为江念期课后的剩余时间完全是在他家里度过的，两人一起刷题、写作业，等到了该休息的时候，江念期再回家洗漱、睡觉。

两人虽不在同一个班，沈调也不知道她在课堂上是怎样的学习状态，可他知道她晚自习后回家刷题的模样。

沈调回复江念期评论的那晚，他还在为一道数学大题头痛。可自打两人一起学习后，这种事情几乎不怎么会发生了。她在理科方面的理解能力要比他强，遇到不会的问题，他只要拿给她看一眼，没过多久她就能反馈他好几种不同的解法，有时候还会教他一些额外的知识点。

江念期的聪明似乎与生俱来，这可能和她的基因有关。她的爸爸是重点大学的数学教授，而她妈妈的学历和履历也都很光鲜，虽然外人的关注点在于她妈妈的外貌与野心，但这并不影响她是一位优秀的高级知识分子。

沈调其实有些敏感，他不喜欢被女生靠近，也不知道该如何和女孩子相处，所以当他发现自己已经越来越习惯和江念期待在一起后，他也开始慢慢转变了。

从江念期的角度看，她觉得沈调外在表现得还是和以前一样冷淡疏离，说话做事也并没有热情到哪里去。但他在她面前越来越温柔了，还经常做饭给她吃，闲暇时还会一起去逛超市。

江念期一直都很要强，在别人面前永远都是不愿意先低头的那个，被人逼急了就直接和对方断得干干净净。程佳峻跟她太像，他也不愿意先低头，所以两人最后闹僵了。

但沈调本质上和程佳峻不同，他是那种嘴硬心软的人，看起来淡漠疏冷，谁都拿他没办法，可私下里和他接触一段时间后，完全想不到他会是被人说几句就委屈的小哭包。

那天跟他坦白自己是他的粉丝，还给他评论了好几年的事后，江念期本以为这件陈年旧事就没有后续了。可她没想到，沈调不知翻了多久的后台，硬是把她的账号给找了出来。

他在那个音乐平台的账号有近百万的粉丝，但他之前只关注了十六个人，现在他的关注列表里变成了十七个人，里面除了三个开通歌手页面就会被平台系统选定自动关注的官方号，剩下的都是圈内或小众的音乐人，而新增的被关注账号叫"你大哥江"，只是个平平无奇的素人。

这个账号看起来很普通，除了好几个歌单都是专门收藏低音的相关乐曲，看不出来有什么特别的。

虽然名字取得很粗犷，但头像是个漂亮的女孩子。头像中是女生戴着口罩抱着吉他被人抓拍的侧脸，在黑衣服衬托下显得皮肤很白，脖颈修长纤细，长头发懒懒地在脑后扎了一下，是一张很像网图的生活照。

江念期睡前听歌时突然发现低音关注了她，人还有点蒙，心里小鹿乱撞了一会儿。她就像得到了橱窗里那个期待了很久的玩具一样，戳开低音的私聊窗口页面时手指都在发抖，犹豫了很久，给他发了一个"晕头转向"的表情过去，那边也很快就回复了。

低音：念念？

她在被窝里翻了个身，手指不停地摁着手机屏幕。

你大哥江：嗯。

低音：好，抓住你了。

你大哥江：你不确定这是我？

低音：头像是你，而且我今年上线的次数不多，只回过你的消息。

她又在床上打了个滚，趴在枕头上想回他点什么，但又想不出来说些什么好，便又点进了他的个人主页。

沈调不怎么玩社交软件，在平台上也就是发曲子，他最近的一条动态就是过生日时发的那条，粉丝们知道去别的地方找不到他，所以也习惯于蹲他的平台动态。这条动态的评论数很多，她点进去看了一眼，发现最新评论里有很多人在问"你大哥江"是谁。

沈调没回，他很可能屏蔽了消息提示。

江念期想再看一眼沈调的私信回复，可流水般的新私信已经把她给淹没了，基本上都是打听她和低音是什么关系的，有的还带着无数个泪奔的表情。

她好不容易翻出沈调的私信，给他回了消息。

> 你大哥江：好多人私信我，问我跟你的关系。
>
> 低音：你怎么说？
>
> 你大哥江：你表姐？
>
> 低音：我比你大。
>
> 你大哥江：那就你表妹？
>
> 低音：……
>
> 你大哥江：明白了，我发条动态，说我是你的小号。
>
> 低音：你想让我取关你。

江念期想了一下，在主页发了条新动态。

> 我是男的。

发完之后，她截了个图，然后自信满满地发给了沈调。

等江念期再给他发第二条消息时，她发现自己被沈调给拉黑了。

她掀开被子翻身下床就去楼上找他，输入密码推开门后，发现沈调正盘腿坐在客厅沙发边的地上。他家开了空调，一点也不冷，他身上只穿了件白色的卫衣和灰色运动束脚裤，头上戴着卫衣兜帽。听到动静后，他抬眼看向了她。

江念期的目光没好意思停在他的脸上，左右看了看，开口问道："你生气了？"

"我没生气。"他音色清冷，说话语气也和平时差不多，江念期才待了一会儿就觉得热，她看了眼空调，沈调居然开到了三十摄氏度。

"你怎么还不睡，明天不用上课？"

他没说话，江念期走到他旁边坐了下来，看着他玩手机。江念期单手托着腮，觉得沈调比起第一次在吉他店见面时更像只猫了。

原生家庭对他肯定是有影响的，他从小就没有体会过太多母爱，后来在爸爸身上也看不到希望，他没有一个可以倾诉、发泄、包容自己的地方，所以把所有感受都放到了音乐里，这也能从他的曲风中感觉出来。

在他的曲子里，治愈背后永远隐藏着极深的孤独，这是他宣泄情感的一种方式。

"沈调，能不能别拉黑我？"她盯着他卫衣兜帽下面的脸看，沈调清瘦，皮肤又白，高挺的鼻子浑然天成，以至于侧脸轮廓有种难以言喻的氛围感。他的长相符合大多数女性的审美，是传统意义上不折不扣的大帅哥，而因常年沉浸在艺术领域里，他身上还带着一点神秘和疏离。

但这位帅哥好像根本不想理她。江念期趁机拿过他的手机，转身就想把自己的账号从他的黑名单里放出来。

她用音乐软件都是听歌，没怎么操作过拉黑别人，捣鼓了好一会儿没弄好，正想要问他该怎么做，他伸手便拿过了自己的手机。

少年眍了屏幕一眼，见她刚才操作那么久还停在设置界面，连地方都找不到。他叹了口气，退出设置，点进了自己的私人主页，在里面简单地滑动了几下，把她从黑名单里给放了出来。

他把手机放下，手撑着地板，侧头专注地看着她："你最好跟我道歉，现在私信里说什么的都有，甚至以为我喜欢男孩子。"

"我错了。"她说着还朝他低头鞠了一躬，想要抬头的时候，他却突然从她手里把她的手机给顺走了。江念期有点蒙，不知道他想要做什么，而沈调手速极快地删掉了她那条"我是男的"的动态。

"你做什么？"她好不容易从他手底下挣脱出来，他就把手机给扔了回来。

手机还给她后，他就起身回自己卧室了。

江念期愣了两秒，收起手机，在客厅里坐了好一会儿，这才慢腾腾地关掉空调，回了家。


第二天，江念期要去见于睿，而沈调准备去吉他店，便发消息让她带着弟弟来玩。

江念期没拒绝，上次看于睿听课听得还挺认真的，想来弟弟并不讨厌这位小沈老师。

这次月假正好赶上周六，文安琪也在家，江念期过去接于睿的时候，她没有马上让她把于睿带出去，而是先让阿姨看着于睿，自己则单独带着江念期去楼上房间里谈了谈。

"听说沉默上周来了？"

"嗯。"江念期坐在桌边玩着手指，文安琪靠桌站着，双手抱胸，那双美眸中的视线并没有聚焦在江念期身上，但也没涣散，说明当下的她只是在思考。

"他想让你回去？你姑姑让他来找你的？"

"没有，姑姑没有提过我。"说起姑姑，江念期的情绪有些起伏。

文安琪听到这里，红唇漾起了一抹微笑："那就是他想你了吧，过来看看也好。对了，前几天给你买了一些护肤品，你虽然还小，但适当护理可以让皮肤状态更好。"

说着，她拿出几个装着护肤品礼盒的袋子，开始挨个儿向她讲解功用和效果，如果不是介绍里还时不时掺杂着几句对沉默来意的打探，江念期真的要相信她不在意沉默过来这件事了。

"对了，出国那件事你考虑得怎么样了？"文安琪貌似无意地看了她一眼，"我在国外有关系很好的熟人，你过去之后也不用担心没有社交圈，以你的能力，未来想要申请国外那些优秀的大学应该没问题。"

江念期这次直接摇头拒绝了："出国的事以后再说。"

…………

带着于睿到吉他店后，老板说沈调正在楼上，她还在上楼就听见了架子鼓的声音，是非常流畅又利落的鼓点节奏。江念期隐隐听出了一丝编曲的意味，鼓点像是沈从来的电影《无相人》里那种国风，不过要是用大鼓来敲气势可能会更好，眼下他更像是看见了架子鼓便随手拿起鼓槌来试试想法。

看到江念期带着于睿过来，他用手快速转了一圈鼓槌，然后利落地收起，放到了一旁："来了？"

"嗯，睿睿，跟小沈老师打招呼。"

"小沈老师好。"于睿被教得很乖，一双大眼睛一直满含期待地落在沈调身上。沈调从架子鼓后面起身，走到了于睿身前蹲下，拿起他的手指看了看又捏了捏："自己练得也挺勤，喜欢弹吉他？"

"嗯，喜欢。"于睿连连点头，他这段时间一直被逼着写作业，只有一点点课余时间可以用来玩。

"行，那先让我听听，你都会些什么。"沈调直接牵住了于睿的手，把他带到了乐谱和椅子旁边。江念期看着两人相处的样子，感觉沈调带于睿时的模样跟沉默和程佳峻都不一样，他能认真地和一个小朋友沟通，且完全站在对方的立场上想问题。

今天玩得挺尽兴的，江念期带着于睿在吉他店里泡了一天，下午才把于睿给送了回去。江念期被文安琪塞了一堆护肤品和新衣服，便打算先回家放好。而沈调也没继续在吉他店待着，平时都要老板关门才肯走的人，今天却和江念期一起在太阳落下前就回了小区。

"我回去放个东西。"江念期怕自己再往沈调家里堆东西，到时候拿麻烦。

他看着她："平时要用吗？"

"可能会。"

"好。"电梯到了层数，江念期便先回了家，把衣柜里胡乱塞满的衣服都拿出来重新叠了一遍后，关上了柜门，上楼去找沈调。

进屋后，江念期戴上耳机听歌，坐在沙发上静静看着透过窗户洒了一片橙红到屋内的夕阳。沈调从卧室出来，看到这样的景象觉得自己的心好像又变得柔软了许多，曾经的他每到这个时分，都只会独自一人看着书页上的明暗变化。每次他都觉得自己快要掉下去了，掉到某个他也不知道是哪儿的地方，那里一点生气都没有，肯定不是人间。

可现在他的身边终于有了另一个人，她不需要做什么，只要站在原地，就让他有了一种获救的解脱感。

因为，她在抓着他。

这一刻他感觉很放松，即便窗外深蓝的天空马上就要被抽走最后一丝霞光，而只要她还在这本该无边孤寂的空间里陪着他，那黑夜便不曾到来。

"沈调，我想吃山楂。"江念期盯着窗户恍惚地看着，她本来是抱着抱枕的，这会儿丢了手里的抱枕，耳机也摘了一只，她转过身看着他，突然开口道，"就是那种外面裹了一层白色的糖霜，然后用纸袋装着的山楂，不知道怎么回事，突然特别想吃。"

沈调也不知道江念期怎么就突然想到了山楂，但他依旧应下："我陪你去买。"

"我肚子有点痛。"江念期突然转换了话题，他不太理解，问道，"怎么突然肚子痛？喝红糖水吗？要不要热水袋？"

"我想吃那个山楂，"她成功地把话题转回了想要的山楂上，"现在陪我出去买吧。"

出门买山楂前，江念期还很有包袱地打扮了一下，顺便借了一件沈调的黑冲锋衣当外套。她特别喜欢沈调的衣服，称之为耍帅必备。

两人在家附近逛了一圈，没有找到江念期想吃的山楂，于是坐地铁转战步行街。两人在地铁上站了半小时，等还有几站就到站了时，有一个座位空了出来。

他问她要不要坐，但她已经站习惯了，便摇头拒绝。出地铁站的时候，江念期看到了一堆学校同学，那些同学她都不是很熟，但她依稀记得好像是沈调班上的。

她戳了戳他的胳膊，小声问道："欸，你班上的吧？"

"嗯，认识两个。"他点点头，没有更多的反应。

江念期自觉地远离了他几步，说道："我离你远点。"

沈调愣了一下，不解地问道："什么意思？"

江念期从口袋里拿出蓝牙耳机，连上手机后，装模作样地戴上："我在学校不太受人待见。"

听她说完这番话，沈调看着她的眼中充满了不解，看样子他还是不明白。

"我最近可是王老师的重点关注对象。"江念期有点头疼地拍了拍脑门，很不好意思地看着地板砖说道，"上次期中考试被王老师叫到办公室里批评了，数学试卷有一半我都空着了，还有其他科目也没写几笔，他说我态度不端正，这段时间要重点观察我，我怕连累你。"

虽然她什么都没做，但人言可畏，要是让人看见她和沈调出来逛街，后天开学指不定会有什么样的流言。

她其实无所谓，清者自清，但她怕影响沈调。

江念期这几天在网上查了沈从来的相关新闻，出人意料的是，她发现沈从来近年来在访谈节目上一直说儿子在学校很优秀，成绩非常好，压根儿不用他操心。

都这样了还不用操心？看来他平时的确不关注沈调……

江念期有些怀疑沈调和他爸爸之间的关系，但又不敢问，主要是父母这个话题对沈调来说太敏感，她害怕。

她想来想去，最后还是觉得别给沈调添麻烦，他们父子间微妙的平衡不能毁在她手里。

沈调不知道她到底是怎么想的，但从她刚说出口的话里他又提取出一件让他很在意的事情，他忍不住问道："你为什么一半题都没答还能考到两百多名？"

"因为我另一半都是对的啊，只要我写了，肯定就是对的。"她满不在乎地噘起嘴巴，拿出手机打开微信，过了一会儿，沈调的手机响起了语音通话邀请。

他看着已经站到他身侧三米外的江念期，拿出手机看了一眼，果然是她打过来的。而那几个同学似乎也注意到他了，正在朝他这边走过来，离得越来越近了。

"沈调？还真是你，出来做什么呀？"

沈调还没能把江念期刚刚说的话分析出个因果来，就被同学缠上了，他还没做好准备应付这几个人，再转头看她时，她已经在步行街地铁口拥挤的人流中消失了。

"出来买点东西。"他找不到江念期的身影，心里难受，慌得厉害，想直接走了。

那几个男生一直在顺着他的话说，沈调没接话，匆匆留下一句"先走了"，人就消失在了出站口。

那几个男生并没有惊讶于沈调的突然离开，因为他们都知道沈调冷淡，不喜欢和女生说话，跟男生讲话也很少，他性格孤僻内向从来不笑，在学校里的圈子也非常小，别人根本插不进去。

而学校里有关沈调的传闻很多，而传得最多的是沈调极具艺术天赋，这是某位在电影领域小有名气的同学家长在家里说的。

他说沈调特别低调，还很厉害。当那个同学死缠烂打地问他老爸沈调有多厉害的时候，他爸都死活不肯细说，想了半天，只说了六个字：反正比我厉害。所以大家也并不知道沈调都会些什么，他看起来好像没什么兴趣爱好，每天一门心思地学习，最后传来传去，也就只记住了他很厉害这件事。

两人在人群中走散，沈调应付完同学之后马上接起了语音通话，周围尽是喧哗声，他开口时居然发现自己的嗓音都在发颤，就连一句话都没办法完整连贯地说出口来："喂……你在哪儿？"

江念期的突然消失让他焦虑到了极点，他觉得自己像是要失去什么了，接踵而至的是对整个世界的惊惧和陌生。一瞬间，他觉得自己与这个世界是没有任何联系的，是无依无靠的。他没办法控制心中的不安，那种铺天盖地的失落感让他焦虑恐慌、头昏心悸，胸口闷得几乎要喘不过气来。短短几秒钟，他的脑子里涌出了无数个念头，恍若世界快要崩塌。

"你往外走，从2号出口上来。"江念期站在出站口的电梯前等他，过了一会儿，她看见沈调踩着电梯一路快步走上来。江念期有点想笑，因为一开始她还以为有人在追沈调，可转念一想，哪来的人追他，顿时忍俊不禁。

但当她听到他压抑不住的哭声后，她嘴角的弧度慢慢消失了。眼前的人微微颤抖，嗓子里发出混沌不清的音调，压抑得就像是被割开皮肉的野兽，光听声音就知道他肯定痛苦极了。

他到底是怎么了？江念期感觉自己有时候好像没办法跟上沈调的节奏，可看沈调这样她又实在是心疼。她顶着周围人的视线，把沈调带到外面去，然后背对着街道和人流轻声安慰起他。

"怎么了？没事了，你看，我在这儿呢。"她不停安慰着他，希望他能好受一点，但沈调很伤心，江念期只能用美食诱惑他，哄他去吃烤鱼、火锅、日料，这个时间点吃晚餐是错开了用餐高峰期的，人不会太多。

过了好久，他才稳定下来，道："我转头找你，发现你不见了。"

"我一直都在啊，刚刚只是为了躲你的同学而已。"

"嗯……"沈调还在努力压抑着自己的情绪，但他在很久以前就发现，自己一碰到某件极其细微的小事，就会控制不住情绪，连保持平常心都很困难。他总会无端地感到痛苦，仿佛整个世界都在压迫着他。胸口仿佛总是笼罩着一团愁绪，随时都会被悲哀侵袭。

就算在睡梦中，他也不得安生，很少能安逸舒适地睡一个囫囵觉，经常做噩梦。

唯独放假后江念期来找他时，看着她日常的生活，感受着她身上那种对任何事情都不太在意的豁达情绪，他的心里才能放松一点。

她总是那么没心没肺地瞎开心，沈调觉得他们之间的角色好像换过来了，总是她在支撑着他。

在她身边，他总是很有安全感，好像天塌下来都有她帮他撑着一样。

"走，吃东西去。"她开口说道，语气中充满了安抚意味，"我给你买冰激凌。"

沈调闻言，轻轻地点了点头："好。"

第六章

La · *Cornfield Chase*

4:36　　　　　　　　　　　　　　　5:21

　　两人一起走进商场的冰激凌门店，店内的客人并不太多。江念期给自己点了草莓味冰激凌，给沈调点了巧克力味的，点完单准备扫码付款的时候，沈调抢着付了。

　　拿了小票后，他们在店里找了张双人桌坐下。没过多久服务员便端着餐盘过来，将两杯冰激凌转了一圈放在桌上，然后抱着盘子离去。

　　江念期最喜欢吃草莓味冰激凌，拿起勺子舀了就要往嘴里送，沈调却道："别吃生冷的东西，你不是肚子痛吗？"

　　"你不早说！"江念期只觉得世界对她无爱，沈调绝对是故意的！他就是在针对她！

　　"我刚刚忘了，在想别的事情。"他把她那杯冰激凌拿了过来，她还想伸手挡住他，可手速还是慢了他一拍。

　　江念期看着沈调把她那杯草莓冰激凌给拿走了，小脸立马就耷拉下来，眼看就要哭了："那你能一个人吃两个吗？这么多你也吃不完啊。"

　　"你怎么知道我吃不完？"他看了她一眼，迅速用勺子挖了一勺冰激凌放进嘴里。

　　"这个就是热量炸弹，你吃多了会发胖的。"她无意识地在咽口水，声音也越发委屈起来。

　　"没事，几年才吃这一次。"他眼看她可怜巴巴的小眼神，继续说道，"你肚子痛的话就最好别在这几天碰生冷的食物。我明天给你送当归煮蛋和姜枣茶喝。"

他一脸认真，仿佛在跟她讲什么学术内容一样。江念期馋得厉害，一直盯着他的手看。

过了一会儿，他放下勺子，他不想再让江念期惦记冰激凌的事，便靠在身后的椅背上转移话题："你的山楂还没有买。"

江念期想了个折中的办法："那我们先去吃晚餐吧，吃完它应该就化了，到时候我再吃可以吗？"

沈调没辙了："放化了吃会很腻，不然给你买个慕斯蛋糕吧？"

江念期还是对冰激凌耿耿于怀，他正想开口说话，就看见江念期把草莓味的冰激凌推到了他面前："贿赂你，快点吃吧。"

他很长时间都没开口说话，脸颊泛着红，江念期被他这样子彻底击中，她起身道："不要冰激凌了，我们去吃别的。"

他看着她转眼就抛弃了刚刚还心心念念的冰激凌，一时有些茫然，也觉得很不真实，谁知道她什么时候就会离开他去追寻新的事物呢？

沈调跟着江念期走了几步后，就开始和以前一样主动避开她，主动压抑住自己的情绪，给自己留出余地……一丝被疏离之后还能稍微挣扎一下的余地。

他不能让江念期觉得他是个很脆弱的人，万一被她厌恶了怎么办？

江念期不解地看着沈调，对上他沉静的黑眸后，不知道自己是不是开心过头了。她感觉自己确实该收敛一点，也没说什么，释然地笑了笑，双手背在身后迈着轻松的步子走着。

沈调看见她在短暂的犹豫后，眼睛依旧亮亮的，在商场明亮的光线折射下，看起来仿佛有无数繁星。

他抿了抿嘴唇，没说什么，只是跟着她走，这时江念期突然问道："我们去吃干锅好吗？在步行街那边，我上次想去来着，但是人太多要排好久的队，我就放弃了，现在过去看看吧？"

"好。"他点点头。

江念期还在担心现在过去干锅店会不会还是有很多人，但在要换下行电梯时，江念期转头看了沈调一眼，心里瞬间咯噔了一下，她感觉他状态好像有点不对，看起来像是累了一样，她忍不住小声叫了一句："沈调。"

沈调闻言看向她："嗯？"

"要是累了的话，我们回去叫外卖吃也可以的。"江念期怕他心情不好，想着两个人回家靠着沙发吃也挺美的。

沈调听到这话忽然有点自责，自己怎么就不能控制好情绪，连一顿饭都不能陪她开开心心地吃呢。

眼看他的表情流露出自责，江念期咽下口水，有点紧张，不知道自己该怎么办。

"你是不是因为我在地铁口一声不吭地离开所以生气了？"江念期没办法，想来想去只能想到这件事，她觉得沈调可能对她不打声招呼就把他扔下的做法感到很不舒服。

还没等沈调组织好语言开口，她就一脸认真地抬头看着他说道："以后我不会随便走开害你找不到我了，待会儿就吃饭了，开心点。"

"……"沈调的喉结动了一下，看着江念期的眼神就像凝固了起来，"我没有生气。"

她太坦率，那双亮亮的眼睛，就像心口的一贴良药，温暖治愈了他。

"嗯？"江念期表情总是很丰富，她抿抿嘴，用眼神表达自己还处于疑惑的状态。

"去吃干锅，要少麻少辣。"他虽然不太想去人很多的地方排队，但如果身边有她陪着，可以看着她笑，再听着她说一些乱七八糟的事，他觉得自己是可以的。

下楼后，两人路过一家甜品店，沈调进去看了一下，让江念期自己挑，最后她选了一个很精致的草莓慕斯盒子。

结账时，江念期站在旁边，她注意到沈调的眼神很平和，看起来人已经完全镇静下来了。


第二天上午江念期和沈调一直在刷题，中午两人简单做了饭，饭后他们也只是讨论了一些学习上的问题，因为晚上就要回到学校正常上晚自习了。

文安琪给江念期买了一些护甲油，她记得里面有一瓶是透明的，想涂一下，在桌子上翻找了一会儿，却发现找不到了。

她径直去了沈调卧室门外，轻轻敲了敲门。没过一会儿，沈调从里面打开门，道："什么事？"

沈调穿着校服最里面的那件纯白长袖，没穿毛衣和外套，和校服裤子一搭显得身量挺拔，宽肩细腰，背上的肌肉线条积蓄着力量。

"我找不到前天拿来的护甲油了。"江念期道。

沈调没说东西收到了哪里，直接带她去了客卧，拉开了柜子下面的第二个抽屉："应该是在这儿了，你找找。"

"哦。"江念期绕过他在抽屉里翻了翻，果然找出了那瓶亮晶晶的护甲油。她见沈调转身要走，忍不住问道，"你是不是长高了一点？"

"有吗？"沈调停住脚步，低头看了自己一眼，好像这样就能看出来什么似的。

"待会儿要是路过学校门口的那家药店，你可以去量一下，看看自己是长了两厘米还是三厘米。"她说得很认真，沈调没想到她连这个都能看出来。

"好。"墨染般的眸子里没有半点杂质，他静静地看了她很久，嘴巴微微翕动，而那因为要去学校所以一直都有些提不起来的精神也稍微变好了些。

到市三中站的时候，公交车上的人大多数下车了。沈调拎着江念期被挤掉的粉白色的书包，看着可可爱爱的，但里面塞满了书，是真的很重。

"我帮你拿到教室吧。"

"嗯，谢谢。"

沈调进校门的时候，周围有很多人了，他目光直视前方的路，道："一厘米都没有再长。"他这话是说给江念期听的，两人还真的去药店量身高了，结果是沈调一米八七，江念期一米六八，两人都不算矮。

江念期抬头看了他一眼，觉得沈调的身高已经足够高了："一米八七，挺高了。"

"那程佳峻多高？"沈调反问道。

"好像是一米八八吧。"走着走着她突然感觉到后腰有些隐隐作痛，是生理期要来的征兆，可她算时间，应该还要过三天才会来。

他一直没说话，安静到有些不正常，都快走到教学楼下面了，江念期才反应过来，男生好像都在身高这方面有种奇怪的胜负欲。她小跑几步走到了他身旁看着他，开口安慰道："差一厘米看不出来的，沉默才一米八五，比程佳峻要矮三厘米呢，但他们两人平时站一块儿视觉上基本没差。"

沈调还是没说话，江念期又继续说："我们那边男生的平均身高是算比较高的了，就连公交车上的老头都是大高个儿，你这样的，在我老家那边也算是很高的了。"

　　一直等走到她教室门口，他才总算把书包递给她，开口说道："有几道题不太明白，一会儿来教教我。"

　　江念期一愣："去你教室吗？"

　　"嗯。"

　　"那你稍微等我一下，我先把这些东西收拾起来。"她把书包放到教室后，江念期先是去接了杯水，又吞了一颗止痛药，然后才一脸如释重负地坐在了椅子上。

　　刚刚爬楼梯的时候肚子又开始痛起来，每次生理期快来的时候，她只要一做剧烈运动就会很不舒服，本来觉得止痛药吃太多不好，可那种痛实在太难挨。

　　现在刚过下午四点，其实还早得很，教室里面除了她就三个人，一个坐在她后面的女生，一个埋头刷题的肖然，还有一个趴着睡觉的不认识的男同学。

　　江念期缓了一会儿，然后拿出一套卷子和一支笔打算去找沈调学到晚自习开始。当她路过肖然的座位时，肖然突然抬头看向她，问道："你刚才跟沈调一起来的？"

　　"嗯。"江念期在他桌边停顿了一下，"怎么了？"

　　"没什么，就是看见了随口问一句。"他说完就收回了视线，又看向自己桌子上的数学题，"你走吧。"

　　江念期一时有些不知道该接什么话才好，点点头，拿着卷子便出去了。

　　到了一班，她发现这边也没几个人，沈调正坐在位子上低头发呆，走近一看才发现他是在玩手机，像是在和谁聊天。

"哪道题不懂？"她说完，沈调没什么动静，只是从桌上抽了本书出来递给她，淡淡道，"没什么不懂的，就是想叫你过来。"

江念期眼皮耷拉了下来，觉得他越来越奇怪了。但来都来了，再走也麻烦，于是她直接拿起他写过的卷子，用空白处当草稿纸列解题过程，扎扎实实地学习了起来。

等到广播站开始放送广播，她也该走了。见她合上笔盖开始收拾东西准备离开，沈调总算抬起了头："待会儿一起去吃饭。"

"不了，有点不舒服。"

回去之后，江念期趴在桌子上开始休息，不知过了多久，最后她是被周围人的声音给吵醒的，睁眼的时候基本上班里的人已经全到了，晚自习刚好开始。

她发现自己的课桌上有一个软面包和一盒光明牛奶，心里一愣，不知道这是从哪里来的。

这时，坐在她旁边的一个女生大约是看出了她的疑惑，对她说道："刚刚沈调来了，他给你的。"

江念期转头看着她，说了声："谢谢。"

那个女生看着她又说道："今天学校大群里有几个高一的学妹一直在讨论下午他给你拿书包这件事，结果有人说话不太好听，他跟人吵起来了。"

"什么？"江念期下午没碰过手机，不知道发生了什么。

那女生见状又说道："一开始还只是女生之间闲聊几句，后面就陆陆续续有其他同学也开始说。沈调平时明明不说话的，结果这次直接把那些说话阴阳怪气的人给掉了，好像还有个学妹道歉退群了，好像是叫姚贝。"

听到这两个字，江念期的表情发生了些许变化。她还没把事情想明白，女生就又问道："沈调为什么维护你？他刚刚还来给你送面包欸！"

江念期摇摇头："没有，我俩就是住得近，上下楼邻居，有时候上学会碰到。

"我觉得你以后可以考虑去做娱乐记者。"江念期又看向自己桌上放着的题，开了个玩笑转移话题，"学习吧，上晚自习了。"

晚自习快下课时，王朝义开完学校的教师会议回到班里了，他悄悄在窗外来回踱步，同学们早已对他有所察觉，本来还吵吵闹闹的教室这会儿变得鸦雀无声。

江念期此时正摸着下巴刷题，没感觉到教室气氛的变化。直到王朝义站在讲台上清了清嗓子，她才抬头看了过去。

"李卫、陈贤、郭一奇、张灵，手机都交上来。"他往讲台一站，脸黑得跟锅底一样，同学们一个个气都不敢出。

教室里的气氛也不太好，有两个男同学看起来很不服，而那个女生被点到名后羞耻得连头都抬不起来，看起来像是要哭了。

"快点！还等着我下来收？"王朝义一拍讲台，直接把认真算题的江念期给吓了一大跳。

等那四个同学在众人的注视下把手机都交上去之后，王朝义拿起一个手机看了看，用力一拍讲台，厉声呵斥道："我在会议室开会时就听到我们班在吵了，整层楼就我们班的声音最大！怎么？你们是不知道自己这次考得怎么样吗？隔壁班的同学成绩都很优秀，那人家都还没松懈！我看你们是不是都不想考大学了？"

王朝义发完火后，所有人都不敢再吭声了。他环视一圈，在讲台上坐了一会儿，等到晚自习下课铃响了，说道："你们该懂点事了，高二了，你们没时间再玩了！现在不努力，高三就没时间赶啦！到时候看着人家考了好大学，心里不会难受吗？"

江念期憋着一口气，心里一直在循环一句话：王老师，下课了。

"还有江念期，你说说你，上次你考试拿个全班倒数第一，到底是什么意思？"

"啊？"江念期没想到自己会被突然点名，一下子有点蒙。

"我问你什么意思呢，你还问我啊？你给我站起来说。"王朝义被气笑了，用力盯着她，江念期只能慢慢站了起来，眼角余光扫过旁边的时候，发现隔壁班已经下课了，人来人往，全都在朝他们教室里看。

"就，考试的时候状态不好。"

"是题不会做吗？还是什么原因？"王朝义对这事在意很久了，他教尖子班这么多年，还是第一次遇见数学敢交一半白卷的。

之前在办公室问她时，她就跟死猪不怕开水烫一样，硬是说不出来个像样的理由，这次当着全班同学的面，他倒要看看这孩子是哪里出了问题。

江念期站起来的时候感觉下半身涌出了一股热流，她有种预感，伸手把校服外套往下拉了拉："考试的时候肚子痛，我当时连笔都拿不住。"

全班顿时安静了，王朝义压低了声音，脸上有点挂不住："行吧，早跟我说明白不就好了嘛，你坐下。"

江念期也是刚刚才想到这个绝佳的借口，说完一看这么奏效，便如释重负地坐下了。王朝义又说道："再耽误大家一点时间，还有件事要说。今晚，学校开会说这个月放月假前会组织一次校园歌手大赛，共挑选十个人进总决赛，到时会和元旦晚会一起举办，你们要是有感兴趣的可以报名。"

"老师，我们有音乐社团，能和其他班的同学一起组队吗？"有感兴趣的同学问道。

"可以，这次活动是学生会组织的，宣传栏上应该贴了公告，你们可以积极参与，但绝不能影响比赛前的月考成绩知道吗？！"

"知道！"同学们的应和声此起彼伏，现在大家倒是都很活跃了，但江念期却一脸菜色，她怀疑她的校裤脏了。

"行了，下课吧。"

待学生们纷纷走了，王朝义绕了一圈，在那些还留在班级自习的人面前装模作样地晃了晃，然后才走到江念期面前，咳嗽了两下，道："江念期，怎么了？说了你几句，不开心了啊？"

他随手拿起她桌上的一本题看了看，发现确实写了不少，解题思路也十分清晰明朗，让人一眼就能看出来是真掌握了知识点。王朝义看得那叫一个舒心，心里直夸江念期真是个学数学的好苗子。

"王老师，我没有不开心。"江念期闷闷地坐直身子，扶了一下自己的腰。

"看在你身体不适的分儿上，上次的月考成绩我就不追究了，但江念期你下回真得好好考，知道吗？"王朝义教育道。

"知道了，那我就谢王老师不杀之恩。"

"瞧瞧你这德行，行了，散了吧。"说完，他就背着手往外走了。又过了一会儿，待班里同学总算都走光了，江念期拿出手机给沈调发了条信息过去。

> 江念期：我裤子脏了，现在坐在教室里不敢动，在线等一个沈调来救我。

发完短信后，她又觉得肚子饿，想到沈调给她送的晚餐，心里一阵感动，从桌斗里把牛奶和面包拿出来，小口地吃起来。

吃完后，她又拿起笔开始做题，正当她往自己的笔记本上记一个刚领悟的知识点时，手里握着的笔突然被人抽走了。她有点蒙，四处看了一圈，发现周围已经没人了，视线便又转到那骨节分明的手上，江念期这才反应过来是沈调来了。

"状态还好吗？痛不痛？"

"不痛，我吃过止痛药了，明天还痛的话再说。"

沈调把自己身上的校服外套脱下递给了江念期，她站起来道了声谢，看到他里面只穿了件连帽卫衣，忍不住开口问道："外套给我了，你冷不冷？"

"不冷，我穿多了会热。"

她现在在他面前有种跟家人相处的安全感。犹豫了几秒，她转过身背对他，从书包里拿出一片卫生巾，然后放进校服裤子的兜里，接着把他的校服外套给穿上了。

之后，沈调陪她走到了洗手间，江念期进去后没过多久就出来了。

走廊上空荡荡的，吃夜宵的学生也大多回到了宿舍。江念期跟着沈调一起下楼，心里有种说不上来的感觉："学校组织的那个校园歌手大赛你打算参加吗？"

"我不唱歌。"他简洁明了地拒绝了，江念期平时也不太唱歌，可明年就高三了，这是他们最后一次参与学校活动的机会，而且她总觉得跟音乐有关的事就应该与沈调有关。

待走到校门口时，沈调拿出通行证给门卫看，江念期就默默地跟在他后面，在出校门的时候，她突然看着他说道："音乐本身就是一种语言。"

此时，沈调正在找自己在网上叫的车，而路边一辆正在打双闪的车，颜色刚好对得上，但距离稍微有些远，他看不清车牌号。

"你想去参加吗？"他走过去看，随口问道。江念期一路踩着他的影子，听到他的问题后，兀自点了点头，"有点想跟你合奏。"

"好。"他确定完车牌号，就直接拉开了车门，"那我去报名，到时候联系你。"

这一晚，江念期睡得还挺好。

可以说，没有什么是吃一颗止痛药解决不了的，她就是腰酸得厉害，躺下之后还一直在想自己转学前发生的事。

当时学校里也有一个类似的活动，他们乐队已经报名准备参加了，活动前夕却突然出了变故。文安琪的突然出现让江念期的情绪变得很差，她那天没有上台，而她也不知道那是她最后一次上台的机会。

后半夜，江念期被热醒了一次，天亮醒来后才发现，原来是他昨晚给她的暖宝宝在发热。

返校第一天的早上是有晨会的，江念期身子虚，不想动，于是就给王朝义打了个电话请假，她定好闹钟准备赶第一节课，接着便翻了个身，搂着抱枕继续睡。

闹钟准时响起，江念期洗漱好后打车去学校，刚进教室还没走出去几步，昨天晚自习跟她聊过几句的那个女生就一路小跑地跟上来了。

"江念期！有情况！"她一脸焦急，江念期见状停了下来。

"怎么了？"这还是班里第一次有女生不止一次主动找她说话，她连带着声音都温和了许多。

"晨会的时候，教导主任还在台上发言说话，沈调居然和十三班的一个男同学吵起来了。"

"什么？"

"昨天下午沈调在群聊里发言那件事你还记得吗？那时候他俩就已经要吵起来了，但具体原因我也不太清楚，看群里面说，是因为那个男同学今早一直在跟别人说你，还说得很难听。

"本来校长在发言，结果下面突然有人吵了起来，听说那个男生被沈调说得都不敢还嘴。"

江念期记得沈调说过，他初中的时候脾气很差，她紧忙问道："那你知道沈调现在在哪儿吗？"

"应该在王老师那里吧……"那女生还没说完，江念期就直接往教师办公室跑，到了门口，她敲了敲门进去后，果然看到沈调正站在里面，旁边还有几个老师。

一看到江念期，王朝义的眼神就冷了下来，朝她招了招手："来得刚好，我正要找你。"

江念期一边往前走一边留意着沈调脸上的情绪，直到被王朝义喝了一声，她才收回视线看了过去。

"有同学反映说沈调说那个男生是因为对方污蔑你？"

"污蔑同学这种事难道不应该制止吗？"沈调没让江念期开口，直接回话。王朝义朝他飞了个眼刀，但沈调对此无动于衷。

"那你不知道找老师吗？"王朝义看到沈调那副不知悔改的样子就上火，训道，"什么都别说了，把你家长叫过来。"

旁边的苏老师连忙上前安抚王朝义，又顺便给江念期递了好几个眼神，想让她劝劝沈调在教导主任面前别这么莽撞，赶紧认错道歉。

江念期上前伸手拽了拽他的衣袖，却被他给抽了出来。

江念期根本就没有机会劝沈调，因为王朝义还是给沈从来打了电话，让他来一趟学校。可结果沈调大概早就已经想到了，沈从来说自己来不了，接着就让王朝义把电话给了沈调，但即使相隔甚远，江念期都隐隐听到了话筒里刺耳的声音。

挂了电话后，那个男生的家长也带着自己儿子一块儿过来了，不仅要求沈调道歉，还要求赔偿。

沈调似乎越来越烦躁，直接打断了对方的喋喋不休："赔偿多少都行，给江念期道歉。"

那个男生的爸爸看着还想发火，却被孩子妈妈给拉住了。

既然对方家长都没有什么话要说，那这件事也就私下解决了，但学校还是给了沈调处罚：写三千字检讨，上大会上念，一个字都不能少。而那个男生也必须当面对江念期道歉，为自己的言行负责。

从办公室出来后，江念期做的第一件事就是去了趟洗手间，等她准备回教室上课时，发现沈调正坐在楼梯间，像是在等她。

"你不去上课吗？"她问了一声。

"我想出去。"他从台阶上站了起来，也没有拍裤子上的灰，他站到她的面前。

江念期又问："回家休息？也行……"

"我想去一个别人找不到的地方。"他说。

江念期还在想着怎么跟王朝义请假，可听到沈调这句话后，她一下就呆住了。

还没等江念期反应过来，他就转移了话题："我想听你弹吉他。"


两人分别请了假，离开学校后，一起打车去了吉他店旁边的 Live House。

今天练习室没什么人来，四周安静得可怕，他们进了其中一间，里面没开几盏灯，沈调径直往里走，在光线昏暗的沙发里找了个地方蜷了起来。

江念期拿起他对面的乐器看了看后又放下了，过了一会儿，她抬眼看着他，发现他的头正抵着沙发边角，整个人蜷成了一团，看着像是在休息，可眼睛又是睁开的。

她拿了把吉他，夹上变调夹，坐在高脚凳上拨了拨弦，然后翻出手机里的乐谱，开始弹奏。

这是她以前经常在晚上练习的一首曲子，是电影《星际穿越》中玉米地那段的配乐，她自己改了吉他曲谱，弹了一遍后，沈调突然从沙发站起来，走到她旁边蹲下，一边给贝斯连上效果器，一边用没带什么情绪的声音问："这是你自己改的谱子吗？"

"你听出来了？"这是她自认为的一点小突破。她的艺术天赋不是特别高，但学好吉他更多靠大量练习，所以技术上她是没什么问题的，但编曲对她来说就真的是不敢触及的领域。

"汉斯·季默的 *Cornfield Chase*（《原野追逐》），你再来一次。"他抱好贝斯，江念期也开始了前奏的泛音，弹完第一个节拍后，加入了混响的贝斯声也跟了进来。

贝斯接入的瞬间，江念期鸡皮疙瘩都起来了，双重泛音的空灵感在这一刻好像将她和宇宙连接在一起，带着她跨入了广袤的银河。

江念期后知后觉地发现他其实是在带着她尝试编曲，他在她改动的原曲基础上加入了一些更能打动人心的编曲。江念期弹奏的时候手指有些发软，心脏在胸腔里快速跳动的同时，他的目光也落在了她的脸上。身后浮动着的蓝色光线给他的侧脸轮廓覆上了一层微光，但比音乐声更让人难耐的是他此时凝视她的眼神。

她忙不迭低下头，明明只是弹奏时最正常不过的对视和配合，她却有些不自然。慌乱间她不自知地骤然加快手速，一旁的少年察觉到后忍不住笑出了声，配合着她，帮她编曲。

一曲结束，她利落收声。沈调调整好效果器，然后放下贝斯，拿过手机，把录像给关掉了。江念期意犹未尽，没注意到他录了视频，好不容易缓过来，她才开口说道："你真的很厉害，那首曲子已经变得完全不一样了。"

"改着玩的，你不嫌弃就好。"他把自己之前还没写完的曲子从电脑里找了出来，不知道是在尝试继续往后编写，还是在做别的事情，他并没有发觉江念期对他的滤镜又多了几层。

江念期拿出手机，习惯性地点开他的音乐主页，她发现他最近听得最多的歌中，有好几首都和她听的歌重叠上了，应该不会是平台自动推荐的，因为那几首都是她自己收藏在歌单里的小众纯音乐。

"我再改改，等学校活动时就弹这个，你觉得怎么样？"他整理好谱子，说道。

江念期倒是没什么意见，直接就同意了。

两人在练习室一直待到了天黑，晚上简单点了外卖对付了两口。她陪了他一整天，基本没从他身边离开过。

江念期直到现在才明白，那些她听过无数遍的音乐都是在怎样的环境之下创作出来的。和她想象中窗明几净的少年卧室不同，这个地方阴暗潮湿，鲜有人来，但沈调就在这个半地下室写出了那些曲子，他已经在努力地追求能够治愈自己内心的东西。

明明没有情绪失控，也没有突然掉泪，可从电脑中溢出的音乐声里，江念期却清楚地感受到了他目前的状态其实并不好，他这一下午几乎没和她说过话，可能是怕影响到她，因为那些负面情绪并不是因为她，她知道这和他今天接到的那通来自父亲的电话有关。

将近凌晨一点，他才说要回家，锁好门出来后，江念期忍不住打了个寒噤，她看向街道，目光所及之处已经一个人都没有了，吉他店也关了门。

月光清冷，风里像是掺杂了霜雪一般凉得刺骨，江念期把双手揣进了口袋里，沈调没有马上往前走，只是迷茫地站在路灯下，她正要叫车，他突然开了口："谢谢你今天陪着我。"

她看向他，路灯下的少年清冷孤寂，他偶尔呼出一团白气，浓长的睫毛盖住眸子，但眼底的忧郁已经浓到化不开。

平台显示车会在两分钟后赶到，江念期放下手机，走到沈调身边不远处，见他这样，心头也有些闷闷的："是不是你爸爸对你说什么了？"

"还好。"他像是不想让江念期多想，所以没在这件事上多开口，"能不能陪我看个电影？"

"啊？"江念期还没反应过来，就听他继续说道，"我睡不着，不想自己一个人待着。"

江念期犹豫了一下，说："好。"

他没再接话，车很快就来了，两人到了小区楼下，江念期回到家洗完澡后，在睡衣外面裹了件外套，到沈调家时他正坐在沙发上翻找着电影。

她坐到沙发上，沈调明显是已经在影库里翻了一圈，但没有找到想看的，就把遥控器直接放到了江念期手里。她在他身边坐下，只是稍微翻找了几下，随后就点开了《星际穿越》，重温起了这部经典的影片。

这部电影时长将近三个小时，江念期今天有点累了，中间一段看得有些眼皮打架，直到临近结束，江念期才勉强清醒了些，她转头看向旁边安静的少年，在荧幕光影的闪动下，她发现他竟不知何时已经泪流满面。

"还好吗？"江念期见状起身去旁边拿了包纸巾，扯了几张出来递给了他。她不知道他为什么总是会这么不开心，好像自打认识他以来，就没见他特别高兴过。

他垂下眼，泪水无声地滚落，砸在他的手背上，过了好久，他才开口道："我不想一个人。"

江念期感受到了他强烈的情绪，喉管开始酸涩，眼眶也有了潮意。她大概理解了对沈调来说"陪伴"意味着什么，他的家里孤独、冰冷，完全没有人听他倾诉，虽然吉他店的老板和他只是萍水相逢，却能为他提供一个避风的港湾，他在那里待着的时候很安心，所以那里是他去得次数最多的地方。对他来说，只要有个人能一直待在他身边，这就够了。

有江念期安慰着他，没过多久，沈调就睡着了。

黑暗中他的腕表突然发出了很轻的一声机械碰撞音，江念期凑近看了一眼，指针上面的一点夜光勉强足够看清现在的时间，已经凌晨四点半了。

江念期见沈调靠着沙发已经睡熟，便从这里离开了。


江念期醒来时，她看了眼窗户，她卧室的窗帘紧紧拉着，分不清是什么时候。

她看了眼时间，这次她睡得很好，一直到上午十点多才醒来。

起床后，江念期去浴室洗了个澡，出来后立刻吹干了头发，因为担心沈调的状态，她又上楼去找他。

到沈调家后，她听到他在厨房里忙碌的声音，便看他做饭。

沈调正在切排骨，旁边还腌了肉，江念期打趣道："你这是要给我大补吗？"

"你太瘦了。"他利落地切断了最后一截排骨，然后将那些都放到了一个碗里。

江念期没说话，她想去开窗透透风，结果刚走出几步，又被他给叫住了。

"陪我做吧。"他语气难得地有点斩钉截铁，江念期叹了口气，只能找了个地方靠着，看他切菜的样子，她没忍住拿出手机拍了几张照片。

她有点无聊，又点开了那个关注了沈调的音乐平台，后台关注她的人数并没有增多，还是一百多个，私信这几天也渐渐变少了。

她把用了很久的头像换成了她刚拍的他切菜时的手。沈调的手很好看，这张照片完全是生图直出的程度，她突然就想到他纤细修长的手指在黑白琴键上跳跃的模样，于是开口问道："沈调，你会弹钢琴是吧，等你有空了，能弹给我听吗？"

他切完菜，又开始剥蒜："你想听什么？"

"你会弹什么？"江念期反问道。

"以前练得最多的是古典音乐，像莫扎特、海顿、舒伯特这种。"沈调漫不经心地答道。

她立刻站直，认真地道："你会弹的我都想听。"

能让沈调提前两小时就开始准备的午饭，丰盛程度自是不必多言，江念期觉得这是她转学之后吃得最好的一顿，她都有点舍不得放下筷子。

午饭过后，江念期的手机里收到了一条视频，她点开看了一眼，是两人昨天在地下室的那段合奏。

视频角度卡得很好，脸不算清楚，但在光线的照射下也偶尔会有一瞬间的清晰。江念期在看到一分二十多秒的时候，看到了沈调侧目凝视她的那一幕，回看时她才发现自己比想象中要冷静得多，脸上几乎没太多表情，只是指弹的节奏明显加快了一些，而他在弹奏的过程中也看了她不止一次。

这个视频江念期保存了下来。过了一会儿，她想起自己并没有加过这边学校的同学，于是发了一条朋友圈，配文：

　　　　只听了一次就直接帮我加了段编曲，果然不愧是小沈老师。

这条朋友圈发出来没多久，就被一个坐在办公室里喝咖啡的女人给刷到了。现在是休息时间，江弗琳刚吃过午饭，她将江念期发的这条视频从头到尾看了两遍，最后停在了男生转头看向江念期的那一眼上。

她紧皱眉头，做出了平时并不会做的事情——她退出微信，点进通讯录，拨通了沉默的电话。

正在走廊上和同学聊天的沉默突然感到口袋里振动了几下，他拿出兜里的手机看了眼，和身旁的同学说了一声，避开人找了个角落接通电话："喂，妈，怎么了？"

江弗琳站在办公室的窗前，垂眼看着高楼下面如同蚂蚁大小的车，啜了口咖啡："你妹妹发的那条朋友圈看了吗？"

"没有啊，怎么了？"沉默一边开着外放，另一边点进了江念期的朋友圈，看到那条貌似是合奏的视频后他一下就懂了。

"里面的男生是谁？"江弗琳还在继续发问。

"应该是同学吧。"

"上次过去的时候见过他吗？"

"见过……"

"在哪里见的？"

…………

她问话的语速越来越快，沉默知道再这样下去就瞒不住了，只得主动说道："好像就是乐队里的人，她在那边也认识了玩音乐的朋友。"

江念期和沉默玩音乐这件事情江弗琳是知道的，她并不会制止孩子们的课余兴趣。

"那她和这个男生关系怎么样？你知道他叫什么吗？"

"沈调，音调的调。"

"你和他很熟？有他联系方式吗？"

沉默快要撑不住了，但他还得硬着头皮继续给江念期撒这个谎："不熟，就是过去的时候一起吃了个饭，联系方式没存。"

"知道了，先挂了。"

等电话那头终于没了声音，沉默这才松了口气，赶紧给江念期发了条消息。

> 沉默：我妈刚才打电话专门跟我打听你朋友圈发的视频里的那个男生是谁，我只说他是你乐队里的人，叫沈调，你好自为之。

没过一会儿江念期就发了个黑脸的表情，等沉默再点进去看的时候，那条朋友圈已经被删了。

也就在这时，又有一个人给他发来了消息。

> 程佳峻：她朋友圈视频里的那个人是谁？

沉默连着被两个人追问，心情实在好不到哪里去，回的话里也带了点火药味。

> 沉默：这不就是上次跟你提过的那个音乐人"低音"吗？程佳峻你那边现在是晚上吧，你不睡觉反倒刷我妹的朋友圈？你一天都想什么呢？

过了一会儿，程佳峻回了条消息。

> 程佳峻：是这个低音？

接着他又发了张图片，沉默一看，是沈调在音乐平台上的个人主页截图。他迅速打字，又截了一张图给他发了过去。

> 沉默：就是这个人，他们刚好在同一所高中上学，他前段时间还关注了小江的账号。

截图内容是低音的关注列表，江念期的私人账号赫然在列。
又是一段漫长的沉寂，程佳峻发来了消息。

> 程佳峻：圣诞节有三周假期，我到时候回来找她。
> 沉默：三周能顶什么用？
> 程佳峻：可我们已经认识四年了。

沉默不知道该怎么回，想了想，给他发了句有点扎心的话。

沉默：她爸还在世的时候她就关注了低音，快十年了。

程佳峻没再回消息。

晚上七点左右，江弗琳通过关系，最后问到了江念期转学后的班主任王朝义的电话号码，她选了一个比较妥当的时间给对方打了过去，表明身份后，便问起了江念期的具体情况。

她平时从沉默那里问到的都是一些比较碎片化的信息，她其实猜到江念期转学后，在亲妈那边住着不会特别开心，可没有想到江念期在学校居然会过得这么不顺利。

转学后的前两次考试成绩维持得不错，可第三次就开始交白卷了。昨天那个叫沉调的男生当着校长的面为她出头，今天又请假没去学校。

江弗琳挂断电话的时候，脸上的表情已经变得很冷了，她靠在办公桌上，想了很久，给文安琪打了个电话。两人聊了将近半个小时后，她又打给了江念期。

江念期这个时候已经在吃晚饭了，沉调就在餐桌对面，她一看到是姑姑打来的电话，再联想到白天沉默的警告，心里立刻就慌了。

"我去接个电话。"她放下筷子，拿起手机走到阳台，顺手把玻璃门给关上了，也不顾现在外面的晚风到底有多冷。

沉调手里端着碗，他注意到江念期的筷子没放稳，有一根掉在了桌子下方她也没有察觉，像是被这通突如其来的电话吸引了全部的注意力。

他保持安静，阳台外面的声音隐约传了进来。

"喂，姑姑。"这是江念期转学后接到的第二通来自姑姑的电话，虽然说离姑姑越远就越有种不被约束的感觉，可过去在姑姑那里住时对她的敬畏感还是会在关键时候起到作用，她不怕老师，不怕文安琪，但她怕电话对面的这个女人。

"最近过得怎么样？"

"还行。"姑姑并没有一上来就兴师问罪，江念期暂时松了口气。

"你之前跟我说乐队里有个男孩子影响你学习，所以才想要转学到你妈妈这边来，那孩子是不是叫程佳峻？中英混血。"

"是。"

"你跟他还有联系吗？"

江弗琳几乎从来都不会主动跟她聊这种话题，现在突然提起，这让江念期不得不去猜测她到底在想些什么。

"没有联系了。"

"我听沉默说他去英国了。"江弗琳停顿了一下，继续说道，"既然你现在跟他已经没有联系了，他也不会再跟你有什么接触，那你考虑过回来继续念书吗？"

江念期闻言愣住了，大约是听她很长时间都没有反应，江弗琳继续说道："你在那边学校的情况我已经找你的班主任了解过了，下学期转学回来吧，和沉默一起念国际班，我送你留学。"

直到这一刻，悬在江念期心头的大石才轰然落地，可过程并不像她想象中那样激烈，江弗琳既然联系了她班主任，那她必定知道了她最近发生的事，但她一句指责的话都没有，只是云淡风轻地让她转学回家。

"姑姑，出国的事我还没有想好，现在还不想转学……"

"等这学期结束我就来接你。"没等她说完，江弗琳就直截了当地告知了江念期自己的决定，然后挂断了电话。

江念期心里有点乱，她拿着手机，回到屋里，抬眼就看见沈调依然坐在原来的地方，只是他手上没有拿筷子，碗里的米饭也还没吃完，像是在等她回来。

她不敢违背姑姑说的话，这几年，无父无母的她在姑姑眼皮子底下生活，她不敢有多余的抱怨，可又不知道该怎么和沈调提这件事。犹豫片刻，江念期拿起筷子重新开始吃饭，吃了两口后她突然注意到自己的筷子像是被换了一双，材质从合金的变成了木质的。

见她盯着手里的筷子，沈调开口解释道："刚才你出去的时候弄掉了一根，我给你换了一双。"

"谢谢，刚才的电话是我姑姑打来的，她跟我聊了几句关于以后读大学的事。"她打开了话题，后面的话似乎也变得好说些了。江念期犹豫了一会儿，看着沈调问道："沈调，你有没有想过自己以后要考哪所大学？"

"没有，不愿意想这些。"

刚问出口的话就被他这句话给堵死了，江念期现在就算有再多的想法，也不知道该如何跟他说出口。

实际上，要来是她的事，要走也是她的事，这些和沈调其实并没有什么关系，可她这一次却不想重复自己上次犯过的错了。就像她当时决定要走时没有跟程佳峻说，程佳峻生了她很久的气，所以后来程佳峻在决定去英国的时候，也没有告诉她。

这种事她不想再经历一次了，可一时之间她又不知该怎么办……

对于转学回去这件事，江念期自己也没有想好该怎么处理，索性就先放下了，又很快地投入学习中。

因为过几天报名参加校园歌手大赛的人要先海选，于是这几天晚自习下课后，沈调都会带她去江边桥下的地下通道里找个地方练吉他，那里不会扰民，也能隔断夜间的凉风。

学生会贴出的公告上写了规则：先是海选，海选结束后参加半决赛，最后选出十个人在元旦晚会当晚争夺前三名。晚会当天，十位选手一共需要上台三次，他们可以选择准备三首不同的歌，也可以只练一首。

江念期对自己的吉他水平是有信心的，但她对自己的嗓音也心里有数，她不会唱歌，就没怎么开过腔，而沈调同样不肯开口。

桥下通道不过十米，两边亮着小小的灯，江念期盘腿席地而坐，目光懒倦地看着沈调的侧脸："会唱就唱给我听听啊，我长这么大了还没听过低音老师唱歌呢。"

"别叫我低音。"

"小沈老师，我想听你唱歌。"

沈调没有说话，他靠墙坐着，浑身都透着一股在外流浪的颓靡感。

江念期等了很久都没有等到，她感觉她的腿有点麻了，便将双腿伸直，后背放松地靠在了墙上。

"吉他给我一下。"沈调终于有了回应，他朝她伸出手，江念期将自己背来的吉他递了过去，他试了下音，开口的同时配乐也响了。

*The day I opened up memory's door*

*I found something that I could live for...*

他唱了一首纯英文的歌，江念期从来没有听过，但他的发音很标准，歌词每一句她都能听明白意思。

沈调平时的说话声音是清冷疏离的，像松枝上覆盖的一层霜雪，可当他唱歌的时候，就像是冰山都在她面前融化了，温柔到能听出他内在最本质的柔软。

江念期觉得沈调唱歌真的很好听，他的嗓音是像月光一样清凛干净，完全是美人音。

她原本只是想要问问他关于唱歌的事，可到最后，他一首歌唱下来却让她听得心驰神往，江念期觉得自己今晚对他的滤镜又多了一层。

会写歌，会唱歌，还又高又帅，怪不得他评论区里那些粉丝每天给他留言。

她用力鼓起了掌，侧目看向了他："这是什么歌？"

沈调揉了揉指尖，把吉他还给了她："Pearlish（珀利西）的 *Diamond City Lights*（《钻石城的灯光》）。"

"你真的没有唱过歌吗？你明明唱得这么好听。"

"我就那一个账号，你看我发过吗？"

沈调自学习乐理起就被白巽有意识地教导运营个人的音乐账号，他上小学的时候就开始在平台上发练习曲，算是被她从小关注到大的。

"你唱得真好听，可惜我不会写歌，不然我肯定要给你写一首全世界最温柔的歌。"

"为什么？"

"因为我感觉你是全世界最温柔的人。"

沈调看着她认真的表情，收回目光，垂下了眼睑。

地下通道里的空气微凉，风吹开身上的外套，紧紧贴着颈侧的皮肤滑过。他呼出的一团气体呈现出了浅白色的雾状，随后他抬头看向前面被人胡乱涂鸦过的墙体："那你参加比赛时还要唱歌吗？"

江念期摇摇头，想都没想就拒绝了："不唱了，你唱歌太好听了，不想给他们听。"

说罢，她拿着吉他站了起来，"回去吧。"

沈调倒是没意见，因为他本来就不喜欢唱歌。

外面很黑，江念期走路的声音也很小，她背着吉他，感觉夜风很凉，没忍住隔着衣服搓了搓手，胳膊上都起了鸡皮疙瘩。

"今晚风大。"沈调突然这么说了一句。

"是挺冷的。"她的嗓音有些发抖，冷风灌过来，鼻尖一下就酸了。

身后传来一阵衣料摩擦的窸窣声，江念期正往前走着，肩上背的吉他突然被人取了下来，她回神看了一眼，沈调把自己的外套脱下来递给了她。

江念期摆摆手："我不用，你自己穿吧，多冷啊。"

沈调背起她的吉他，示意她拿着外套，继续往前走："还好，没你那么冷。"

江念期没办法，将外套接过披在了身上，她感受着他外套上的温热，冰凉的手臂慢慢回暖。转学来到这里这么久，也只有沈调会这么细致入微地关心她。

本来只是有点酸的鼻尖这会儿突然变得更酸了，江念期眼圈一红，但她不想给沈调带来什么负担，也不想表现得太矫情，她吸了一下鼻子，侧过头去，把外套的拉链给拉上了。

再去抬头看他时，映入眼帘的是少年孑然的背影，侧颈冷白，身影清寂。

如果下学期真的要从这里离开，那她这一生大概很难再见到他了。

时间很快就来到了元旦演出当晚，海选和半决赛他们很容易就过了，虽说是歌手大赛，但其实还有人准备了舞蹈节目，显得他们纯器乐表演也不那么突兀。

表演场地很大，有不少家长也到场了。江念期没有叫文安琪，可学校那边联系到了于琛，上台时，她一眼就在舞台前方看到了文安琪，脸色瞬间变了。

沈调在调整音箱和效果器，这样可以用来中途切换模拟电吉他的音色，他看江念期的表情不太对，便侧身问道："怎么了？"

"没什么，看到我妈在台下。"

江念期很快就把状态调整了过来，抱着吉他坐下了，全场光线暗下，只留一束雪白的灯光，从上而下打在她身上。

她把头发绾在脑后，刘海和耳畔的发丝稍稍卷了几圈，皮肤白皙，黑色衬衫上面的几颗扣子没扣，有种疏冷的美感。斯文的气质盖过了她性格里隐藏起来的刚烈。

前半段是江念期的吉他独奏，会场内并未彻底安静下来，可随着另一道光的落下，身着白衬衣的少年带着低沉的贝斯音融进来，开了效果器的贝斯将音乐氛围烘托至最高点，让人宛如瞬间坠入了星辰。

他们玩了一手串烧，《星际穿越》的曲子后，又接上了国外另一个摇滚乐队的歌，这首歌大家耳熟能详，吉他和贝斯的配合几乎将曲子里所有的细节都弹奏了出来。台下有人开始跟着唱，渐渐地，声音越来越大，到后面几乎变成了一首合唱曲。

这种效果是江念期没有想到的，完成下台前的例行鞠躬后，江念期抱着吉他回到了自己的座位上。旁边有人来找她搭讪，无非说她刚才的演出很棒，没想到她吉他玩得这么好，这次合唱是不是别出心裁想出来的点子。

江念期并没有特别开心，但语气里也没有半分敷衍，只是浅浅聊了几句就止住了话题。等到剩下的节目都演完后，她和沈调的表演拿了第一名，可领完奖还没来得及回到自己的座位上，江念期就看到了站在一旁等她的文安琪。

她顿了顿，把吉他交给了班里一个说过几句话的女生暂时保管，直接走了过去。

两人一路走到礼堂外面的林荫道上，文安琪在她面前卸下了平日里那滴水不漏的笑容，眉眼里透着几分疲倦："前段时间，你姑姑给我打了一通电话。她说想让你转学回去，和沉默一起念国际班，送你出国留学。"

"她也给我打电话说过这件事了。"江念期说道。

"那你是怎么想的？"文安琪侧目看向了她，江念期低下头，没有说话，等了一会儿，文安琪大抵有些感触，转移了目光，"我一开始决定给这所学校捐助，就是想要我女儿能过来读书，可以在我身边，这是我的私心。现在看来，有些事不是做点慈善就能找补回来的，没一个人领情。"

江念期看到她脸上的嘲讽笑意，忍不住小声宽慰了一句："我领情。"

文安琪的自嘲像是少了几分，她深吸一口气，伸手把脸边的头发拨弄了几下："我知道你在这边的情况一直都不太好，可能你姑姑说的是对的，环境对一个人的影响很大，你在她那边的时候，精神状态和现在完全不一样，我刚才和你们班主任王朝义老师聊过了，他也同意你转学，也希望你有一个更安稳的学习环境——"

"什么意思？"江念期直接打断了文安琪的话，文安琪对上她顿时锐利了几分的目光，收回了手："读完这学期你就转学回去吧，你跟你姑姑那么久了，她能照顾好你。"

"你又想要我走？我住得离你那么远，我没有妨碍你的生活，你为什么要我走？"她才说了一句，鼻子就开始酸涩起来。对江念期来说，眼前这个妈妈从某种角度来看是不合格的，可再怎么不合格，自己也曾经在爸爸离世后的无数个夜晚思念过她，想要她回来，让她把自己从严厉的姑姑手里带走。

文安琪叹了一声，冷静几秒后又与她对上视线，认真劝道："我是为了你考虑，你在这边确实没有交到朋友，一学期下来就只认识了刚才和你一块儿上台的男生，与其这样不如回到让自己舒服的地方。你以前的学校有国际部，你去那里念书，不但能跟老朋友重新联系上，以后还可以和沉默一起出国留学，你和你表哥的关系不是一直都很好吗？"

"我跟你关系就不好是吧？"江念期的声音已经有些颤抖了，话里多了些哽咽的感觉，"你总觉得我跟别人待在一起才会开心，所以你把我扔在了姑姑那里。这么多年，你一次都没回来看过我，也没有给我打过一个电话！"

她泪流满面，眼前的女人似乎有些不知所措，移开了视线："如果你不想转学，也可以不走。"

"我是不是多余的？"江念期红着眼睛望着自己的妈妈，终于问出了这句藏在心里许久的话，自从经历家庭变故后，这个小小的声音就一直在她的耳边回响，直到这一刻完全变成了震耳欲聋的声音。

"念念，你这学期的状态很差，这点我和你姑姑都看在眼里，我们不会让你继续这样下去，必要的时候我们会伸手拉住你的。"

江念期往后退了半步，扯起嘴角笑了一声："行了……"

礼堂那边响起了掌声还有窸窸窣窣的椅子搬动的杂音，文安琪的手机响了，她看了一眼，是于琛打来的，转身去接电话。电话那头的男人问她去了哪里，说现在该回家了。

挂断电话后，文安琪又朝她看了过来，江念期抬手擦去脸上的泪水，冰凉的手指覆盖在脸上温热的泪珠上面，让她一时分不清是烫还是痛："你先回家吧。我开了车过来，带你一块儿。"

"不用，我还要去教室。"

文安琪离开后，江念期在原地站了一会儿，转身还没走几步，她就看到了沈调。他像是一直站在附近，目光直直地落在她身上，像是在等她。

"你是不是要走了？"他终于问出这句在心头积压已久的话，早在那晚，她在阳台打电话的时候他就听了个大概，所以他这段时间的情绪一直不是很好，但他从来都没有问过她。

"可能是的。"江念期点点头，她的情绪现在已经平复下来了，于是抬眼看向沈调，"里面散了吗？现在是要回去了吧？"

她开始转移话题，沈调也听出了她的意思，但他并没有让话题偏离得太远，只是坦然接受了这件事："祝你到那边之后，一切顺利。"

江念期的脸上没有太多情绪，声音里却透着一股疲倦："怎么你也不留我？"

"可你在这边确实没有什么可留恋的，所有事情都不顺心。"

他说完这句话，江念期突然朝他走过去："可我在这边是因为你才撑下来的。"

元旦当天学校是要放假的，所以这场元旦晚会是在元旦前夕开的。这时的学校人们大都散去，这条林荫路上没有路灯，也远离教学楼，四面暗淡无光。

江念期不敢问沈调愿不愿意和她一起转学，因为这件事完全是不可能的。他的家、吉他店、Live House，还有他那些音乐上的朋友都在这边，她本来就是突然闯入他生活的人，不可能在离开时还能让他也一起走。

现实又不是勇者游戏，来到一个村落，遇到志同道合的伙伴，大家就会很有默契地一直去下一个地方继续冒险。

"这件事情无非就是你留下来，或者我跟你走。"他声音有些微低哑，不知是不是被冷风给浸久了，他直接把事情表面上那层黑布给扯开，露出底下最真实的样子，这正是她跟程佳峻不敢做的。

"我不是不愿意，只是比起转学，我现在更想要休息。"

听到沈调的话，江念期愣住了，她呆呆地看着沈调，他在任何事情面前都是这种平静的表情，现在却不再隐藏眼底的情绪，仿佛任何事物都让他提不起兴趣。

"我可能会停下来，在原地待上一阵，我也不知道会停多久……但你能从这个地方离开是件好事，你先替我继续往前走吧。"

他有话想对江念期说，但他不敢说，哪怕她总是表现得这么坚定，他还是不敢说。

大多数时候，他无法管理好自己的情绪和想法，这也让他没法全神贯注地去学习，去理解书本上的内容，他已经不敢想象下次考试时自己会考成什么样了。

他思来想去，唯一一个能对她和他自己负责的选择，就是他暂时休息一段时间，去好好调整自己的状态，等整个人好转后再出发。

但沈调不想失去江念期这个朋友，他想让她陪着他，他不知道江念期走出他的世界后他会变成什么样，但他又凭什么让江念期停下来陪他？

沈调很清楚自己现在的情况，他有时候恨不得尽快了结这一切的痛苦，可他又总觉得，只要有希望在，未来或许还是有意义的。

而江念期就是那一点点的希望，她为他冰冷晦暗的世界染上一抹鲜艳而又温暖的色彩，他也愿意为了那一点点希望，去承担那些数不清的负面情绪和恐惧，去改变现状。

"沈调，你最近真的开心吗？"江念期看着他，突然问起了这个问题。

"你为什么这么问？"

"就是问一下。"她看着他，轻声问道，"你开心吗？"

"不开心……的话，你怎么办？"他以为江念期看不出来他此时的难受，可那双敏感又清亮的黑眸确实将他的很多情绪都收进了眼底。

"我也不知道，不然你先说说你的想法？"

"我可能需要去治疗一段时间，我想努力改变，至少能让自己把情绪稳定下来。"

江念期迟疑片刻，仰头认真地看着他："如果是这个问题，我觉得是可以解决的，我可以陪你去治病。"

沈调一时不知道自己该说些什么，就好像悬在头上、让他寝食难安的一把剑终于落了下来，然后他发现那把剑居然是纸做的。

长这么大，没人听他说过这些话，也从来没人对他这么温柔过。

江念期四处看了看，踮起脚尖悄声说道："我们去看海吧，今晚就走。"

沈调当场怔住了，他第一反应是江念期这个想法有点疯狂，但他的内心好像很喜欢这个提议。随着时间一秒秒地过去，他越来越期待，甚至有些热血沸腾。

"那什么时候回来？"他还是在纠结这个问题，有些不安地问道。

"先请假。"江念期垂下眼睑，片刻后又看向他的眼睛，目光温柔，"我不知道你已经不开心到这种程度了，走吧，现在回去收拾一下。"

这一刻，沈调仿佛能听到自己的心脏剧烈跳动的声音，他觉得现在就是他一直在等待着的那个转折点与高光点。

江念期觉得无论何时，人一定都会有感到迷茫的瞬间，看不清前面的路，对明天束手无策。可哪怕现实不支持，他人不理解，但只要跟着心走，那就是对的。

今晚，她似乎真切地听到了沈调内心深处的叫喊声，那声音既是在控诉着坏情绪对他日复一日的折磨，但也在渴求着她将他从泥沼中拯救出来。他想要摆脱，想要马上逃离，想和所有人一样获得最简单的快乐，仅此而已。

她凭着内心的直觉和那些烛火般的渺小希望，在深冬的夜晚，头顶星空，脚踩大地，带着沈调从学校离开，挣脱束缚，一起去追寻他们心中的那片海。

或许这不只是对沈调来说意义重大，对江念期自己也一样。

呼吸到新鲜空气，江念期的心情特别好，她带着沈调毫无形象地在街上奔跑，沈调看着江念期，眼前是少女因奔跑而洒脱扬起的黑色发丝，周围是来来往往的车灯与不断后退的熟悉风景，这一刻，他居然有一种自己似乎脱离了地球重力的轻松感。

她带着他跑了两条大街，然后才停下来拦了一辆出租车，报了家里的地址。

"师傅麻烦您把我们放到小区门口就行。"刚奔跑过的她气息不稳，语调中却带着压抑不住的兴奋与轻松，江念期深吸一口气，转头看向沈调，"我想在夜晚的海边看星星，怎么样？"

沈调望着她，一时失了神："好。"

在车上时，江念期一直在和他聊接下来的旅行，回到家里收拾东西的时候，她又在视频通话里问他："你以前有过治疗的经验吗？"

江念期其实有点想问沈调以前的情况是不是也和现在一样，但一直没有问出口，她在一些细微的事情上总能保持敏感，既然到现在他都没有亲口对她说过那些，那她也不想多问。

而她知道他的情况，也了解他需要什么并帮助他，这就够了。

"其实只要有人陪着我，无论做什么，状态就能好很多。"沈调说这话的时候，有一点心虚，他很怕江念期会因为这个解决方法过于简单而觉得他故意夸大了自己的情况。

虽然不开心的时候居多，但他也不是每时每刻都会那么难过。

"好，我陪你，如果你状态不是很好的话，我们就做点可以让你开心的事，你觉得呢？等你感觉好点了，我还可以带你一块儿学习，没有压力地去做一件事时肯定比压力大的时候去做要容易很多，而且你本来头脑就很聪明，说不定还会超过我。"

想到这个，江念期觉得沈调真的挺厉害的，毕竟他是在初中快结束时发奋努力的，到高中的时候成绩就已经提上来了，还稳坐年级第一。其实他什么都会，只是给自己的压力太大了，那种高强度的学习方法和模式，无论是谁长时间持续下去都会很累。

江念期目光明朗，眼里没有半点迷茫，沈调被她无所畏惧的气息感染，感觉自己心里的那些想法都低级得很。

"你不怕吗？"他想了很多，最后只能问出这样一句话来，"如果耽误了你的成绩怎么办？"

她摇了摇头，看着他说道："不会的。"

"要是我做不好，你会帮我吗？"沈调又问道。

"我当然会帮你啊。"江念期笑了，看起来很活泼，"对了，你想不想去我老家看看？到时候还能顺便给我爸爸扫墓。"

"不会碰到你姑姑吗？"

"不会，我爸在老家的亲戚大多数都到外地买房子定居了，大家一年都难碰一次面，乡里的屋子都荒废了，早就没什么人去了，最多就是清明的时候回去祭奠。"

"嗯，那就去那里。"他对这个承载了江念期儿时记忆的地方很感兴趣，而且他也愿意陪她看她的爸爸。

两人各自收拾了一个行李箱，东西带得很足，都是必需品。

当天晚上江念期就买了飞回老家的机票，又和沈调一起到机场办理了托运手续，然后在候机室里等着登机。

沈调说今晚会降温，明天江念期老家那边可能还会下雨，所以她就按他的要求，穿得比较厚。她穿着毛茸茸的毛衣，袜子长过脚踝，踩着小短靴，还戴了帽子、手套和围巾，看起来就很暖和，其实沈调比她更会照顾人。

在大厅等候的时候，她坐在沈调旁边给妈妈和姑姑都打了电话，说她要去旅行放松一下，希望她们可以帮她跟班主任王朝义请假。

说完之后，江念期又点开了和沉默的对话框。

江念期：哥，我最近心情特别不好，准备去旅游散心了，姑姑虽然同意了，但说不定会让你来问我的具体情况，我先跟你交个底，我回老家了，接下来可能还会去海边。

没过多久，沉默就给她回信息了。

沈默：……

沈默：你胆子挺大。

看到这里，江念期关上手机自然地起身说道："我去下洗手间，马上就回来。"

沈调没有察觉到什么，只是点了点头。她拿着手机进入洗手间后，才敢打开手机接着跟沈默聊。

江念期：我心情实在不好，想出去走走。

沈默：你一个人？要不要我请假陪你？

江念期：其实我跟沈调一起去的，你确定要来？

沈默：沈调？

江念期：是。

沈默：你疯了啊？不行我得去找你！你航班号多少？

江念期：不给会怎样？

沈默：我现在就报警。

江念期：……

她一时语塞，干脆给沈默打了个电话，把沈调的事情大概说了一下。

沈默听后，虽然不像刚才那般语气强硬，可还是没有放下心来。

"程佳峻这两天回来了，他先来看了看他外公，然后就找不到人了，他联系你了吗？"

江念期微微一怔："没有。"

"那我把你的位置告诉他了，我可以不去，让他去吧。"

"别，别让他来……让他来还不如你来。"

"这事再说吧，我先去跟我妈联系一下，看她让不让我过去。"

"知道了……但你别跟程佳峻说。"

那边没给她回音，直接挂了电话。

Si·《念江》

5:00                                    5:21

飞机开始在跑道上滑行。

沈调坐在靠窗的位子，侧头看着飞机外面，在轰鸣声中，熟悉的城市被远远甩开，路灯和车灯渐渐模糊成条条交错穿插的晶莹亮带。而江念期就坐在他旁边的位子，帽子下方的黑发偶尔会蹭到他的手背，她很安静，和他一起盯着窗外的世界。

"感觉怎么样？"她感叹一声，将目光转到了沈调的侧脸上，少年愣了一下，转头与她对上了视线。

"感觉很好。"他目光似在颤抖。

江念期小声说道："就当给自己放个假，不要再想任何事，你现在就是完全放松的。"

"嗯……"沈调点头，看着她，"可是结束之后呢？会变成什么样？"

江念期笑了，眼睛弯弯的，在微亮的顶灯下看起来有种格外柔和的感觉，就像夏日里吹来一阵最自由的清风。

"然后，一切都会好转。"江念期说着，闭上眼睛换了个姿势靠在椅背上，轻声说道，"做你自己，只管去做会让你觉得开心的事情就好，我会一直陪着你的。"

沈调的目光在她脸上停留了片刻，轻轻"嗯"了一声："谢谢你。"

"我困了，先睡会儿。"江念期是真的累了，她的呼吸也渐渐变得平稳。

飞机升空稳定后，沈调找空姐要了条毯子，伸手帮江念期盖上了。

看着江念期的睡颜，这一刻他居然出奇地宁静，心口好像出现了一片湖水，而她就躺在最中心休息。

沈调转头看了一眼窗外，他可以看到远处的天际线绕满了一圈细小的光点，那是他见到的最近的星星。

醉后不知天在水，满船清梦压星河。

沈调总觉得现在拥有的一切和正在做的事情，都美好得不太真实。


凌晨四点二十分，飞机降落，广播提示室外温度，循环播放着温和又醒脑的音乐。

江念期睡得还不错，下飞机和沈调一起去转盘取了行李后，搭车前往市区。

路上江念期建议等天亮就陪他去一趟医院，尽早让医生看看他的情况。沈调同意了，于是两人就直接去了医院。

因为时间太早，他们打算在医院附近找一个可以暂时落脚的酒店。但不知是不是元旦假期的缘故，医院附近能住的地方都被订得差不多了，实在没有更合适的房，两人只能回到了最开始去的那家酒店，订下了两间那里最贵的人床房——可能就是因为价格过高所以才没订出去。

沈调让江念期再休息一下，但江念期在飞机上已经睡够了，反倒热出了一身汗。

回到各自房间后，江念期去洗了澡，洗完出来时，天还是黑的。

沈调也还没睡，他坐在床边，赤脚踩在地毯上，身上穿着一件薄衬衫和一条黑裤子，右手滑着手机。少年还在成长期，身型清瘦，背脊弯着的时候，后面的那道棘突很明显。

因为待会儿还要去医院排队检查，两人只睡了一个多小时，就又从床上爬了起来。

两人七点就赶到医院开始排队，沈调其实不是第一次来，但江念期显然是，她还有点顾虑他的感受，有很多手续上的事情都由她去主动问。

江念期拿到的是五号，这说明在他们之前还有四个人。

"我们来得这么早，还不是第一啊。"江念期有点不解，她看到前面有一个带着孩子的女人、一个陪着老人的中年人，还有一对情侣，男生一直在开导女生，女生看起来很不开心的样子……而再远一点的地方还有一个长头发的女生，她穿着酒红色长裙，妆容精致，此时却抱着包靠墙蹲在地上发抖，看起来像是在哭。

江念期注意到这个女生，是因为在医院外面时就看到了她。江念期百无聊赖地等待着，一会儿玩手指，一会儿又凑过去跟沈调讲话，等好不容易到了五号，便陪着沈调进去了。

诊疗室里的女医生语气温和地问道："是五号吗？来坐这儿。"

沈调走了过去。女医生手里拿着笔在记，问道："说点什么吧，最近感觉怎么样？"

江念期感觉有点紧张，虽然回答问题的不是她，但她就是替沈调觉得紧张，他真的可以毫无保留地把自己的感受说给医生听吗？

"就是感觉焦虑、紧张，感觉自己的情绪不太稳定。"

医生认真地聆听着，一一记下，时不时会抬头看着他的眼睛。

医生又问道："睡眠怎么样？不开心的感觉持续多久了呢？"

"睡不着，吃东西也没胃口，总是不想动。"

"那兴趣爱好方面呢？有什么喜欢做的事，现在还在继续做吗？"

医生继续问着问题。

"花在兴趣爱好上面的时间比以前少了很多，精力放在学习上比较多。"

医生继续记下，随即道："这样，你先做一下检查吧，好吗？"

"不用……算了，回去吧。"沈调看起来有点焦虑，他起身想走，江念期连忙拉住了他："没事的……"她一时也有些乱了，不知道该怎么办，于是又开口问道，"医生你看，我答应跟他一起旅游放松，他当时情绪好多了，也很开心……"

医生道："如果是在完全放松的情况下去旅游，换个环境对缓解情绪也是有帮助的，总之需要家人提供更多的关心、理解还有支持，不要再给他任何压力了。"

"嗯嗯。"江念期认真听着，就差拿个小本本记下来了。

医生继续说道："就像你朋友，他可能表面上看起来是个挺坚强的小伙子，但他会选择把事情放在心里。"

"是这样吗……"江念期听进了医生的话，拍了拍沈调的肩膀安抚他。

"他现在更需要关怀和帮助，每天必须早睡，睡前不要玩手机或者看书，他要是失眠的话可以和他聊聊天，不要让他焦虑。睡前可以适当做些运动助眠。平时多跑步健身，有条件的话去跑个马拉松也行。"

"好的好的。"江念期连连点头。

医生又叮嘱道："他钻牛角尖的时候，外人如果能多提供些指导或者帮助其实也是非常有效果的。有话就说开，不要让他憋在心里。记得一定要带他早睡多运动，保持充足睡眠，下周这个时候过来复查。"

第七章　51·《念江》

"好，我知道了医生，谢谢医生。"江念期还打算再哄哄沈调，不过他这会儿大概也情绪稳定了，除了眼睛红了一圈，看不出有什么别的情绪。

他们从医院里出来后，外面下起了雨，两人去附近吃了个饭，回去的时候还买了两把伞。

江念期以前在这边待过一阵，本来是打算带沈调在市里比较好玩的地方转一转的，但因为下雨，现在只能换成室内活动了。

"要是雨一直不停，我们就先在市里等等吧，去乡下的话要转很多次车，现在去坐车可能会有点不方便。我们可以先回酒店休息一下，晚上出来看个电影，明天再看天气来定行程。"

江念期怕沈调不想在这里做过多停留，便开口询问他的意见。

沈调闻言抬头，天空阴云密布，雨点打在城市高楼与路人的伞上，那种湿冷的凉意隔着厚厚的衣服都能感觉到。

他像是出了一下神，然后低头与江念期对上视线，说道："好。"

"在想什么呢？"她感觉下雨之后，沈调的反应好像变得有点慢，一副心事重重的样子，不由得有点担心他。

"不喜欢下雨天。"他想起过往自己一个人度过雨天的光景，有种莫名的孤独，"阴天下雨像是把人闷住了。"

"下雨天就应该睡个懒觉，走吧，回去睡觉，看你今天这精神，昨晚肯定没休息好。"江念期没给他犯愁的机会，直接带着他往酒店的方向走。

两人回到酒店的时候，刚好下午两点四十分。

坐了一晚上飞机，之后又马上去了医院，两个人都有些累了。回房间后，江念期先把昨晚换下的衣服扔到洗衣机里洗了，又把身上被雨淋湿的衣服换下来都放到烘干效果的洗衣机里烘干。

沈调已经回房睡了，外面狂风大作，屋内光线昏暗，却很暖和，空气里散发着很清淡的香味。听着窗外雨点淅淅沥沥打在玻璃上的声音，江念期不由得有些神游天外，第一次认识到岁月静好的含义。

过了一会儿，她也闭上了眼睛，慢慢睡着了。

…………

一觉醒来，江念期有种自己根本没睡多久的感觉。

她揉了揉眼睛，起身套了件衣服，敲响了沈调的房门。

沈调已经醒了，此时正窝在小沙发里看手机，房间里只开了一个光线昏黄的小台灯。江念期的声音带着些刚睡醒的沙哑，懒懒地问道："几点了？"

沈调看了眼时间，拿着手机的那只胳膊收紧了点："快十点了。"

"不是吧。"江念期惊了，"我感觉我才睡了半小时，你什么时候醒的？饿不饿？还出去吃吗？不然叫外卖吧？"

"我九点多醒的……今晚有个凌晨放映的电影，要不要去看？"沈调把网上的售票信息转过来给江念期看。

江念期皱了皱眉："恐怖片？你居然还看恐怖片？"

"谢谢你这么看不起我，众所周知，'鬼'演到最后都是人。"他低下头继续看着手机。

沈调可能有些渴了，起身去拿矿泉水喝，江念期远远地看到他站在桌边，衣服稍微有点修身，忍不住说道："沈调，你好瘦啊。"

沈调喝完水后，边盖上瓶盖边低头自己看了一眼："我没注意过。"

"我没有见过这么清瘦的男生。"她脸上带着笑。

沈调的眼睑微垂，眸子直直地看着她，然后有点自闭地低下头。

她现在可能只是因为处在这个年龄，所以什么都不管不顾，可以立下豪言壮志说要陪着他，但等哪天长大了，她说不定就会开始后悔了。后悔当时为什么没有留在学校里好好准备高考，甚至后悔为什么会认识他。

江念期感觉到沈调有些低落的情绪，于是又道："你知道吗？你很像一只小狗。"

"嗯。"他抬起眼与她对上视线，黑眸里流出的诚实让江念期有点意外。

"沈调，碰到别人对你说这种话你应该驳回去，你这样很容易被人骗的你知道吗？"

"但你可以。"他的语气和眼神依然很纯粹，十分平静。

酒店房间里摆的盆景绿得泛凉，就像是在回应下雨的天气一样。他们并没有继续在房间待下去，江念期先一步离开酒店，过了十几分钟，穿着白色宽松廓形卫衣的少年走了出来，江念期买好那档凌晨放映的恐怖电影的票之后，刚好看到了他。

乍一看，沈调就是一朵冷清孤傲的高岭之花，而现在她完全看不出来就是这人刚才亲口承认了自己是只小狗。

这种玩笑她以后还是不要再继续对他开了，俗话说真诚是最大的必杀技，沈调太实诚了，她觉得这完全是后半夜回想起来都要打自己两巴掌的程度，自己是不是太欺负人了？

"对不起，我刚才不该说那些话的。"江念期收起手机，双手揣在外套的口袋里，声音闷闷地对他说道，"你就当没听过吧，我请你看电影。"

沈调也把手伸进口袋："什么话？"

"就是说你是小狗那些话……"

"没关系。"沈调说话间看向了别处，江念期看不见他脸上此刻的表情，"虽然我是小狗，但你也不一定是个人。"

江念期："……"


两人看电影时，沈调全程都很平静，江念期倒是被恐怖片吓到发抖，离开影厅去洗手间时都心惊胆战的。

因为白天睡得太多，江念期倒也不困，看完电影后已经是深夜，她跟沈调轧着马路散步。一开始还需要撑伞，现在雨已经完全停了，空气中弥漫着雨后的清新味道，马路上有许多大大小小的水洼，带着雨夜独特的清旷与凉意。

她抬头看了一眼天空，发现还能看到那上面飘动着的乌云，于是伸手指向了前方："你看那里，天上的乌云在动，而且速度好快。"

沈调闻言看向江念期，发现她的眼眸正专注地对着那片巨大的云，认真到就像是在研究什么重要课题一样。

江念期等了很久都没等到沈调的回复，转头才发现他居然一直在看着自己，突然就不知道该说些什么才好。

两人又往前走了几步，她有点后知后觉地问道："你看我干吗？"

"以后要是再有这样的天气，我会想起你。"他收回视线，语气平淡，垂下眼时，目光也隐于浅淡的夜色中，只叫人觉得晦暗不明。

不知为何，江念期心头一紧，似乎又涌上了一股潮意，她被他身上那种总是会在无意间流露出来的消极和悲伤给弄得有些不是滋味，这种心境与她从他的歌中听出来的感觉一样。

她曾长久地为他沉醉过，现在却也为他的安静而难过。

"你家人有联系过你吗？"他换了个话题。江念期只是停顿了一秒，然后点了点头："有。"

"雨停了。"沈调突然这么说了一句，远处的高楼还亮着灯，湿漉漉的街道上，红绿灯散发出来的光芒孤单地覆盖着沥青路面，充斥着冷清又寂寞的美感。

"早就停了。"江念期抱着胳膊，从远处吹来的夜风刮得她稍微有点冷，身上瞬间起了鸡皮疙瘩。

"明天去你老家看看吧？"

"好，明天就去老家，要是天气好的话，我带你去爬山看日出，去山顶上呼吸新鲜空气。"江念期又想了一下，补充道，"顺便再把你介绍给我爸，你记得表现得出色一点。"

沈调有点困惑，开始考虑该怎么做才能表现得出色一点，看他这副认真思考的样子，江念期没忍住笑了出声。

第二天，他们买了中午的高铁票，车程大概两个小时。

大约是雨过天晴的缘故，天空澄净得就像一大块湛蓝的玻璃。江念期坐在靠窗的位置，盯着窗外的山川和房屋，心里也终于有了旅行的放松感。

下了高铁后，他们还要坐大巴去镇上，这又是将近一小时的路程。待下车站在小镇的人行道上时，两人的状态看起来都还挺好。

到镇上已经是下午四点了，今晚估计要在这里找地方住下。江念期拉着一个箱子，一边看地图一边到处转："这小镇的发展速度太快了，我今年才回来过，怎么现在一回来就感觉认不出路了？"

"你是不是迷路了？这地方我们刚才来过。"沈调跟在她身后，发现她还在迷迷糊糊地转动手机找方向，于是轻声说道，"给我看看。"

"嗯，你看。"江念期本来还想带着沈调好好玩一玩，因为她每年都来，感觉自己对这里非常熟。可实际上，她每次都是被别人带着来的，能记住一些标志性地点，但自己一个人时，她就完全不知道该怎么走了。

沈调歪头看了眼她的手机，又抬头看了看路，把手机还给了她，带着她换了个方向往前走，仿佛看那短短几眼，就把整个镇子的地图给记住了。

江念期觉得沈调很厉害，他方向感特别好，是那种在弯弯绕绕的地下商业街里绝对不会走错路的人。中途，沈调又看了一眼地图，确认没有走错后，两人又走了几分钟，便到了之前在网上预订的酒店。

"其实这里离我们下车的地方很近。"沈调道。

江念期一直保持沉默，谁让她看错了地图，带错了路，还绕了那么一大圈呢。

"小镇上也就这一家旅馆。"江念期换了个话题，她之前在这里住过，里面的环境一般，比较简陋，就是用乡下的自建楼改的，不过胜在通风好，也算干净。

"嗯，先把行李放进去吧。"沈调道。

接下来的两天，江念期带着沈调爬了山，给爸爸扫了墓，两人还沿着河边散步，在环山公路上骑自行车……每天都像是有做不完的事一样。

沈调第一次看到江念期在乡下疯玩的样子，高高的田埂她说跳就跳，指着地上突然出现的弯弯曲曲的小虫骗他说这是晚上爬出来的小蛇，还说夏天的时候小动物会更多，还会有青蛙。她还带他去了镇子上的小学和初中，学校能有如今的规模，多亏江家人这些年断断续续地捐款。江念期站在捐款碑前看了很久，然后指着一个名字对沈调说道："江弗琳，这是我姑姑。"

她表情有些奇怪："不知道为什么，我今天右眼皮跳一天了。"

沈调久违地拿出手机来想拍张照，也就是在这时，他刚好看见手机冒出了一条新消息提醒，顺手就点了进去，结果发消息的却是个让他想不到的人——

沈从来：在哪儿？

沈调没有理会，直接关了手机。在江念期上过学的学校里逛完后，天差不多快黑了，两人在楼下的小店里吃了点东西，回旅店时，沈调在路边看到了一个有些眼熟的人。

他顿住了，江念期察觉到他的停顿，顺着他的目光看了过去，发现他正在跟不远处一个戴着鸭舌帽和眼镜的中年男人对视。男人留着短短的胡楂，江念期一时间没认出来，可到底是多次在娱乐新闻里出现的人，再结合沈调现在的表情，她心头顿生不安。

江念期缓了一秒，担心沈调的情绪会出什么问题，紧忙道："没事吧？要是遇到什么不想见的人，我们赶紧走就行了。"

"我没事。"沈调也知道她也看到了，他没有逃避，只是指了一下沈从来站的方向，话语平静，"我爸来了，就在那儿。"

这两天和江念期在一起，他的心情一直都很好，遇到那种放在过去会让他感到不快乐的事，现在居然都没什么太大的感觉了，这应该是与这些天一直都在毫无压力地和江念期到处乱跑有关。

"看着眼熟，怎么这么像沈从来导演？"江念期其实早就从沉默那里听到过这件事了，但沈调并没有亲口告诉过她，所以她现在还是得做做样子。

她的演技向来很好，所以现在看起来还真像那么回事的。但沈调是偷听到沉默对她说过沈从来是他爸的，所以现在看见江念期一脸惊讶的表情，突然有点不知道该说什么才好。

"沈从来是我爸爸。"沈调应了一声，看到江念期还想跟他演上一段的样子，直接打断她说，"别问，到此为止。

"你想见他吗？"沈调看着她问道。

江念期抬头和他对上视线，一脸认真："这件事听你的。"

沈调像是下了很大的决心，朝沈从来的方向走了过去，江念期跟在他的后面，见到沈从来后，稍微有点紧张地主动打了个招呼："叔叔好。"

沈从来没有看她，仿佛没听到她说的话一样，只是一脸严肃地盯着沈调，仿佛能吃人："跑这么偏做什么？非要我来找你？"

"休息。"

听到沈调的回答，沈从来才侧目看向江念期："那你呢，小姑娘？"

江念期直直地望着沈从来，坦然地说道："叔叔，沈调心情不好，他压力太大了，我是他的朋友，陪他出来放松放松。"

沈从来突然笑了一声，让人分不清他现在到底是什么情绪，但江念期对此并不在意。但当沈从来脸上的笑意褪去后，他的目光突然变得平和了不少："小姑娘，你的脸很对称，骨相也好，想拍电影吗？"

江念期蒙了，她没想过沈从来会突然转移话题，一时之间竟找不出合适的话回他。

…………

晚上七点左右，沈调带着江念期去了镇上的一家火锅店，将近七点半时，沈从来把行李收进旅馆房间，赶了过来。

他背了个包，依旧戴着鸭舌帽，不过把眼镜摘掉了。他走到两人前面，把背包放下后入座。江念期有些局促地想站起来，结果就见沈从来摆了摆手，显然是并不在意这些。

江念期在很多采访视频里看见过沈从来，但亲眼瞧见真人时，还是觉得他要比视频里看着更加凌厉。

沈从来的个子其实不算高，一米七多一点，和沈调站在一起对比感很强。

"我有个打磨了很久的剧本，是悬疑犯罪类型的，女主角的气质跟你很像，淡然又清冷，关键是还长得极为漂亮，拍不出死角的那种。"

听到这话，江念期有些不知所措，明明应该是教育儿子的戏码，怎么突然扯到让自己演戏这件事上了？

她看了沈调一眼，又看向沈从来："可娱乐圈里有那么多专业演员，我没学过演戏。"

沈从来认真道："我可以教你怎么演。"

她突然就笑了："叔叔您这么说，是不是为了让我别耽误您儿子读书？"

沈从来终于把目光移到了坐在一旁的沈调脸上。被爸爸盯着看了一会儿后，他顿了一下，脊背挺直，沈从来见状这才说道："沈调不是读书的料，他爱读不读。"

"可他一直是年级第一啊。"江念期忍不住想为沈调说句公道话。

沈从来却摇摇头："在学校里考第一算什么？你一转学过来他就慌了。我向来是有什么说什么，沈调的情绪不稳定，一受到打击就容易悲观消极，这是事实。"

沈调的呼吸突然开始变快，江念期看在眼底只觉得担忧，继续为他辩白："一定要做到最好，才算好吗？"

"对。"沈从来毫不犹豫地承认了这一点，"我是从你姑姑那儿知道你们在哪里的，也对你大概有了了解，你高一时如果不是因为高烧，或许可以进国家队参加奥林匹克数学竞赛。今天看到你之后，没想到你的长相也非常出彩，我很欣赏你。"

她虽然被夸了一通，却怎么也高兴不起来。

江念期听完沈从来的话后沉默了许久，她抬眼看向沈从来："那您会管他吗？"

没等沈从来开口说话，她又继续问道："为什么您对一个陌生孩子都可以毫不吝啬地夸奖，对自己儿子却一味贬低呢？"

沈从来闻言目不转睛地盯着江念期，而江念期也盯着他。可能是初生牛犊不怕虎，也可能是她太过通透聪明，总之她无所畏惧。

"你和你姑姑联系了吗？"沈从来理解了江念期的意思，直接转移话题，开始和她聊起了她的事，"下学期回去读书？"

江念期一下子就被问住了，这个问题她的确还没想好，而她目光短暂回避的那一瞬，被沈从来给捕捉到了。他道："还是说你打算为了沈调，继续留在这边？"

沈从来看人的眼光很敏锐，见她不说话，他便拿起筷子，下了几片蔬菜到清汤锅里，开始吃东西："所以我才说——"

"爸，我想转学。"就在这时，一直在旁边保持沉默的沈调终于开了口，他像是谋后而定，一击即中，"我要去她那边上学。"

沈从来夹菜的手顿了一下，抬眼看向沈调，但沈调只是很平静地与他对视，没有半分犹豫与冲动。

沈从来收回视线："这件事我想约上她姑姑一起，咱们面对面好好谈一下，到时候再——"

"什么叫到时候？那又是什么时候？"沈调继续问道，"我等到过吗？"

"沈调，"沈从来叹了口气，"你让我和这小姑娘单独谈谈，可以吗？"

沈调摇头，眼神里带了几分江念期从来没见到过的凌厉："你想对她说什么？不用避着我，在我面前说就行。"

沈从来很无奈，三年不见，沈调似乎又变了。以前的沈调虽然表面乖张，但做的很多事情其实都是为了得到他的认可。他能感觉到沈调对他的某种执念，只是因为他自己的心结，所以一直没办法去亲近沈调。

只要一和沈调相处，他就会想到自己的妻子，就会对自己当年的愚蠢行为感到失望；只要一面对沈调，一和他待在同一个家里，那种愧疚感就如同皮肤上面爬满了蜈蚣一般，让他觉得窒息。

沈从来很内疚，所以他在物质方面从未亏待过沈调，可他很清楚，有些事情是无法用钱弥补的。

对这件事，沈从来没有更好的解决办法，因此他只能逃避。他不停地工作，除了电影启动资金，他把其余所有的财产都给了沈调，当作自己对他的弥补。

他这一生跨不过那道坎了，也只能给出这样的补偿。

想到这儿，沈从来一脸平静地看着他说道："沈调，你好好想想以后，难道你上大学、进社会都要一直跟随她的脚步吗？白巽和国外有不少合作，他跟我说有好几位知名的音乐教授都很喜欢你，他们愿意给你写推荐信，也很高兴让你当他们的学生。你没有自己的人生吗？你要永远当别人的影子吗？"

沈调闻言脸色铁青，他突然很后悔和沈从来见面，他站起身，火锅还没摆上来多久，可他现在一口都吃不下了："走吧。"

从火锅店出来，沈调不愿意再留在小镇上了，两人以最快的速度回旅馆收拾好了东西，决定当晚就走。

上了出租车后，江念期给沉默发了条信息。

自从离校后，姑姑就没有主动联系过她，妈妈也没有。江念期知道她们是不想给她压力，所以她现在都和沉默分享信息。

她怕家人担心，所以从没瞒过沉默，但沈从来能这么快地找到这边来，也是因为这个。这次告诉沉默自己的位置后，她还特意交代，让他非必要的时候别再把她的位置透露给别人，而沉默回了一句"好"。

他们直接包车出城，晚上八点多到了另一个城市。下车后江念期吹着夜风，晕乎乎的脑子感觉舒服了不少。

沈调预订了一家酒店，两人住了进去。

刚躺上床，江念期就要睡过去，但在床上趴了一会儿，她又因为执念太强，神志不清地去洗脸、刷牙、洗澡，最后硬是把自己给弄清醒了，坐在沙发上涂起了身体乳。

她还在桌面上放了两瓶指甲油，本来是打算涂的，只不过还没来得及动手就睡了过去。

第二天，她还是睡过了头。

而沈调来到一个新的地方之后很躁，他失眠了，快凌晨五点的时候才睡着，临睡前还给江念期留了言。

一直到下午一点两人才开始外出活动，本来是说要去吃东西，结果逛逛没发现特别想去的地方，最后一起去了超市。

他们在这个城市只待了两天，就又换了其他地方玩。某天早上醒来的时候，江念期突然接到了沉默的来电，他说自己放假了，想过来看看她。

江念期问了下沈调的意见，他说没关系，于是当天下午，沉默就抵达了机场。

江念期没去接他，发了个地址让他自己过来。沉默赶到的时候对着她喋喋不休，说这段时间都是他一直在帮她说好话，江念期听完，漫不经心地对他说了句"谢谢"。

"你可真会敷衍我。"沉默过来的时候酒店已经住满了，于是他就住到了对面的另一家酒店，这会儿沈调正在自己房间休息，没过来看沉默，只有江念期过来陪他闲扯几句。

看着江念期盯着窗帘出神，沉默突然说出了一个让她顿时回神的消息："程佳峻估计今晚就会到这里。"

"他来做什么？"

"来看你啊，他外公突然住院，他去照顾了一段时间，所以现在才过来找你。他快开学了，就算来这里也玩不了多久，没准儿今晚到，明天就得走。"

江念期叹了口气："这么匆忙？在家休息不好吗？没必要过来。"

"你一点都不想见他？"沉默仔细盯着江念期的脸，不想错过她的任何一点表情。

"不想。他一回来准没好事，我俩的性子你又不是不知道，我犟，他更犟，一言不合就要吵起来。"

"你俩也没吵过吧？"沉默说着又顿了一下，"除了那晚吃烧烤他当着那么多人面质问你那次。"

"他那是被逼急了。"江念期叹了口气，摇头说道，"我怎么总能碰到这样的人？"

"还不是因为你自己也是这样的人。"沉默毫不犹豫地说道。

江念期给沉默飞去一个仇视的眼神。话虽这么说，可若是真的跟程佳峻见面了，感觉就又不一样了。

晚上，沉默在酒店补觉，江念期和沈调两人从当地的博物馆逛完回来，才走到酒店附近，就远远地看到门口站着一个少年，他身边带着行李，穿衣打扮都很得体，长得也帅。

沈调没说话，只是一直把目光落在那边，走了一会儿后，江念期突然拉住了他的衣服，他看到她的眼睛里有一点藏不住的慌乱。

"沈调，能不能去沉默那里帮我拿一下耳机？他没带，把我的借走了，可我今晚想用。"

沈调不知道她是单纯想跑，还是想着要支开他，但他没让她如愿："一起去？"

"你帮我去拿可以吗？我有点事需要处理一下。"

他在原地站了一会儿，点头应了一声"好"，没再继续缠着她，自己往对面的酒店去了。虽然沈调没有多说什么，但江念期还是觉得他肯定注意到了。

硬着头皮走过去的时候，江念期忍不住深吸一口气，她站到程佳峻面前，开口问道："你怎么到这儿来了？"

"圣诞节学校放假，来见你一面。"

江念期只觉得局促，不知道该跟他说些什么，她又想起那晚沉默说的话，于是问道："你外公身体怎么样了？"

"情况稳定了，护工在照顾。"

"那你晚上吃东西了吗？"

"下午四点才吃，现在不饿。"

沉默来的那晚她住的酒店已经没有房间了，可程佳峻已经提前订好了。没办法，江念期只能领着程佳峻去办理入住手续。他住在四楼，江念期看着他拖着箱子往前走，不知道他这次来到底是要做什么，这种风雨前的平静让她心里有点不安。

"你今天坐车估计也累了，早点休息吧。"陪他来到房间门口之后，江念期准备下楼。

"我不累，你最近过得怎么样？"他打开房门，插卡取电，按下墙壁上的照明开关，把箱子拖了进去，却没有要和她结束话题的意思。

"就那样。"这话要是放在聊天的时候说，会给人一种敷衍的感觉，之前两人隔着手机交流的时候，他或许拿她没什么办法，可眼下的情况不同，因为这个人就站在她面前。而且程佳峻从来就不是那种能被她随意搓圆捏扁的人，这会儿他直接转头看向了她。江念期被他盯着看了一会儿，到底还是没忍住，先一步移开了视线，又加了句话找补："还行……我过得还可以。"

程佳峻依旧没有收回视线，目光从她的脸上移到了脖颈和下巴的位置上："沉默说你姑姑安排你下学期回去读国际部，有想过以后要申请什么大学吗？"

"我没说我一定会回去。"江念期不想聊这个话题，她其实很清楚留在这边对她来说意义不大，但她在程佳峻面前就忍不住地嘴硬。

"知道了。"他没说什么，只是转身回到了屋内，环视一圈，让人看不出情绪，"我洗个澡。"

"那我先走了。"她有些窘迫。

"你住在几号房间？"

"8608。"

简单聊完几句后，程佳峻关上了房门，江念期也回到自己的房间，她不知道明天该怎么办。

正当她躺在床上，愁到不知该怎么办的时候，屋外突然响起了敲门声，江念期还以为是沈调给她送耳机，可打开门一看，来的还是程佳峻。他手里拎着一个袋子，里面像是他自己带的洗漱用品。

"楼下的水一直都不热，没法洗澡，你这层的水温怎么样？"

"不应该啊，我这两天洗都是正常的。"

"沈调在哪屋？可以借用他的浴室吗？"他直接提出了要求。

江念期怕两人见面，说着就想推他走，可程佳峻比她要高，他一眼看见了她房间里挂着的男生外套。

"你和他住在一个房间？"

江念期被他给问住了，刚想说"你误会了"，却被程佳峻冰冷的眼神吓到。

看着程佳峻的模样，江念期赌气地说道："我做什么跟你有什么关系？"

眼看他下一秒就要大发雷霆，突然一只手从后面伸了过来，一道身影挤进两人之间，把两人隔开了。

气氛顿时陷入了一种难言的凝滞与沉默中，江念期不知该如何处理这种情况。沈调望向程佳峻，就在两人目光对上的那一刻，氛围暗潮汹涌，可这其中到底有多少锋芒，也只有他们两人知道。

"低音？"

"你可以叫我沈调。"

他们之间的对视到此为止，他转身去找沉默，沈调也回到自己房间。江念期烦得不行，去浴室洗了个澡想让自己冷静一点。

稍晚一些，她的房门被人敲响，江念期怕是沉默过来找她，好一会儿都没开门，最后还是外面的人叫了一声，她才发现门外的人是沈调，说是给她买了奶茶，就放在门口。

她很快跑去开了门，见到沈调还未走远，便小跑了几步跟上他："我看到你买的奶茶了。"

沈调回头看向她，对上视线后开口说道："不知道会不会太晚。"

"要跟我聊聊吗？"她主动说道。

沈调点了点头："我在想是不是该回去了。"

"回哪儿？"

对上她的目光后，沈调垂下眼睛，很久都没有说话，江念期在他的沉默里读出了一些不寻常的情绪起伏。

"我和程佳峻是初中时认识的，同一所学校，会熟起来是因为沉默组了一个乐队，我和他都是吉他手。我们认识了很久，关系也比其他人要好一些。"

江念期注视着沈调的表情变化："我转学是因为我妈，我想走，可程佳峻想让我留下来。再然后，我走了，他就直接去英国读书了。"

她说话声音越来越小，到最后眼神也低落起来："他没做错什么，我也不该怪他，我就是有时候想不明白事情到最后怎么会变成这样。所以这次你就算不陪我走，我也会想留下来，因为我觉得当时是我做错了。"

"如果一段关系里总是要求一人付出一次，看似是为了拉平，其实是在抵消，到最后谁也不会欠谁。"沈调看着她，认真说道，"很多时候付出不一定会有回报。你能意识到自己亏欠了对方，对关系中的另一方来说就已经够了。"

江念期沉默了，她抿了抿唇，不知道接下来该怎么办才好，过了好一会儿，她才终于开口："沈调，问你件事。"

"什么事？"

"你父亲说国外有音乐学院的教授想收你当学生，你真的一点都不想去吗？"

江念期问得直白，沈调微怔，他低下头不再开口说话。江念期又道："人一直为一件事情付出总是希望得到回报的，不是吗？沈导说的话是对的，我不会去学音乐，可你要去。"

沈调终于开口说话："我可以和你考同一所学校，你不用迁就我。"

江念期语气有点急迫地说道："我不会主修音乐，吉他只是我的课余爱好。"

"但我想和你在同一所学校。"沈调索性把话说明白了，不然江念期大概永远也不会懂，"我早就想好以后该怎么办了。"

"可这是在为你打算啊，分开是短暂的，但没学到热爱的东西的痛苦是终生的……"

"那又怎样？"

…………

江念期感觉气氛在这一秒凝固了，他们都知道这时候应该说点什么弥补一下，可谁都没开口。

江念期感觉有点受伤，就像沈调拿着刀子莫名其妙在她身上划了一刀一样，她不知所措，也不知道现在是该哭还是该跑，她只觉得痛。

她不再跟沈调说话，想回房间装作什么都没发生过的样子，可才刚背过身想要去缓解一下自己的情绪，沈调开口了，声音嘶哑道："我不是想威胁你。"

"你是。"江念期突然绷不住了，眼眶一热，眼泪掉了下来，但她依然假装很冷静，用力咽下口水，没有表现出任何其他反应，"你不该说这种话来逼我。"

"我就是……受不了了。"沈调哽咽，他用力压抑着自己，可还是能从某个变了的音调里听出他的情绪。

"可如果真的什么事情都没意义，那这个世界早就是一片灰暗了，事情一定还有更好的解决办法，只是你暂时还没有想到。你知道刚才的话有多伤人吗？"江念期嗓音颤得很厉害，她用力握着拳头，因为这一刻她自己也很难受。

"我知道，我以后都不说了。"

"你也不许这样去做！"她用力说道，江念期抬手抹了下眼里的泪水，"方法肯定会有的，我们都别着急。"

"都听你的。"

说完这句，江念期开始安慰起沈调，她吸吸鼻子哑声道："真的，没必要这样。"

"别说这个了。"沈调不想再继续这个话题。

"我想睡觉了。"她昨晚没怎么休息好，现在晕乎乎的。

"那你回去睡吧。"

"嗯。"她轻轻地应了一声。

江念期醒来时，看着朦朦胧胧的房间，不知道现在到底是几点。

她有点晕，明明睡到了自然醒，可还是困得要命。

江念期闭上眼又睡了一觉，这次她不知道自己到底睡了多长时间，当她再度醒过来时，周围还是静悄悄的，一点声音都没有。

她心里总觉得很不安，这一觉醒来之后，她好像突然想通了一件很关键的事情，具体是什么在她清醒的那一刻就已经忘记了，可那件事情正好跟沈调有关。

心头突然席卷来一股巨大的不安感，她冷静不下来。

江念期发了两秒钟的呆，一个人守着屋子，好不容易从那种巨大的不安中清醒了一点，马上就给他打了通电话过去，却没人接。

心里的声音在第一时间向她通知了一个非常不妙的消息，可她不敢确定。在短暂的混乱后，江念期连忙换好了衣服，踩着鞋子就去敲响沈调的门。

她咬着大拇指的指甲，在门口焦急地等待着，但她敲了好几次都没有人回应，急得她来回转了好几次圈。

看样子沈调是出去了，根本就不在房间，江念期没办法，只能自己一个人去外面寻找。

她不知道自己到底在急什么，可就是觉得沈调这个时候突然消失一定是发生了什么不好的事情。

酒店外面的天特别阴沉，乌云浮在远处的地平线上，正随着外面的大风朝着一个方向移动。

江念期突然觉得有点冷，她拉紧外套，像是想起了什么，连忙跑到前台询问了起来。

"不好意思我想问一下，8602号房有一个高高帅帅的男孩子有留下过什么东西吗？他是我朋友，但他突然不见了。"

酒店前台的小姐姐看着江念期想了一下，为难地摇头说道："不好意思，他没有留下东西，不过我对他有印象，他在中午十二点左右独自离开了酒店，然后就再也没有回来过了。"

他出去了？他要去哪里？

江念期抬头看了一眼墙上的时钟，现在已经是下午三点多了，这三个小时，完全不知道他会去什么地方，做什么事情。

江念期很着急，她感觉自己都快要哭出声来了，问题就在于沈调不可能不和她说一声就擅自离开。

她不敢去想沈调一个人会是什么样子，所以她尽量让自己不往坏的情况想。可能他只是心情不太好，找到他好好安慰一下，他一定就没问题了，他不会有事的。

江念期在马路上狂奔，在两人一起去过的地方像寻找不小心丢失的钥匙一样反复寻找着沈调，她多期待自己能在下一秒就看见那个熟悉的身影，可是她找了好久都没有找到。

天黑得特别快，她一个人走在路上，眼泪不停地一颗接一颗地往下掉，好像一只在玻璃瓶里迷失了方向的飞虫。

沈调去哪里了？他到底去哪里了啊？

晚上的风格外大，而且冷得不像话，江念期几乎是茫然无措地回了酒店。路过酒店斜对面的广场附近时，正有一堆人围在那里，不知道在谈论着什么。

她隐约听到了"才十几岁""真可惜啊""男孩子就这么没了"这种话。

一瞬间，她的心突然和她的身体一样冷，她麻木地看着不远处的救护车和消防车，双脚就像灌了铅一样。

她感觉自己快要走不动了，但她不知道自己为什么还能动。

她钻进人群，听见他们在闲聊，还有妈妈在和闺女说周日带她去放风筝，有路过的人正在和电话那头谈着生意。

人类的悲欢并不相通。

这一刻，江念期忽然理解了这句话。

她在周围人的议论声中走到了事件的中心位置，视野里医生正在做着急救工作，有人在和消防员沟通，地上有好大一摊血。

天已经彻底黑了，江念期一直站在原地，好久都没有动过，她目送医生将担架上的人推进了救护车，看着有人开始迅速清理起现场，直到前来围观看热闹的群众来了一拨又走一拨，她依然动都没有动过。

以后怎么办？他还会回来吗？他还会再回来吗？

当她想到"以后再也看不到他"这个问题时，眼泪开始决堤。

她再也忍不住了，蹲在地上抱住头，哭得声嘶力竭。

他还会回来吗？她为什么没能早点找到他？为什么没能早一点伸手抓住他？

这些内心的重复发问几乎让江念期处在了崩溃边缘。然后，她猛地睁开了眼……

江念期坐了起来，她大口地呼吸着，整个人惊魂未定。

现在应该是晚上，墙上亮着一盏黄色的壁灯，屋内光线昏朦。

她像是突然多拿到了一次重生机会一样，连忙去找沈调。

刚刚那个噩梦实在太真实了，直到现在她都觉得还像是有根冰冷的银针不停往她太阳穴里钻，她甚至还能记起梦里的自己那时感受到的彻骨绝望。

江念期很难说清自己梦醒之后产生的复杂情绪，总之当她在他房门口切实看到沈调的那一刻，她心里才平静下来。

他还活着，真好。

他屋里开了空调，很暖和，他微眨着眼，看着她轻唤了一声："怎么了？"

江念期闷闷地摇头，沈调不知道江念期是不是还在为他不久前说过的那些话生气，他想不出该说些什么来修补自己给两人之间带来的隔阂。

过了好久，他的语气变得更加诚恳："对不起，我之前不该跟你说那样的话，你能不能不要再介意了？我保证我再也不会——"可话没说完，江念期就打断了他。

"沈调，"江念期抬头看着他，眼里充满了忧愁，"你以后怎么办啊？"

"我没问题的。"其实沈调想说的不是这个，但他答应江念期以后都不提那些了，所以他也就没说那些事，"你如果有自己想做的事情，也要去做。"

"你知道吗？我做了一个梦，特别难受，难受到我都不知道该怎么去面对明天和未来。"她说着，眼眶有些湿润。

"你做了什么样的梦？"沈调问了出来，他感到好奇，他没想到她的恐惧居然会与自己有关。

"我梦见你出事了。"她低下头，"沈调，你要是真的出事了，我会自责一辈子。"

他一时不知该说些什么才好，江念期就像一抹短暂而绚丽的彩虹，他注视她的同时，还会为迟早失去这份美好而感到失落。

他觉得自己这一生从来都没有真正明亮过，所以看见光之后，想占有光的念头就日益强烈。

"我不会的。"沈调像在安抚一个孩子一样，"对不起……"

江念期顿了一下，接着说道："你也不要觉得欠了我什么，你是我很重要的朋友，我想要看到你过得好。"

江念期是真的在考虑未来的事，沈调也从她的话语中听出了她的这份希冀，一时间感到从未有过的平静与安心。

"那这样可以吗？我们一起考大学，在自己的选择范围内，尽量选离对方最近的。"

"好啊。"江念期的眼睛亮晶晶的，像是有什么细碎的光点在里面流转，潋滟而温柔，"你要抓住那些属于你的东西。"

沈调点点头，那在学校时便一直积压着的阴霾像是被一扫而空，未来也变得清晰起来。

"那我再问一遍，你真的要跟我一起过去读高中？"

"嗯。"

"我会住在姑姑家。"

"没关系，我写歌的时候习惯安静。"

"那我要来。"江念期很想看他作曲的流程，她有点不好意思，"不确定会不会打扰到你，但我会尽量安静一点，但你至少也让我去看一次。"

沈调听后忍不住笑了一下："好。"

这一刻，所有未定的事好像都暂时落定了。江念期想到自己这学期发生过的所有事，就好像是看到了自己青春里最跳跃的一段章节，可偏偏就是这段偏离了曲谱的旋律，让她觉得最为动听。

她摸了摸肚子，抬眼看向沈调："有点饿了，我们出去找点吃的吧。"


现在是凌晨四点，黎明前的破晓时分，地平线处像是比之前更加黑暗了。大街上只有几家二十四小时营业的便利店还开着门。

沈调陪江念期吃了一顿有点过于早的早餐，一顿饭结束后，外面街道的路灯还亮着。

天气虽然很凉，可两人并肩走出店门时，内心有种格外温暖的感觉，仿若有源源不断的力量涌向心脏，让每一次跳动都变得充满了活力。

"今晚好凉快啊。"江念期抬眼看着树叶，突然开口和他闲聊起来，"我觉得以后还会有很多好事发生，你觉得呢？"

"我也这么觉得。"他把她衣服上的帽子拉上来给她戴上，"我下学期就要去你那边读书了，可以代替程佳峻当你以前乐队里的吉他手吗？"

"我觉得你可以期待一下。"她没有反驳，笑意盈盈。

"我很期待。"沈调抬头看了下月亮，然后又不受控制地看向了身边人仍然弯着的眉眼，突然就想到了余光中的《绝色》里最有名的那段话——

> 若逢新雪初霁
>
> 满月当空
>
> 下面平铺着皓影
>
> 上面流转着亮银
>
> 而你带笑地向我步来
>
> 月色与雪色之间
>
> 你是第三种绝色

念念，多亏有你出现在我的生命里……我总算开始有些期待这个世界了。

——正文完——

番外

时差

5:21                                    5:21

程佳峻没打一声招呼就自己回了英国。

江念期是从沉默那里得知这个消息的，她为两人从前的关系感到怅然，但很快便放下了。

人总是要朝前看的。

这次短期旅行结束后，江念期回到了文安琪那边，但她是为了转学的事。

因为要转学了，这段时间她跟沈调也不用再去学校，但她还是去找了一下元旦晚会那晚帮她保管吉他的同学，拿回吉他的同时也道了谢，而沈调也拿回了他的那把贝斯。

沈从来说要叫她去拍电影的事情好像不是开玩笑，他联系到了文安琪，在江念期回去后不久，沈从来加上了她的微信，不仅给她发了那部电影的资料，还问她有没有兴趣试戏。

她很难说清这种感觉。一个之前只闻其名未见其人、声名在国际上如雷贯耳的大导演，现在居然成了她微信列表里的联系人，还喊她去拍电影。

她觉得这一切太不真实。

江念期偶尔也觉得自己长得还可以，不过真被导演给看中时，她多少还是会有点不好意思。

她只要一想到要是拍电影了，自己的生活肯定会被严重打扰，就觉得还是不去的好。

上次那件事情发生之后，沈调和沈从来之间的关系似乎缓和了一些，沈调转学的事，沈从来也全都处理完了，还帮他找好了房子，顺便又带他去认识了一下他在那边的朋友。

江念期是跟着他们父子一块儿去姑姑家的城市的。和姑姑见面之后，江弗琳只是简单问了几句她在那边的生活，就没再多说什么。

沈调搬家的时候寄了不少行李过来，新家安置好的那天，他叫了江念期和沉默过去做客。

他的新家有个一百多平方米的地下室，里面放了各种各样的乐器，甚至有不少还是大师和名人签过名的，每一件都价值不菲。里面有套架子鼓据说是国外某个知名摇滚乐队用过的，完全是有市无价的状态。

沉默原本还一直在给沈调摆脸色看，结果就因为那套鼓，他直接跟沈调攀起了兄弟，有空就往他家跑，恨不得长在他家里。

和沉默玩开后，沉默乐队的其他人也慢慢开始到沈调家玩，有时就直接在他家里排练。

江念期的社交圈子基本都在姑姑家这边，回去后她完全是如鱼得水的状态。她本以为沈调也会被她的朋友们带得开朗起来，可他却还是跟以前差不多，对大多数人都是淡淡的懒散态度。这种感觉总能让江念期想起自己刚和沈调认识的时候，他对她也是这样，像只被抽掉了骨头的懒猫。

只有当那些人都回去后，他做饭给她吃，然后两人一块儿出去散步时，江念期才能从他身上感觉到他对她的那种独特性，他没有因为社交圈的转变而改变，变的人只有她罢了。

除夕夜，江弗琳得知沈调一个人在家，便让他也到家里来吃年夜饭。

有了之前的铺垫，沉默跟沈调倒是能玩到一起。饭后他们三个一块儿到外面玩起了滑板，江念期只会上板滑行，沈调则连上板都不会，他没接触过这个。而作为一个熟练掌握滑板技能的运动少年，沉默本来想着要教沈调，结果他说什么沈调都只是"嗯""哦""好"，注意力根本不在他身上，也不在滑板上。

沉默有时候觉得沈调这人矫情得很，他说上板怕摔，自己大发善心地说要扶他，结果他压根儿不搭理，只顾着跟江念期聊天。

寒假很快过去，学校正式开学了。

江念期转学回来这件事让她以前的班主任挺开心的，不过江念期去了国际部又让他略有遗憾。当然，虽然以后不再由他教，可到底师生情谊还在。

沈调和江念期读同一个班，因为两人都算是转校生，所以排座位的时候两人自然坐到了一起。

江念期没想过有生之年自己还能跟沈调当同桌，教室里的人他俩都不认识，每天除了偶尔会和班里的同学说上几句话，大部分时间他们还是彼此聊得更多一些。

沈调到了新环境后，心态有点好转，因为国际部并没有那么严格的考试排名，虽然考试不能掉以轻心，可基本上每次考试两人都会完美通过。

学业上轻松，沈调放在兴趣爱好上的时间就更多了，他们乐队平时喜欢去外面搞一些街头表演，多去了几次后，沈调就明白江念期为什么可以在面对他人时不犯怵了。

一方面是因为她学习确实优异，另一方面恐怕跟她总是去街头演出有关。

转学后，沈调那个停更了很久的音乐平台账号终于又开始不定时更新起来。

他偶尔会发点日常动态，有些是他和新乐队排练的日常，有些是被人拉着一块儿出去玩的情景。

他很低调，在平台上从没有发过任何会透露身边人长相的照片，唯独有一次，他在给江念期过生日的时候，发了一张她戴着生日帽坐在蛋糕前许愿的照片，配文：

顺遂无虞，所愿皆得。

江念期是沈从来认定的骨相和皮相皆挑不出瑕疵的美人，沈调拍的时候没有特意找角度，但她看起来就是全场的主角。

当晚他更新了一首纯吉他指弹，依然是自己作曲，专辑是《祝她生日快乐》，歌曲的名字叫《念江》。

至此，之前低音突然关注的那个叫"你大哥江"的账号，性别终于见了光。

没过多久，《念江》就成了江念期弹得最熟的一首吉他曲。

新的一年，他们在差不多的时间里收到了自己理想的大学的录取通知书。

大家都得到了自己想要的。

他们会一直在一起。

一直走下去。

——全文完——